Amor a Primera Vista

KELLY ELLIOTT

Amor a primera vista

Kelly Elliott

Libro 1 Novias Texanas Copyright © 2019 Kelly Elliott

ISBN 978-1-943633-66-1

Foto de portada y fotografía: Shannon Cain

Diseño de portada: RBA Designs www.rbadesigns.com

Traducción: Daisy Services for Authors

Título original en inglés: Love at fist sight

Para obtener más información sobre Kelly y sus libros, visita su página web

www.kellyelliottauthor.com

Este libro está dedicado a Alyssa Hawk.

Fue una madre y amiga amorosa y quienes la amaban la extrañan profundamente.

"Su ausencia es como el cielo, se extiende sobre todo."

C.S. Lewis

Prólogo

—No abras los ojos, Chloe.

—Está bien, ¿pasa algo? —Le pregunto a Easton, mi voz llena de emoción y un poco de preocupación. Las cosas entre nosotros en los últimos meses han estado medio raras. He sentido como si nos estuvieramos alejando. Tal vez era yo quien se estaba alejando de Easton, sabiendo que nuestros días universitarios están por terminar y ambos vamos en direcciones contrarias.

Me guía un paso arriba y luego me detiene.

—¿Puedo abrir los ojos? —Pregunto con una risita nerviosa.

Easton y yo hemos sido novios durante diez meses. Estaba segura de que esta era una cena sorpresa por nuestro aniversario y una forma para intentar encender la llama otra vez. Además, esta es mi última noche en el campus antes de regresar a casa. Ambos nos acabamos de graduar de la universidad y estamos a punto de comenzar nuestras carreras profesionales. Claro que no me he olvidado de que jamás hemos tocado el tema de cómo vamos a manejar nuestra relación a distancia. Easton ha aceptado un trabajo con una compañía de explotación petrolera en Houston y yo me regreso a Oak Springs para trabajar en el rancho de mi familia, la ganadería Río Frío. La cual ha sido mi vida desde que era una niña, estoy contando las horas para volver. He extrañado todo ese ambiente, y sobre todo extrañaba a mi mascota, mi cabra Parchecitos.

Mi corazón insiste en recordarle a mi cabeza lo mucho que ha extrañado a Rip, pero no quiero pensar en eso.

Un cálido aliento me hace cosquillas en la oreja cuando Easton murmura—: Abre los ojos, Chloe.

Al hacerlo, un jadeo se escapa de mi boca al darme cuenta de lo que se encuentra delante de mí. Rosas rojas llenan el pequeño comedor privado de mi restaurante italiano favorito aquí en la ciudad. Una mesa rústica redonda iluminada con velas y dos platos servidos con uno de mis platillos favoritos, fetuccini Alfredo con pollo.

—Ay, Dios mío. Si todo esto es precioso —exclamo, dándome la vuelta, para luego ver a Easton—. ¿Hiciste todo esto por nuestro décimo mes de novios?

Easton se arrodilla ante mí y el corazón casi se me sale del pecho. No. Esto no puede estar pasando.

No. No. No. Por favor, levántate.

—Estoy haciendo esto porque estoy locamente enamorado de ti, Chloe Parker, no quiero vivir sin ti. ¿Me harías el honor de casarte conmigo?

La cabeza me da vueltas, mirándolo, incapaz de hacer que mi boca se mueva. Easton no es mi primer amor. No es el primer chico al que he besado. Mierda, ni siquiera es el tipo con el que perdí mi virginidad. Es alguien a quien quiero. Un amigo. Un amante.

¿Pero lo amo lo suficiente como para casarme con él?

No es así como había imaginado este momento. Mi pecho sube y baja, cada vez me es más difícil respirar.

Una sola lágrima se desliza por mi mejilla mientras en mi rostro se dibuja una sonrisa forzada. Easton nunca sabrá que esa lágrima no es de dicha. Es porque estoy a punto de dejar el pasado atrás. Mi pasado. Un pasado al que me he aferrado durante años, tal vez esta sea la señal definitiva que me indica que debo superarlo y comenzar a vivir.

Y olvidarme de él.

Olvidarme de Rip.

Esta vez para Siempre.

Capítulo 1

Chloe
Último año de bachillerato

—¡Corre, Rip, vamos! —Grité desde el banquillo, cuando Rip atrapó el pase y se dirigió a anotar el tanto que les llevaría a la victoria.

Cuando lo logró, me di la vuelta y busqué a Alyssa, mi mejor amiga. Ella estaba en las gradas sosteniendo el cartel que habíamos hecho para Rip y Mike. Alyssa y Mike habían sido novios por dos años, mientras que Rip y yo, bueno, éramos simplemente Rip y Chloe. Los dos mejores amigos que todos pensaban deberían ser algo más, pero que nunca pasaba de ser platónico. Estaba de acuerdo con eso, deberíamos ser algo más, pero no iba a revelarle al mundo mi secreto.

Rip, por otro lado, no había insinuado ni una vez querer algo más desde la primaria, cuando me besó en el baile de la escuela y mi padre desató su furia sobre él. Hasta el día de hoy, culpo a mi papá por asustar a Rip. Le ha tenido pánico desde entonces, incluso hasta de mirarme fijamente. Pero a veces, lo descubro haciéndolo.

Y la forma en que lo hace me quema la piel y la sensación en mi estómago me confunde.

—Chloe. —El sonido de su voz me hizo dar la vuelta para lanzarme a sus brazos.

—Lo hiciste, Rip. Ganaste el partido.

Se echó a reír mientras me abrazaba con fuerza, dando vueltas conmigo entre sus brazos, carcajeándome, feliz de la vida.

Una vez que mis pies volvieron al suelo, negó con la cabeza.

—Nah. Fue todo el equipo. Dios, todo el pueblo que nos apoya.

Rip Myers. Siempre el más humilde, sin importar de qué se tratara. No presumiría que había sido el jugador más valioso para el equipo o de cómo tres universidades le ofrecieron becas completas, pues querían que jugara fútbol americano, así como una beca de béisbol para la Universidad de Texas y también Texas A&M. De seguro bromearía con el hecho de que era el mejor estudiante de la clase, dejándome atrás en el segundo lugar. Aunque también debía aceptar eso.

—Felicitaciones, Rip.

Sus ojos cafés me miraron de una manera intensa, casi mareándome.

—Sabes cuánto significas para mí, Chloe. ¿Verdad?

Asentí.

Inclinándose, me dio un suave beso en la frente antes de que sus compañeros de equipo lo jalaran para felicitarlo.

Mi corazón latía con fuerza mientras reía y trataba de olvidar cómo su beso me había quemado la piel. Cómo cada caricia y cada mirada se quedarían grabadas en mi alma para siempre.

—No lo entiendo.

Lori Rhodes se paró a mi lado. Ella era la capitana de nuestro equipo de porristas.

—¿Qué no entiendes? —pregunté, agachándome y recogiendo mis pompones antes de caminar con el resto del equipo hacia nuestra entrenadora. Al equipo de fútbol americano se le entregaría el trofeo del campeonato estatal y ella querría que todos estuviéramos listos para tomar una foto para el periódico de Oak Spring, nuestra publicación local.

—Todo el mundo sabe que a Rip le gustas y a ti te gusta Rip.

Puse los ojos en blanco.

—Somos amigos. Los mejores, siempre lo hemos sido.

Ella se burló—: Corrió delante de todos, incluido de su entrenador, después de anotar ese gol para celebrar contigo. Te mira como si fueras lo mejor desde que se inventó el pay de manzana, tú haces lo mismo. Es obvio que ustedes dos quieren estar juntos.

Mirando por encima del hombro, vi que todo el equipo seguía celebrando. Centrándome de nuevo, me encogí de hombros.

—Ya te dije, somos nada más...

—Amigos. ¿Es por eso que cada chica que intenta salir con Rip se encuentran con un muro impenetrable, pues él sólo sale con ellas una o dos veces y apenas si las besa?

Mi sangre hervía cada vez que alguien hablaba de las aventurillas de Rip con una chica. Especialmente cuando la chica en cuestión es con la que estaba hablando. ¡Rip sí que sabe besar! Rip me llevó a la colina y bailamos bajo las estrellas.

¡No, gracias!

Tuve que escucharlo durante los últimos cuatro años y estaba cansada de actuar como si no me importara. Lo único que sabía con certeza era que Rip todavía era virgen. Lo sabía porque él me lo había confiado. Una pequeña parte de mí esperaba que tal vez, sólo tal vez, estaba esperando por mí, como yo lo estaba esperando por él. Sin embargo, nunca lo admitiría ante nadie, ni siquiera delante de Alyssa.

—Por lo que he escuchado, besa muy bien —dijo Lori. Luego echó la cabeza hacia atrás para reír, se volvió y caminó—. Diré que, si no vas por él pronto, es posible que tenga que intentarlo otra vez.

—No soy yo quien está en tu camino. —Tragué saliva y forcé una sonrisa.

—Oh, ni tú ni nadie. —Lori sonrió de lado

Se giró y comenzó a caminar más rápido, dejándome atrás. Sin embargo, no estuve sola por mucho tiempo. Rip corrió a mi lado, me pasó el brazo por los hombros y empezó a decirme los planes que teníamos para nuestra salida a pescar al día siguiente.

Más tarde esa noche, en la fiesta de Mike, Rip y yo nos sentamos en la parte trasera de su camioneta para conversar. Se había tomado varias cervezas, así que me preguntó si yo podía manejar de regreso a casa. Sabía que siempre que tomaba de más se le soltaba la lengua, así que decidí aprovechar y sonsacarlo un poco, necesitaba respuestas.

—Rip, ¿alguna vez te cansas de que la gente nos pregunte por qué no hay algo más entre nosotros?

La botella de cerveza se detuvo en sus labios por un breve momento antes de tomar un largo trago.

Sin mirarme, dijo—: Nah. No me molesta. Simplemente les da envidia.

—¿De que? —me reí.

—De que tengo a la chica más bonita a mi lado todo el tiempo.

—¿Eso es todo lo que soy para ti? —Sonriendo, le golpeé el hombro.

—Para nada, gatita. —Se volvió y me miró—. ¿Te molesta?

—No —mentí. Sabía que me había equivocado al sacar el tema a colación. Fue entonces cuando vi a Lori acercarse. Contuve el aliento al ver que se dirigía hacia Rip, ella vestía una blusa muy escotada y una faldita que más bien parecía un cinturón.

—Hola, Chloe.

—Hola, Lori.

Se volvió hacia Rip y se lamió el labio inferior. Puse los ojos en blanco ante semejante descaro.

—Felicidades Rip, ganaste el partido.

—Gracias, Lori.

—Me preguntaba si querrías —miró en mi dirección, luego de nuevo a Rip—, pasar un tiempo juntos. Los dos solos.

Rip sonrió y su mirada recorrió su cuerpo. Tragué saliva y aparté la vista. Si él se iba con ella, tendría que irme. No había forma de que pudiera aguantarme eso en silencio.

—Gracias, Lori, pero estoy hablando con Chloe en este momento.

Mi boca amenazaba con dibujar una sonrisa.

—Seguro que a ella no le importa. ¿Verdad, Chloe?

Podría decir que no, que no me importaba, dejarlo ir con ella o podía hacer una travesura.

Cuando ella inclinó la cabeza para mirarme y casi fulminarme con los ojos, mi respuesta estuvo clara.

La travesura tendría que ser.

—En realidad, sí me importa. Estábamos hablando de los planes que tenemos para mañana. Rip me estaba pidiendo que lo llevara a casa, así que, si nos disculpas, estoy segura de que no tendrás problemas para encontrar a otro chico con quien estar… *a solas*.

La boca de Lori se abrió y Rip trató de ocultar su risa tratando de disimular dándole un trago a su cerveza, pero ni así pudo.

Dándose la vuelta airosa, Lori se alejó.

—¡Maldición, Chloe! Si no supiera la verdad, diría que estabas celosa.

—Para nada. Simplemente te salvé de que ella te contagiara con alguna ETS de esas raras.

Rip observó a Lori alejarse, sus ojos claramente deteniéndose a mirarle el trasero. Tal vez él quería estar con Lori. El corazón se me hacía pedazos al pensar en eso.

Saltando de la parte trasera de la camioneta, dije—: Estoy lista para irnos. ¿Listo?

—Podemos irnos si es lo que quieres.

Le tendí la mano.

—¿Quieres darme las llaves o prefieres que vuelva a llamar a Lori? No es mi intención interponerme entre ustedes.

Rip se tropezó al bajar. Puso su mano a un lado de mi cara. Mi estómago revoloteó cuando acarició mi mejilla con su pulgar.

—Definitivamente no es Lori con quien quiero estar.

Mi respiración se detuvo. Nos miramos el uno al otro por lo que pareció una eternidad. Al encontrar mi voz, susurré—:¿Entonces con quién?

Me miró la boca, y luego igual de rápido sus ojos se encontraron con los míos. Sonrió, esos hoyuelos que tanto me gustaban adornando su rostro. Era guapísimo.

—Creo que lo que quiero es mi cama para poder dormir un rato o nunca podremos levantarnos e ir a pescar en la mañana.

La decepción cayó sobre mí como un balde de agua helada, pero me deshice de ese pensamiento subiéndome rápidamente al asiento de conductor de su camioneta Ford y le dije—:Entonces vamos a casa.

El sombrero que llevaba puesto me cubría del sol, pero eso no impedía que me comiera con los ojos a Rip, que estaba parado en la parte de adelante del bote. Para tener sólo dieciocho años, tenía un cuerpo de infarto. El pecho ancho y musculoso, todas las chicas en la escuela babeaban por él. Incluyéndome, por supuesto. Años de deporte y trabajo duro en la granja de su abuelo y el rancho de mi familia lo habían fortalecido. Además, su hermano mayor, Jonathon, que estaba casado con mi tía Waylynn, era dueño de una constructora. Rip había trabajado incontables horas para Jonathon el verano pasado.

—No puedo creer que nada ha picado —declaró Rip.

Una vez al mes, Rip y yo íbamos a pescar con mi padre, mi tío Trevor y mi hermano menor, Gage. Era una chica rodeada de una gran cantidad de testosterona, completamente superada en número, pero podía arreglármelas contra ellos perfectamente.

—Amigo, no estás usando el cebo correcto —anunció Gage desde la parte trasera.

Rip fulminó a Gage con los ojos.

—Sé qué tipo de cebo usar, Gage.

—No discutan, muchachos, están espantando a los peces —dijo mi tío Trevor, bajando su sombrero sobre su rostro. Estaba sentado con los pies en alto y los ojos cerrados. Creo que mi tío dormía más de lo que pescaba, pero decía que estaba esperando el momento adecuado para hacer su movimiento, esa era su excusa cada vez que alguien se lo sacaba en cara.

Eché un vistazo a mi padre quien se acercó a Rip. Los dos pronto se perdieron en una conversación sobre tipos de cebos y carnadas. Suspiré y miré a la superficie del agua.

Mi padre y Rip siempre habían sido cercanos. Sabía que mi padre había tenido una conversación con Rip una vez que nos sorprendió besándonos en la escuela. Me preguntaba si lo que fuera que mi padre le había dicho a Rip era la razón por la que no había vuelto a besarme. Pensé que lo veía en sus ojos de vez en cuando. En la manera en que me miraba. O pequeñas cosas que me decía. Como la noche anterior. Insinuó que quería algo conmigo, pero luego se echó para atrás. Parecía que quería besarme tanto como yo quería que lo hiciera. Sin embargo, ninguno de nosotros daba nunca el primer paso. Sabía por qué. Éramos los mejores amigos, ¿y si las cosas no funcionaban?

O tal vez Rip solo tenía curiosidad y no se tomaba en serio el querer estar conmigo.

—¿En qué piensas? —dijo mi tío Trevor, sentándose a mi lado.

Tuve que cambiar rápidamente mis pensamientos en el mismo momento que su voz me sacó de mi ensoñación.

—Rip aún no me ha dicho a qué universidad va a ir.

—¿Esperas que vaya a la misma que tú?

Encogiéndome de hombros, respondí—: Tal vez. Sería extraño si se va a otro lado. Siempre lo hacemos todo juntos.

Mi tío Trevor asintió y miró hacia donde estaban Rip y mi papá.

—Estoy seguro de que donde quiera que vaya, siempre estará allí para ti, Chloe.

—Lo sé. —Descansé la barbilla sobre las rodillas.

—Las cosas van a cambiar mucho en el próximo año. Dios, en los próximos años.

—Lo sé. Eso me da un poco de miedo.

—¿Le vas a decir alguna vez lo que sientes?

—¿Qué?—Giré bruscamente la cabeza para mirar a mi tío. Sacudió la cabeza.

—Conozco esa mirada, créeme. La mirada de querer estar con alguien, pero sin atreverte a admitirlo. He estado en tu lugar. Lo veo tanto en su rostro como en el tuyo, Chloe. Alguien tiene que ceder y dar el primer paso.

Tragando fuerte, apreté los labios, tratando de decidir si quería admitir mis sentimientos y si el tío Trevor era la persona frente a la cual quería hacerlo.

—Hazme un favor, gatita. Habla con él antes de irte a la universidad. ¿Me lo prometes?

—Y si…

—La vida es muy corta para vivirla con miedo, pequeña —Declaró sacudiendo la cabeza.

—¡Dios! ¡Algo grande ha picado el anzuelo! —Mi papá gritó haciendo saltar a mi tío, para ayudar a Rip a sacar a su pez del agua. Al ver el tamaño del róbalo, no pude evitar sonreír. Rip sostuvo orgulloso a su presa, mientras sonreía a la cámara. Luego sus ojos se encontraron con los míos y mi sonrisa se hizo más grande, mientras con el pulgar hacia arriba le hacía señas.

—¡Buen trabajo, Rip! —Grité y le tomé otra foto con mi teléfono.

—Supongo que el cebo que estaba usando funcionó. ¿Eh, Gage? —Una sonrisa burlona cruzó su hermoso rostro.

El orgullo de mi padre no menguó ni siquiera cuando Gage le sacó el dedo a Rip, pero me di cuenta que mi hermano cambió su carnada por la misma que Rip estaba usando. Rápidamente volvieron a concentrarse cada uno en lo suyo mientras Rip volvió a echar el róbalo al agua.

Recogiendo mi libro, me recosté y me perdí en las palabras, sonriendo.

Ese día fue perfecto para mí.

Y aunque estaba sonriendo ante la perfección de ese momento, sabía que nuestro tiempo juntos era cada vez más corto.

Capítulo 2

Chloe

—Chloe. —Me di vuelta, pues alguien a mi espalda me estaba llamando.

Al girar, vi a Alyssa que me entregaba un pedazo de papel. Una nota de Rip.

No pude evitar sonreír como una tonta. Mirando alrededor del salón, moví mis manos hacia mi regazo para poder leer la nota. Rip era la única persona que conocía que todavía mandaba notas en papel en lugar de enviar un mensaje de texto. Sin embargo, sólo lo hacia conmigo y eso me hacía sentir especial. En casa, tenía una caja de zapatos llena de notas que él me había mandado guardadas como recuerdos, entre otras cosas que Rip me había dado desde que éramos unos niños. Dentro de esa caja estaba la primera flor que me dio, aplanada entre las páginas de una pequeña biblia que mi abuelita me había dado cuando mi papá y yo nos mudamos de Oregon a Texas.

Ahí es donde nací, Oregón. Pero mi papá nunca me ha dicho realmente por qué dejó Texas para mudarse para allá. Ahí conoció a mi madre biológica, a quien no he visto desde que tenía cinco años y nunca me ha importado volver a verla. Incluso en ese momento sus palabras seguían siendo un recuerdo muy vívido, era cruel y grosera conmigo. Eso me seguía afectando, desgarrando mi corazón.

Sin embargo, una vez que nos mudamos a Texas, todo cambió para bien. Tenía dos mejores amigos. Por supuesto, Rip y después de él, Parchecitos, la cabra que me regaló mi abuelito. Además de eso, mi padre se casó con quien fuera su novia cuando eran adolescentes, Paxton. En mi opinión, ella es mi única madre, y la quiero mucho.

Mirando hacia abajo, leí su nota.

Querida gatita:

Tengo un regalo de navidad adelantado para ti.

Nos vemos bajo las gradas después de la escuela.

Siempre en mi corazón,

Rip

Mi pulgar recorrió las palabras, *siempre en mi corazón*. Sonreí y doblé el papel, metiéndolo en el bolsillo trasero de mis pantalones.

—¿Qué dice? —Preguntó Alyssa.

Miré por encima del hombro y sonreí.

—Que tiene un regalo de navidad para mí.

—¡Espero que sea que quiere *dártelo*! —Ella me devolvió la sonrisa.

—¡Oh Dios mío! ¡Cállate! —Le contesté entre dientes—. ¡Estás loca!

Ambas comenzamos a reír hasta que la profesora Hathaway se aclaró la garganta.

—Chloe, Alyssa. ¿Tienen algo que compartir con el resto de la clase, algo divertido?

—No, señora —dijimos en unísono.

Mirando hacia adelante, puse las manos sobre mis mejillas.

Cuando la maestra volvió a escribir el problema de matemáticas en la pizarra, Alyssa se inclinó hacia delante y susurró—: Sabes, si le dijeras que quieres que sea el primero, con gusto lo sería.

Me hice la loca, mirando alrededor del salón. No era un secreto que yo todavía era virgen. Una tonta que estaba esperando que quien hasta entonces había sido mi mejor amigo, fuera el primero en llevarme a la cama.

Los comentarios de Alyssa realmente me dejaron sin aliento. El resto del día no pude dejar de pensar en Rip. No podía pensar en otra cosa que no fuera él. Nos cruzamos en el pasillo cuatro veces. Nos sentamos uno al lado del otro como todos los días en el almuerzo con el resto de nuestros amigos. Tuvimos una clase juntos, la última clase del día. Francés.

Desde niña mi sueño había sido ir algún día a Francia, por eso decidí tomar francés en lugar de español. Rip hizo lo mismo, admitiendo que era sólo porque quería asegurarse de que tuviéramos al menos una clase juntos. Alyssa también se inscribió. Mis entrañas se derretían cada vez que Rip hablaba francés en clase. Unas cuantas veces me sorprendí soñando que me estaba haciendo el amor en Francia por primera vez mientras susurraba un *Je t'aime* al oído.

Cuando entré a la clase de francés ese día, Rip estaba sentado en la esquina del escritorio de Miranda Williams. La forma en que se sonreían hizo que la bestia celosa que vivía dentro de mí saliera a la luz. Recuperándome rápidamente, caminé hacia mi escritorio y me senté. Miranda se estaba riendo de algo que dijo Rip, haciendo que volviera a mirarlos. Esta vez ella se dio cuenta, pues puso la mano sobre su pierna. Rip se deslizó de su escritorio, luego se inclinó para decirle algo al oído.

Aparté la vista, abrí mi libro y actué como si no me hubiera dado cuenta de nada.

—Hola, gatita.

Ignorando a Rip, seguí escribiendo en mi cuaderno.

—¿Chloe?

—Hola, Rip. —Le respondí mirándolo, sonriendo a fuerzas.

—¿Cómo te ha ido hoy?

—Bien.

Se sentó a mi lado, como siempre.

—¿Bien, es que no recibiste mi nota?

—Sí. Lo que no me explico es por qué no podías preguntarme cuando entráramos a clase.

Mis palabras fueron frías y amargas, me arrepentí de usar ese tono en el mismo momento en que lo hice. No podía explicarme cómo en un momento estaba sonriendo de oreja a oreja leyendo su nota y al siguiente me convertía en una tonta con el corazón roto, enojada y triste.

—Pensé que te gustaba que te mandara notitas.

Lo miré y luego a Miranda.

—Estoy segura de que no soy la única a la que le gusta que le mandes esas notitas.

Suspiré, enojada conmigo misma por estar celosa y por mostrar mis celos.

—Chloe...

—No importa, Rip.

Intentó tomar mi mano, pero yo la aparté.

—¿Qué te pasa? Si no me dices qué pasa, no puedo arreglarlo.

Cuando volví a mirar a Miranda, ella nos estaba mirando.

Maldita.

—Creo que me estoy enfermando. —Recogí mis libros y me puse de pie.

Cuando la maestra entró al aula, salí y dije—: No me siento bien. Voy a la enfermería.

Sin siquiera darle tiempo a la maestra para responder, me apuré y me dirigí a mi casillero.

Estúpida. Eres tan tonta. Él no es tuyo, Chloe. Nunca ha sido tuyo.

Tiré mis libros en mi casillero, agarré mi mochila y mi bolso. Cerrando la puerta de golpe, me dirigí a la salida. Nunca antes me había saltado una clase. Nunca.

Abrí la puerta y me dirigí a mi auto.

—¡Chloe! —Rip gritó detrás de mí.

Casi quería llorar por ser tan infantil y estúpida. ¿Por qué no podría simplemente decirle cómo me sentía? Odiaba este juego. Las palabras de mi tío Trevor se repetían en mi cabeza, recordándome que siempre me sentiría así si no se lo decía.

—Ahora no, Rip.

—¡Espérame!

—Me voy a casa.

—¿Podrías esperarme y por una jodida vez decirme qué diablos te está pasando?

Me detuve, me di la vuelta y lo fulminé con la mirada.

Internamente, le grité.

¡Estoy enamorada de ti, estúpido, ciego tonto!

Rip corrió hacia mí y se detuvo.

—Lo siento, no quise ser grosero contigo. Por favor dime qué te pasa.

—Estoy teniendo un mal día, eso es todo. —Admití sacudiendo mi cabeza, mirando hacia otro lado.

—¿Me dirás qué pasa? —Insistió, moviendo un mechón de mi cabello detrás de mi oreja que se había soltado de mi cola de caballo

Los ojos se me llenaron de lágrimas porque no podía decirle que estaba como loca de celos de que estuviera hablando con otra chica. No podía decirle que estaba enamorada de él. Yo, con quien compartía los sábados de pesca. Yo, quien debía de estar en su brazo y no solo porque éramos amigos.

Pero no le dije nada de eso.

—Es estúpido e infantil. Realmente no importa de todos modos. ¿Por qué no vuelves a clase? Puedes ir a sentarte con Miranda.

Ahí está, lo dije. Mostré que era una tonta celosa y no me arrepentía de ello. Bueno, en parte no.

Él frunció el ceño.

—Cualquier cosa que te moleste, importa Chloe. ¿Y por qué me dices que vaya a sentarme con Miranda?

Presioné mis labios con fuerza para evitar llorar, apartándome de él.

Puso su dedo en mi barbilla y me giró hasta que lo miré directamente.

Intenté tragarme el nudo que tenía en la garganta.

—No sé porque lo dije. Supongo que porque te vi con ella cuando entré a clase. Si sales con ella, está bien. Honestamente, eso fue un desliz, estoy teniendo un mal día y quiero estar sola.

Cuando sonrió, sentí que se me doblaban las rodillas.

—No voy a salir con ella. No quiero salir con ella. Lo que viste fue que ella intentaba coquetear conmigo cuando entraste al salón. Me incliné y le dije que se bajara de la nube.

Me sentí como una tonta.

—¿Por qué le dijiste eso?

Se encogió de hombros antes de responder—: Ella no es mi tipo. Oye, todavía tengo tu regalo de navidad. ¿Lo quieres ahora?

Sentí mis mejillas calentarse.

—Si quieres.

Metió la mano en el bolsillo trasero y sacó un sobre. Cuando me lo entregó, me sentí mareada y eso fue incluso antes de saber lo que venía dentro.

—¿Qué es esto?

—Ábrelo y mira.

Me seguía sintiendo tonta por cómo había actuado, pero me olvidé de eso y abrí el sobre. Ahí había dos boletos, que saqué lentamente. Entonces mi mirada buscó la suya.

—Rip, estos son boletos para ver a Tartuffe en Austin.

Sonrió de oreja a oreja, sólo para mí.

—En francés.

Mirando de nuevo los boletos, me tapé la boca.

—Desearía poder llevarte a ver una obra de teatro en Francia, pero en este momento tengo poco efectivo, ahorrando para el futuro y todo eso, ya sabes.

Mi mirada se volvió hacia él.

—Esto es… Gracias, Rip.

Me arrojé sobre él y él me envolvió en sus brazos.

—¿Tu día ha mejorado, gatita? —Susurró en mi oído.

—Muchísimo.

—Odio verte enojada o triste.

Apretando los ojos para contener las lágrimas, susurré—: Lo siento.

Rip continuó abrazándose a mí en medio del estacionamiento de nuestra escuela. No quería que me soltara. Quería confesarle en ese mismo momento que quería más que nuestra amistad. Que quería estar con él.

—Movería cielo, mar y tierra por ver feliz a mi mejor amiga.

Mi sonrisa se desvaneció brevemente antes de apartarme. Tal vez eso era todo lo que era para Rip. Su mejor amiga. Sin embargo, no estaba lista para aceptar ese papel en su vida. Mi corazón aún mantenía la esperanza de algo más.

—Es en nochebuena, ¡qué emocionante! —dije.

—Tengo todo planeado y ya les pregunté a tus padres si podemos quedarnos en Austin esa noche. Estuvieron de acuerdo porque Mike y Alyssa también van. Las niñas pueden quedarse en una habitación y los niños en otra. Le di mi palabra a tu padre de que todo estaría bien y no pasaría nada inapropiado.

Sonreí.

—Suena maravilloso.

Abrazándolo una vez más, lo besé en la mejilla.

—Creo que este es el mejor regalo que he recibido, aparte de Parchecitos, por supuesto.

Rip se echó a reír.

—Maldición, no creo que alguna vez pueda superar ese regalo.

—No, no lo creo. —Quería agregar, a menos que el regalo sea que tu corazón finalmente fuera mío, pero me quedé callada.

—Venga. Vamos a la cafetería de Lily por unas malteadas, ahí podemos compartir un pedazo de pay de queso. Me muero de hambre.

Con un movimiento de cabeza, respondí—: Te veo allí.

Mientras caminaba hacia mi auto, agarrando mi regalo contra mi pecho, me di cuenta de que ahora ambos estábamos saltandonos la clase. Con una sonrisa en mi rostro, me metí en el auto y lo encendí.

Mi arrepentimiento por haberme portado como una tonta había quedado atrás, estaba ansiosa por salir con Rip.

Capítulo 3

Rip

Me senté en la parte trasera de mi camioneta, mientras veía a todos reunirse alrededor de la fogata. Se había convertido en una tradición, cada año en la víspera de año nuevo, encendíamos una fogata en el rancho de los Parker y celebrábamos. Los abuelos de Chloe eran buenos al dejarnos hacerlo. Sin embargo, tenían una regla, nada de bebidas alcohólicas y casi todos la respetaban. Algunos idiotas tratarían de llevar algo para pasar el rato, pero Chloe jamás lo permitía. Más de una vez la había visto arrojar una o dos botellas a la fogata, haciendo que se encendiera aún más, por lo general, haciendo que todos aplaudieran.

—¿Qué tal estuvo la obra?

Al girar, vi a Miranda caminando hacia mí. Dios, ¿por qué esa chica no podía captar el mensaje?

—Estuvo fantástica. Chloe lo disfrutó, así que eso es todo lo que importa.

La descarada se echó a reír.

—Oh sí. Chloe. ¿Sabes que todos piensan que ustedes dos tienen algo de amigos con derechos?

—Realmente no me importa lo que piensen los demás. —Solo quería que Miranda se fuera, pero no quería ser grosero.

Ella se encogió de hombros.

—Tal vez no. Pero ya sabes cómo habla la gente y cómo vuelan los chismes. ¿Qué harás mañana en la noche? Tal vez tú y yo podríamos pasar el rato.

—Tengo planes.

—¿Con Chloe?

Entrecerrando los ojos, le respondí—: No, con mi padre. Vamos a cazar.

—¿Y qué tal cuando vuelvas?

Sentí la mirada de Chloe. Desde el otro lado de la fogata, me di vuelta y la miré directamente. Estaba parada al lado de Alyssa y Lucy. No pude evitar recordar cómo había reaccionado ese día el mes pasado cuando pensó que algo estaba pasando entre Miranda y yo. Lo había repetido una y otra vez en mi cabeza. ¿Eso fue un ataque de celos o realmente estaba teniendo un mal día?

Dios, las mujeres son los seres más frustrantes que han pisado alguna vez esta tierra. Una parte de mí quería admitir cómo me sentía, pero no estaba seguro de si ella sentía lo mismo. ¿Y si ella lo hacía y las cosas no funcionaban? Perdería a mi mejor amiga y no podría vivir con eso.

—¿Y bien? —preguntó Miranda. Mi mirada todavía estaba clavada en la de Chloe. Quien inclinó la cabeza y levantó una ceja, como para preguntarme en silencio si todo estaba bien.

—Lo siento, Miranda. Como te dije ese día en clase, no me interesa.

Ella suspiró frustrada.

—Escucha, Rip. O haces público esta relación extraña y retorcida con Chloe, o todos, incluyéndome a mí, van a creer que eres gay.

La miré y me reí.

—¿Alguna vez pensaste por un minuto que tal vez no estoy interesado en nadie de aquí de Oak Springs, Miranda? Dios, la mitad de ustedes se han acostado con la mayoría de los muchachos del pueblo, y la otra mitad se han acostado con muchachos de otras escuelas. El día que me interese salir con alguien, créeme que lo voy a hacer.

Su boca se abrió y sus mejillas ardieron tanto como la fogata frente a nosotros.

—Eres un verdadero imbécil, ¿sabes?

—Y sin embargo, sigues volviendo como una abeja a la miel. Imbécil, ¿eh? Me lo han dicho una o dos veces.

—Eres un verdadero imbécil. Lo que sea. Tú te lo pierdes. —Miranda se cruzó de brazos y sacudió la cabeza.

—De alguna manera aprenderé a vivir con eso. —Dios, ella me obligó a ser grosero en la víspera de año nuevo. Qué manera de comenzar el año.

Salió corriendo para volver con sus amigas. La mayoría de ellas eran porristas. A pesar de que Chloe y Alyssa también lo eran, ninguna de las dos habían sido absorbidas por ese grupo de cabronas. Me alegré; todas los que estaban en ese círculo eran unas hipócritas, todas ellas, menos Chloe y Alyssa.

—Parece que hiciste enojar a una de las Barbie —dijo Mike con una sonrisa mientras me golpeaba en el hombro.

—Si, no les gusta que les digan que no. Menos si es una y otra vez —le respondí a mi mejor amigo. Bueno, mejor amigo después de Chloe. Mike no tenía problemas en ser el segundo lugar en mi lista.

—Alyssa y yo estamos pensando en ir de campamento la próxima semana por unos días con algunas otras personas. ¿Quieres venir con Chloe?

Me encogí de hombros antes de responder.

—Tal vez. Necesito consultar con Jonathon. Puede que necesite que lo ayude a armar algunos gabinetes.

Chloe y Alyssa se nos acercaron, perdidas en la conversación.

—Me pregunto si podemos hacer que suceda —dijo Alyssa cuando se detuvieron frente a nosotros.

—¿Hacer que suceda, qué? —Preguntó Mike.

—Chloe quiere estudiar en Francia. Me pregunto si las dos podemos hacer eso al mismo tiempo.

—Eso sería divertido —le dije.

Asintiendo, Chloe respondió—: Sí.

—Tal vez un francés te enamorará mientras estés allá Chloe —dijo Alyssa.

Chloe se rio.

—Tal vez.

—Oh, es una pena que hayan dejado de hacer lo de los candados de amor en ese puente en París. Hacer eso habría sido muy romántico —Alyssa comentó, metida en su mundo color de rosa y eso me estaba molestando.

Los celos se mezclaron con la ira. Corriendo por mis venas a mil por hora. Miré hacia otro lado, sin siquiera querer pensar cómo sería estar en la universidad. Una vez que Chloe pudiera escapar de este pueblecito, ¿algún chico llamaría su atención? Por supuesto. De sólo pensarlo se me retorcían las tripas.

—Le estaba diciendo a Rip que sería divertido ir de campamento la próxima semana.

Alyssa saltó y aplaudió.

—Oh, eso sería divertido. Chloe, ¿puedes ir?

—No puedo la próxima semana. Estoy ayudando a mi papá y a mi tío Trevor en el rancho. Mi papá quiere que empiece a asumir un papel más importante. El plan es que trabaje ahí cada verano, comenzando cuando me gradúe de la escuela.

Una parte de mí gritó de alivio al saber que Chloe no iría a acampar. Sabía que era un cabrón egoísta, pero la idea de que ella saliera con algunos de estos tipos… sí, eso me hacía hervir la sangre.

—Es difícil de creer que te estén preparando para que te hagas cargo algún día —dijo Mike.

—Saben cuánto me gusta trabajar en el rancho. Quiero decir, me encargaré del lado comercial de las cosas y Gage se encargará de la parte operativa una vez que obtenga su título y el tío

Trevor se retire parcialmente. Sin embargo, eso no pasará pronto. A mi tío le gusta muchísimo ese lugar para no involucrarse.

Sonreí. El padre de Chloe y sus tíos Mitch, Trevor y Wade, vivían para su ganadería. Sus otros dos tíos, Cord y Tripp, trabajaban en el rancho de vez en cuando, pero Cord era dueño de un bar local llamado *El bar de Cord*, y Tripp era abogado y estaba casado con Harley, la veterinaria del pueblo.

—Sí, para eso faltan muchos años. Gage todavía está en la secundaria —dije.

Chloe se rió.

—Sí, lo sé. Según él, no irá a la universidad. Todo lo que necesita aprender lo puede aprender de mis tíos o de mi padre.

—Probablemente tenga razón —admití.

Mirando al suelo, Chloe asintió.

—Sin embargo, me preocupa que se sienta solo cuando me vaya.

Tomé su mano y la apreté. Tampoco tenía idea de lo perdido que estaría cuando ella se fuera.

—Va a estar bien, Chloe. Todos estaremos bien.

No estaba seguro de si estaba diciendo eso porque *yo* necesitaba escuchar esas palabras, o porque *ella* era quien las necesitaba escuchar.

La sensación de tristeza dentro de mis entrañas me dijo que una vez que nos fuéramos a la universidad, todo, incluido lo que había entre nosotros, iba a cambiar.

Capítulo 4

Chloe

Me senté en las gradas y vi a Rip pegar un cuadrangular. Saltando, lo animé mientras Jonathon y su padre—quien también se llama Rip—hicieron lo mismo. Mi padre se acercó con un montón de hotdogs y cervezas.

—¡Mierda! Me perdí un jonrón, ¿no? —Preguntó, entregándoles a Rip papá y a Jonathon su comida.

—Claro que sí. ¡Ese es mi hijo! —Gritó Rip papá mientras Jonathon puso los ojos en blanco.

—Papá, ¿qué pidió Rip que dejaras de hacer?

El padre de Rip se dejó caer en el banco.

—Gritar, ese es mi hijo.

Todos nos reímos. Mi padre me entregó una botella de agua antes de decir—: Parece que tendremos que viajar cuando juegue para A&M. —Se volvió hacia mí, guiñándome un ojo.

Sonreí. Mi padre siempre había tratado a Rip como a un hijo y nunca se ha perdido ni uno solo de sus partidos de fútbol americano ni de béisbol. Cuando yo era más chica, le contaba de mi enamoramiento por Rip, mi papá se enojaba muchísimo. Desde entonces aprendí que debía callarme todo eso, llevaba haciéndolo desde el momento en que nos sorprendió besándonos. Sí, esa había sido mi idea, pero ese no fue mi último beso. Me habían besado uno o dos chicos más. Pero nada que encendiera una llama dentro de mí. Tampoco estaba interesada en salir con nadie de la escuela. La idea de estar con alguien que no fuera Rip ni siquiera me pasaba por la cabeza. Mi vida giraba en torno a un círculo muy estrecho de personas—y cabras—me gustaba mantenerlo así.

Rip estaba corriendo de regreso a la caseta y nos miró. Saludé y él devolvió el saludo antes de que los otros jugadores comenzaran a felicitarlo.

—A ese chico lo van a cazar a las pocas semanas de entrar a la universidad.

De repente, escuché una charla que me puso en alerta máxima. Mi mirada se dirigió a unas mujeres sentadas debajo de nosotros en las gradas. Eran madres de dos de los otros jugadores del equipo. No tenía idea de quiénes eran porque Rip jugaba para un equipo de élite. Había muchachos de todo el área que jugaban con él, todos de diferentes escuelas.

Me sintonicé con sus palabras.

—Mary está muy enamorada de él. Mírala como está ahí allí abajo.

Siguiendo su mirada, vi un grupo de chicas más jóvenes que yo de pie sobre el banquillo, tratando desesperadamente de no actuar como si estuvieran mirando a los chicos. No pude evitar sonreír de alivio porque inicialmente pensé que Mary era alguien de nuestra edad que podría llamar la atención de Rip.

Pronto derivaron en otra conversación sobre redecorar o algo así, así que las desconecté. Dejé que mis pensamientos vagaran mientras miraba a Rip en la cancha. Mordiéndome el labio, hice una lista mental de pros y contras en mi cabeza para decirle a Rip lo que realmente sentía por él.

¿Será que le digo ahora?

¿En la fiesta?

¿Quizás en la graduación?

¿O esperaría hasta que estuviéramos lejos del ojo vigilante de mi padre y pudiéramos hacer cosas mientras estábamos en la universidad?

Al final, decidí que tendría que ser paciente y esperar. Si Rip tuviera miedo de actuar por las amenazas de mi padre, eso ya no sería un punto en contra ya que nos hubiéramos ido y estuviéramos por nuestra cuenta. Es decir, si decide ir a A&M. Si no, tendría que decírselo antes de irnos a la universidad.

Con una amplia sonrisa, me atreví a creer que pronto tendría a Rip Myers para mí sola.

Vacaciones de primavera - Último año de bachillerato

—¡Vamos, Alyssa! ¡Ya hazlo! —Dije con una sonrisa.

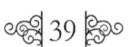

—¡No puedo! —Gritó mientras se balanceaba agarrada de la cuerda sobre el agua, regresándose a tierra.

Riendo, sacudí mi cabeza.

—Son vacaciones de primavera. Sabes que tienes que saltar al menos una vez. ¡Es una tradición!

Ahora estaba de vuelta en tierra firme, sujetando la cuerda y mordiéndose el labio.

—¡Vamos, Alyssa! ¡Hazlo! —Grité—. ¡Sí se puede! ¡Sí se puede! ¡Sí se puede!

—¡Deja de presionarme, mujer!

—¡Hola, Chloe!

Al darme la vuelta, encontré a Justin Rivers caminando hacia donde me encontraba.

Mierda. Mierda. Mierda.

Me iba a pedir que fuera con él al baile de graduación, estaba segura.

Sonreí y saludé. No quería herir sus sentimientos, pero todos sabían que Rip y yo íbamos juntos a todos los bailes. Esa fue idea de Rip, no mía. Si hubiera querido invitar a alguien más, lo habría intentado, pero él siempre me invitaba y yo siempre respondía que sí. Excepto ese año, no me había invitado hasta ese momento. Alyssa dijo que probablemente asumió que sabía que íiriamos juntos, pero Rachel dijo que había insinuado que iba a pedírselo a ella.

Ugh ¿Por qué mi corazón tuvo que elegir a Rip? Mi vida sería mucho más fácil si no estuviera enamorada de él.

Cuando Justin se acercó, mi corazón se aceleró un poco. Si él me preguntaba, tal vez tendría que decirle que sí.

El único problema era que no quería decirle que sí a Justin. Quería decirle que sí a Rip.

Capítulo 5

Rip

Chloe estaba parada al borde del río, gritandole a Alyssa para que se soltara de la cuerda. Mike se rió y se paró a mi lado.

—¿Por qué se balancea en la cuerda cuando le tiene pánico? —Preguntó.

—No lo sé. Es tu novia ¿Por qué no le preguntas a ella?

Él se rió.

—Hace mucho que dejé de intentar de entender a Alyssa. La amo, con sus peculiaridades y todo eso.

Asenti.

—Escucha, Rip, sé que dices que tú y Chloe son solo amigos…

—Lo somos.

—Lo sé. Lo sé. Pero escúchame bien. Dicen por ahí que Justin Rivers la ha invitado a ir con él al baile de graduación.

Fruncí mi el gesto.

—¿Qué, por qué mierdas la iba a invitar? Sabe que siempre vamos juntos a todos los bailes.

—El chisme es que invitaste a Rachel.

—¿Lewis?

Asintió en respuesta.

—No, eso no es cierto.

—Bueno, Alyssa me contó que Rachel estaba presumiendo en la clase de gimnasia de que ibas a invitarla.

Puse los ojos en blanco.

—Maldita sea.

—¿Qué mierda hiciste, le insinuaste algo o qué?

—¡No! Estaba en la florería de su madre preguntando sobre las flores para el cumpleaños de mi mamá. Rachel me preguntó si tenía una cita para el baile de graduación y yo… Oh, mierda. —El alma se me fue al piso.

—¿Qué?

—Le guiñé un ojo y le dije que aún no. Supongo que ella pudo haber tomado eso como indicio.

Mike sacudió la cabeza.

—¿Qué dijo Chloe a Justin? —le pregunté.

—Según Alyssa ella no le ha dicho nada. Creo que estaba sorprendida de que él la invitara.

—Cabrón. Los dos sabemos por qué quiere invitarla.

—Si, quiere echársela a la muela, como cualquier otro chico en Oak Springs. ¿Sabes que la única razón por la que se han mantenido alejados es porque te tienen miedo? Especialmente después de que golpeaste a Mark por hacer ese comentario sobre el trasero de Chloe cuando estábamos en segundo.

Me reí.

—Se lo merecía.

Mike también se rió entre dientes.

—Así fue, pero eso asustó a todos. Me siento mal por Chloe. Quiero decir, tal vez deberías preguntarle a Rachel y dejar que alguien más vaya con Chloe.

Si las miradas mataran, en ese momento Mike habría caído fulminado.

—He ido con Chloe a todos los bailes escolares desde la secundaria. Es mi chica y nadie más puede meterse con ella.

Mike frunció el ceño.

—A eso me refiero, Rip. La quieres toda para ti, pero no le darás lo que debes. Todo de ti.

Me froté la nuca con frustración.

—No lo entiendes. Si algo sale mal…

Soltó una risa ronca.

—¿Qué puede salir mal? Todos ven la forma en que ustedes dos se miran. Rip, me lo dijiste antes, estás enamorado de ella. ¿Por qué no puedes decírselo?

—No puedo. Simplemente no puedo, Mike. Si arruino nuestra amistad, no creo que pueda vivir con eso en la conciencia. Ella significa todo para mí, y yo jodería algo y la lastimaría. No puedo arriesgarme a lastimarla.

Mike sacudió la cabeza y miró a su alrededor.

—¿Y si algún día se cansa de esperarte y sigue adelante, si encuentra a alguien más? Mierda, ¿si se llegara a casar? Entonces, ¿qué vas a hacer?

Tragué saliva, sin querer pensar en ese día.

Mi amigo suspiró.

—Bueno, será mejor que hagas algo pronto. Justin está aquí y camina hacia Chloe.

Mi corazón se aceleró cuando vi a Chloe saludar a Justin y sonreír. Empujé a Mike y comencé a caminar hacia donde ella se encontraba. Tenía el siguiente turno en la cuerda, pero estaba a punto de apartarse para hablar con el idiota ese. Corrí y la agarré, tirándola sobre mi hombro antes de saltar directo al agua. Chloe gritó y todo lo que pude oír fueron unos cuantos chicos gritando mi nombre. Estaba seguro de que Justin iba a estar enojado, me importaba más bien poco.

Cuando salimos del agua, después de zambullirnos, Chloe volvió a gritar.

—¡Rip Myers, el agua está helada y no estaba lista todavía!

Riendome, tomé su mano y la hice nadar hacia la roca en la que siempre nos sentábamos juntos. Habíamos hecho eso desde que tenía memoria. Después de subir, me senté y ella se acomodó entre mis piernas mientras veíamos a nuestros amigos saltar al agua.

—¿Estás emocionado por el partido de béisbol de la próxima semana? —Preguntó cuando ya no pudo soportar el silencio entre nosotros.

—Sí. Creo que sí.

—¿Ya has tomado una decisión?

Me ofrecieron tres becas de fútbol americano y dos de béisbol. Tenía a todas esas universidades saltándome encima, presionándome para jugar con ellas. Todavía no se lo había dicho a nadie, pero había elegido Texas A&M para jugar béisbol.

—Sí.

Chloe se volvió y me miró. Pude ver la preocupación en sus ojos. Ella iría A&M, y aunque nunca me había dicho, sabía que quería que fuera allí.

—Creo que voy a jugar béisbol.

Se le cortó la respiración.

—¿Baylor o A&M?

Sonriendo, respondí—: A&M, por supuesto. No puedo dejar a mi gatita sola.

Chloe gritó y se arrojó sobre mí, casi tirándonos a los dos de la roca y de vuelta al agua. Envolviendo mis brazos alrededor de ella, levanté la vista y vi a Mike mirándonos, con Justin parado a su lado. La sonrisa en la cara de Mike decía mucho.

A la mierda con todos. Siempre íbamos a ser Chloe y yo.

Siempre.

Cuando Chloe se apartó, estábamos a centímetros el uno del otro. Dios, quería besarla. Diablos, el primer día que la conocí en el kínder quise besarla. Sin embargo, la única vez que me permití seguir adelante, su padre amenazó con matarme.

—¿Chloe? —pregunté, mi voz sonaba sin aliento de repente.

—¿Sí?

—¿Irías al baile conmigo?

Una amplia sonrisa iluminó su rostro.

—No me gustaría ir con nadie más, Rip.

Puse mi dedo en su barbilla y levanté su rostro, mis ojos enfocados en sus suaves labios rosados.

¿Qué haría si la besara?

Su lengua lamió rápidamente sobre sus labios.

Inclinándome, me moví en el último momento y besé el costado de su boca, luego incliné mi frente hacia la de ella. Cerró los ojos y nos quedamos así por lo que pareció una eternidad antes de que Mike nos llamara.

—¡Rip, Chloe, ya vamonos!

Tomando su mano, volvimos al agua. Chloe se subió a mi espalda y nos reímos y bromeamos hasta que llegamos a la orilla. Ambos ignoramos lo que casi había sucedido. Éramos buenos para dejar pasar esos pequeños momentos en los que parecía que los dos queríamos dejar de ser algo más que amigos.

Chloe agarró una toalla y se dirigió hacia mi camioneta, mientras me secaba en la orilla del agua.

—Lo hiciste a propósito.

Miré hacia arriba y vi a Justin parado allí.

—¿A qué te refieres?

—Sabías que iba a invitarla al baile de graduación y te aseguraste de que no pudiera hacerlo.

Sonriendo, me puse de pie y me acerqué a Justin.

—¿De todos modos, por qué pensaste que no iríamos juntos?

Sacudió la cabeza.

—Vas a asegurarte de que nadie más pueda tenerla, ¿verdad?

Inclinándome más cerca, me puse en su cara.

—Tienes toda la razón. Ella es mía. No lo olvides.

—Primero quieres cogértela y nos mantendrás al resto de nosotros alejados actuando como un imbécil. Lo entiendo.

Mi puño se levantó solo, y golpeó a Justin. Quien se tambaleó hacia atrás y tropezó con un tronco. Terminó cayendo al río. Todos se voltearon hacia la conmoción, incluida Chloe.

Mike estaba allí, tirando de mí por los brazos.

—Vuelves a hablar así de ella y te mato.

—¡Rip! —Gritó Chloe, corriendo hacia nosotros—. ¿Qué está pasando?

Justin se levantó y se frotó la mandíbula.

—No soy el único que lo piensa, Rip.

—¡Jódete, Justin! —Grité cuando Chloe se paró frente a mí. Cuando su mano aterrizó en mi pecho, sentí que no podía respirar. Su caricia instantáneamente me calmó, mientras que, al mismo tiempo, me enloquecía.

—¿Qué demonios fue eso? —Preguntó, mirando entre Mike y yo.

Sacudiendo mi brazo, respondí.

—Nada. Ya sabes cómo es ese idiota. Vamonos.

Colocando mi mano en la espalda baja de Chloe, la guié lejos de todos y hacia mi camioneta. Justin estaba a punto de abrir la boca otra vez cuando le lancé una mirada de advertencia. Se detuvo y se echó a reír. Cuando otros levantaron los puños para chocarlos con el suyo, supe que él tenía razón. Había perdido algunos amigos por Chloe. La mayoría de los chicos de la escuela pensaban que ya nos estábamos acostando. Me importaba una mierda lo que pensaran de mí, pero me importaba lo que la gente pensara de Chloe, ella no era ese tipo de chica que salta de cama en cama con cualquiera de estos idiotas.

Chloe era mía.

Cuando me senté en mi camioneta, dejé que mis palabras se reprodujeran en mi mente.

Chloe es mía.

Golpeando el volante, maldije a gritos varias veces.

¿A quién demonios estoy tratando de engañar?

—Rip, me estás asustando. ¿Porque estas tan enojado?

La miré

—¿Alguna vez quisiste algo tanto que el miedo te paralizó?

Su boca se abrió, antes de responder—: Quiero decir, he querido algo con urgencia, pero nunca lo suficiente como para asustarme.

—Bueno, eso es lo que me pasa, Chloe. Y si me lo permito, lo voy a arruinar todo.

Golpeé el volante nuevamente.

—¡Maldición!

—Rip, ¿se trata de las becas? Si eliges A&M sólo por mí, no quiero que hagas eso.

Intentando controlar mi respiración, dejé caer la cabeza contra el asiento y me reí. Una especie de risa maníaca, en realidad. Todo esto estaba vuelto mierda. Necesitaba decirle a Chloe cómo me sentía o dejarla ir. Las cosas entre nosotros no podían seguir así.

—No se trata de eso, gatita.

—Está bien, entonces ¿de qué se trata?—Sacudí mi cabeza mientras ella se acercó y tomó mi mano. Cerrando los ojos, entrelacé sus dedos con los míos—. Nada. Ya lo resolveré.

—Rip, estoy aquí si necesitas hablar.

Mi cabeza se levantó del asiento y me giré para mirarla.

—No hay nada que no haría por ti. Necesito que lo sepas.

Sonrió y sentí que mi corazón latía en mi pecho con más fuerza.

—Lo sé. Hicimos el juramento de sangre en quinto grado, ¿recuerdas?

Riendo, asentí.

—Lo recuerdo. Mi madre estaba enojada. Le manché de sangre el sofá de gamuza.

Chloe se rio.

—Me había olvidado de esa parte.

Con una exhalación larga y profunda, encendí la camioneta y salí del estacionamiento.

—Vamos, necesito llevarte a casa. Le prometí a tu papá que no llegarías tarde a la cena familiar.

—Cena familiar en la casa Parker. No sé por qué mi abuelita insiste en seguirlo haciendo así. ¡Es como un manicomio!

—¿Parchecitos todavía está castigado?

Chloe y Parchecitos eran muy unidos. A veces, pensaba que Parchecitos realmente creía que era humano. Y vivía para molestar a Waylynn, la tía de Chloe, que también vivía en el rancho con mi hermano mayor Jonathon en una de las casas más pequeñas. Ellos estaban casados y tenían dos hijos. Liberty y Hudson. Era extraño pensar que Liberty y Hudson eran mis sobrinos y, al mismo tiempo, primos de Chloe. Estábamos emparentados, aunque no éramos precisamente familia, lo cual era una locura.

Se mordió el labio.

—Sí. Entró en la casa el otro día y se comió todas las plantas de mi abuelita. Pasaron horas antes de que alguien se diera cuenta de que estaba allí.

Me reí.

—¿Quién lo encontró?

—¡Yo! Gracias a Dios. Estaba acostado en la silla favorita del abuelo. Deberías haberlo visto, Rip —dijo ella, riéndose más fuerte—.¡Estaba profundamente dormido y el control remoto medio masticado se le salía de la boca!

—Esa maldita cabra. Tu papá dice que Parchecitos nunca va a morir porque lo malcrias demasiado.

Sus brazos se envolvieron alrededor de su cuerpo y su sonrisa desapareció de repente.

—No estoy segura de qué haré cuando eso pase.

—Te prometo que cuando llegue ese momento, estaré allí.

Podía sentir sus ojos en mí.

—Lo juras, Rip. No importa qué pase, ¿estarás allí conmigo?

Parando en un semáforo en rojo, me di vuelta para ver a Chloe directo a los ojos.

—Lo juro por mi vida.

Capítulo 6

Chloe

—No te ha quitado el ojo de encima en toda la noche.

Me volteé para mirar a Alyssa. —Eso no es cierto.

Ella puso los ojos en blanco.

—Chloe, en el momento en que Rip te vio con ese vestido, se quedó sin palabras. El baile casi ha terminado. ¿No vas a hablar con él?

Mordiéndome mi labio, me encogí de hombros.

Rip y Mike habían estado hablando con el DJ antes de dirigirse hacia nosotros.

—Van a tocar la última canción, Chloe. Tienes que hacerlo ya.

Deteniéndose frente a mí, Rip me miró a los ojos.

—Te ves tan seria.

Sacudí mi cabeza.

—Es que no puedo creer que el baile casi ha terminado.

Me tomó en sus brazos listo para la siguiente pieza. Me reí.

—Um, Rip, no hay música.

La forma en que sonrió hizo que mi corazón latiera más rápido. Una vieja canción de un grupo llamado Dixie Chicks comenzó a sonar. Era una canción que a la madre de Rip, Kristin, le encantaba. Quería susurrar esas palabras en su oído porque quería que él hiciera exactamente lo que cantaban. *Vaquero, llévame lejos.*

Rip y yo comenzamos a dar los primeros pasos, lo cual no fue fácil de hacer en tacones. Una parte de mí se preguntaba si Rip le había pedido al DJ que tocara la canción. Cuando me abrazó, sentí que mi corazón se me atoraba en la garganta. Descansé mi cabeza sobre su pecho y recé para que el momento no terminara nunca.

Cuando la canción finalmente se acabó, miré a Rip. Se inclinó y por un breve momento pensé que me iba a besar. Se me cortó el aliento mientras me miraba a los labios y luego a los ojos.

—Chloe —susurró.

Tragando saliva, abrí la boca para decirle que estaba enamorada de él. Que quería ser más que su amiga, pero las alarmas de incendio sonaron, probablemente una broma, pero todos entraron en pánico mientras los maestros nos sacaban a toda prisa del salón de baile. Rip me sostuvo firmemente la mano, llevándome consigo al tiempo que seguíamos las indicaciones de los maestros. Mi única oportunidad de decirle a Rip cómo me sentía se me había escapado de entre los dedos.

El resto de la noche toda nuestra clase estuvo encerrada en el salón principal donde todos pasaron el tiempo actuando como niños de secundaria. Jugamos laser tag, trepamos cuerdas, nos entretuvimos con videojuegos y evitamos hablar sobre nuestro futuro.

Estaba parada en medio de la sala del nuevo apartamento que compartía con Alyssa sonriendo de oreja a oreja.

Alyssa entró y dejó caer una bolsa.

—Es todo, ya todas mis cosas están aquí.

Se acercó a mí y entrelazó su brazo con el mío.

—Somos oficialmente estudiantes universitarias.

Las dos nos reímos como unas locas.

—¡Finalmente, a vivir solas! —dije.

—Nunca estarás sola —dijo mi papá desde la puerta. Me dirigí hacia él, tomando una de las bolsas que traía consigo.

—Está bien, bueno, tú entiendes lo que quise decir.

Los padres de Alyssa entraron al mismo tiempo que mi madre.

—Este lugar es muy bonito. Me alegra que hayamos decidido alquilar un apartamento en lugar de quedarse en los dormitorios dentro del campus —dijo Darlene, la madre de Alyssa.

—Estoy de acuerdo. Aquí también me gusta la seguridad — agregó el padre de Alyssa, Walter.

Mi madre abrió el refrigerador y suspiró.

—Necesitamos ir de compras.

—Paxton, creo que las chicas pueden arreglárselas solas —dijo papá.

—¡No sabrán qué comprar! —A mi madre casi le da un ataque.

—Mamá, Alyssa y yo sabemos qué comprar. Sé cocinar. Aprendí de la mejor.

Ella suspiró, se limpió una lágrima y se inclinó hacia mi padre.

—Pensé que estaba lista para este día, pero parece que no lo estoy.

—¡No llores, mamá! —dije dirigiéndome hacia ella—. Voy a estar bien. Tengo a Alyssa conmigo, Rip y Mike también van a estar pendientes de nosotras.

Rip y Mike se habían mudado a una vivienda fuera del campus en un departamento que compartían con otros dos muchachos. Todos jugaban deportes. Ya sabía que Mike probablemente estaría aquí todo el tiempo con Alyssa.

—¿Qué van a hacer esta tarde? —preguntó mi padre.

Encogiéndome de hombros, respondí—: Probablemente vaya al super y luego visite a Rip y Mike.

Darlene y Walter salieron de la habitación de Alyssa.

Con una sonrisa triste, Darlene dijo—: Bueno, parece que lo tienen todo. Este es su nuevo hogar para los próximos cuatro años, chicas. Disfrútenlo.

Alyssa abrazó a su padre mientras yo miraba alrededor de nuestro pequeño apartamento. Nuestros padres nos habían comprado muebles básicos, ya que el departamento no estaba amueblado, por lo que nos tocaba decorarlo a nuestro gusto.

—¡Veo un viaje a Hobby Lobby en nuestro futuro! —dije mientras miraba las paredes vacías.

—Veo a alguien sentada, revisando su presupuesto, no es que tengas fondos ilimitados, hija.

Con una sonrisa, abracé a mi padre.

—Lo sé, papi. Gracias por todo y gracias por llevarnos a almorzar.

Mi padre besó la parte superior de mi cabeza y me abrazó más fuerte.

—Te amo, gatita.

—Yo también te amo, papá.

Luego fue el turno de mi madre.

—Te voy a extrañar mucho. La casa no será la misma sin ti. —Lágrimas comenzaron a formarse en nuestros ojos. Necesitaba quitar el foco de atención de mí, pronto.

—Vas a cuidar mucho a Parchecitos, ¿verdad? —pregunté.

Mi madre acomodó mi cabello, acariciándolo con los dedos.

—Por supuesto que lo haré. Gage y Parchecitos te extrañarán mucho.

Me sequé las lágrimas.

—Yo también los voy a extrañar. Extrañaré a todos.

Mis padres me envolvieron en otro abrazo.

—Está bien, es mejor que hagamos esto antes de que se vuelva más difícil —dijo Walter mientras todos salían.

Alyssa abrazó a sus padres una vez más, al igual que yo. Nos quedamos allí y vimos cómo se marchaban. Cuando doblaron la esquina y se perdieron de vista, me limpié las lágrimas de las mejillas.

—De repente ya no quiero estar sola —susurró Alyssa todavía parada al lado mío. Girándome, la abracé.

—Vamos, comencemos a desempacar nuestras cosas.

Después de que ambas desempacamos nuestra ropa, nos reunimos en la cocina para comenzar a guardar todos los artículos relacionados con la comida.

—Entonces, ¿finalmente vas a hablar de tus sentimientos con Rip? Ahora que ambos están en la universidad, y ya que la idea de decirle todo en el baile se fue al garete —dijo Alyssa, apoyada contra el mesón de la cocina, comiendo una manzana que su madre le había dejado.

Soltando un largo suspiro, asentí.

—Sí. Tan asustada como estoy, sé que ha llegado la hora.

Ella sonrió.

—A él también le gustas, ya sabes. Mike me dice todo el tiempo lo frustrado que se siente con Rip porque él no se atreve a decirte.

Me iba a dar el tramafat, estaba nerviosísima.

—¿Y si realmente solo quiere ser mi amigo?

—Entonces él se lo pierde, pero no creo que sea así. —Tal vez ahora que no estamos cerca de nuestros padres y de todos los de Oak Springs, finalmente se arriesgue.

Alyssa tenía razón.

—Vamos. ¡Le dije a Mike que la cena corría por su cuenta!

Dos horas después, Rip y yo estábamos en la sala del departamento de los chicos. Mike y Alyssa estaban en su habitación viendo una película.

—¿Quieres tomar algo más? —preguntó Rip, levantándose y dirigiéndose a la cocina.

—No, pero quiero hablar contigo de algo.

—Bueno. Soy todo tuyo.

Sonreí; si tan solo él supiera.

Me miró mientras yo luchaba por mantener mi respiración bajo control.

—Quiero más.

Él arqueó las cejas y preguntó—: ¿Más de qué?

—De ti. De nosotros. Quiero que seamos más que amigos.

Mi corazón se aceleró cuando se quedó allí, mirándome como si me hubiera vuelto loca y fuera una blasfemia atreverme a proponerle eso.

—Quiero que salgamos y veamos a dónde va esto. Debes saber que te veo más que como mi amigo. Te amo, Rip. He estado enamorada de ti desde el primer día que te vi en el kinder.

Seguía mirándome en silencio. Algo que parecía un conflicto parpadeó en sus ojos.

Ahora podía escuchar mi propio corazón latiendo fuerte como un tambor. Con cada segundo que pasaba, cuanto más tiempo permanecía allí mirándome, más lamentaba mi decisión de decirle cómo me sentía. Quizás Mike se había equivocado. Tal vez Rip no me quería más que sólo como los amigos de toda la vida que siempre habíamos sido.

¿Pero qué hay de todas las señales que me había dado? De repente estaba tan confundida.

—Rip, ¿podrías al menos decir algo?

Después de respirar profundamente, se acercó a mí. Me tomó la cara entre las manos y sentí que todo mi cuerpo se calentaba.

Bésame. Por favor, bésame.

Se inclinó mientras me levantaba de puntillas. Nuestros ojos estaban cerrados, y estaba segura de que Mike y Alyssa probablemente podían escuchar los latidos de mi corazón, que golpeaban fuerte en mi pecho.

Rip estaba a centímetros de besarme. Su aliento caliente bailaba sobre mis labios. Luego se echó hacia atrás y apoyó su frente contra la mía.

Como siempre lo hacía antes, parecía que me iba a besar.

Me aferré a sus brazos, tratando de no dejar que mis piernas salieran de debajo de mí.

—Gatita, no tienes idea de cuánto significas para mí.

Sonriendo, apreté sus brazos.

—Quiero besarte y quiero decirte que todo estará bien entre nosotros, pero ¿y si no es así? ¿Qué pasa si perdemos lo que tenemos y no podemos volver a ese lugar otra vez?

Me ardían los ojos mientras luchaba por contener las lágrimas.

Me le había declarado y él me estaba diciendo que no.

—Quiero que seamos amigos toda la vida. Significas el mundo entero para mí y yo también te amo. La cosa es que no puedo arriesgarme a perderte.

Bajando las manos a los costados, me alejé de él. Sus ojos parecían como si también estuviera conteniendo el llanto.

—Entiendo. ¿Entonces no estás enamorado de mí lo suficiente como para estar conmigo, pero me amas lo suficiente como para que estemos juntos? ¿Quieres explicarme por qué pasaste todos estos años conmigo?

—Chloe.

—No, Rip, hubo tantas veces que te miré a los ojos y sentí que estaba mirando el reflejo de mi propia alma. Pensé que querías estar conmigo.

Se pasó los dedos por el pelo, pero no dijo nada. Su silencio se había convertido en mi peor enemigo.

Me reí, haciéndole sacudir la cabeza para mirarme. Había apostado y perdido. ¿Qué más podría hacer sino reír porque la única otra opción era llorar, y ya le había dado a Rip mi corazón en una bandeja de plata, así que por qué no también mi dignidad?

Alejándome de él, levanté mis manos en el aire.

—No puedo creerlo. Lo entendí todo mal.

—Chloe, no, no te equivocaste. Es sólo que…

Lo miré de nuevo fijamente.

—Dices que estás enamorado de mí, pero no haces nada al respecto, ni estás conmigo ni dejas que salga con alguien más. ¿Qué mierda es esa, Rip? Dios no permita que te arriesgues a intentarlo.

Bajó la mirada al suelo.

—Voy a preguntarte una vez más, si tu respuesta sigue siendo no, nunca volveré a mencionar esto.

—Chloe, no me hagas esto. Es nuestro primer día en la universidad y no puede ser que termine vuelto una mierda.

Lo miré fijamente. Había esperado todo el instituto para este día. Me merecía una respuesta y no me iría hasta tenerla.

—¿Quieres que seamos más que amigos, Rip?

Cuando no me respondió, me acerqué al sofá y recogí mi bolso.

—Chloe. ¡Chloe, espera!

Abrí la puerta y bajé los escalones. Pronto escuché a Alyssa detrás de mí.

—Dame tus llaves. Yo manejo —dijo Alyssa.

—Chloe, detente por un segundo, vamos a hablar de esto —dijo Rip.

Le di mis llaves y me tapé la boca para evitar deshacerme delante de él. Una vez que estuve a salvo en el auto y ella se alejó, me solté a llorar.

Alyssa tomó mi mano y la apretó.

—Al menos ya pasó. Tienes su respuesta y ahora puedes seguir adelante, Chloe.

Miré por la ventana y asentí mientras me limpiaba las lágrimas.

—Sí, pero ¿de verdad alguna vez se me pasará?

Capítulo 7

Chloe
Presente

Easton me mira, esperando mi respuesta. En mi cabeza giran como en un torbellino recuerdos de Rip y yo. Bailes, salidas a pescar, nuestras risas. El hombre que siempre había imaginado que estaría arrodillado pidiéndome que me casara con él ahora estaba de vuelta en Oak Springs, viviendo su vida. Sin mí.

Ese fatídico día volvió en un instante. El día que le conté a Rip cómo me sentía realmente. Después de que me rechazó, lo aparté de mi mente y fingí que nunca había pasado nada. Rip intentó hablar al respecto durante casi tres meses, pero finalmente se dio por vencido y siguió la farsa. Fingió que nada había pasado. Pronto comenzó a salir con otras chicas, lo que me obligó a empezar hacer lo mismo. Había seguido adelante, así que yo también necesitaba vivir mi vida. Manteniendo la farsa que fue el espectáculo de Rip y Chloe.

Y ahora aquí estoy, con Easton de rodillas frente a mí pidiéndome que me case con él. Tengo dos opciones, puedo decir que no y seguir soñando con una vida con Rip, cosa que sólo va a pasar en mis sueños. O puedo seguir adelante y casarme con Easton.

Mi corazón me grita que diga que no. Mi cabeza secunda la moción. Entonces, cuando escucho mi propia voz, me siento hasta mareada.

—Sí —susurro, mientras lágrimas ruedan por mis mejillas.

Sin embargo, no estoy llorando de felicidad. Esto no es como yo me había imaginado que pasaría. Llena de emoción y alegría. Planes inmediatos para el futuro. Esto se siente como si tratara de huir del pasado. Quiero a Easton, pero ¿estoy realmente enamorada de él? Mi corazón y mi cabeza saben la respuesta, pero mi boca aparentemente tiene sus propias ideas.

Easton se levanta y me da la vuelta mientras los dos nos reímos. Cuando me baja, coloca un hermoso solitario en mi dedo.

—Me acabas de convertir en el hombre más feliz del mundo, Chloe.

Enmarcando mi rostro en sus manos, dice—: Sentía que te me estabas yendo de entre los dedos, tenía que hacer algo para que te quedaras conmigo para siempre. —Él se inclina para besarme.

—¿Perdón? ¿Sólo me pediste matrimonio porque sentiste que me estabas perdiendo?

Easton ríe nerviosamente.

—Por supuesto que no, Chloe. Ya sabes a qué me refiero.

¿Lo sé? Esto no pinta bien, comenzando que debí pensarlo mejor antes de contestar, hacer una lista de pros y contras y entonces darle una respuesta, sintiéndome tranquila y confiada. En

lugar de pensar en Rip y su rechazo, tenía cosas más importantes en las que pensar.

Easton se va a ir a vivir a Houston. Yo me mudaré a Oak Springs. ¿Cómo diablos va a funcionar esto?

—Escucha, sé que volverás a Oak Springs mañana por la mañana, pero déjame ir contigo para que pueda estar allí cuando les digas a tu familia. ¡Se van a quedar con la boca abierta!

Sonriendo, asiento. Mis padres habían visto a Easton varias veces. No estaba segura de qué pensaban de él. Mi madre fue amable; mi padre actuó como si Easton fuera un insecto que se le atravesaba en el camino. Por supuesto, una vez que nos hicimos novios, todos me recordaron cómo siempre pensaron que Rip y yo terminaríamos juntos. Incluso mis padres.

Sí. Yo también, pero eso no funcionó según lo planeado.

No puedo ni hilar un solo pensamiento coherente.

—Eso les va a gustar mucho. Sé que planean una gran fiesta para mí mañana por la noche. Una especie de bienvenida a casa.

La expresión de Easton se ilumina.

—Eso es perfecto, puede ser nuestra primera fiesta como prometidos. Diablos, incluso puede ser nuestra fiesta de compromiso.

Me muerdo el labio. Probablemente sea un buen momento para mencionar el hecho de que vamos a vivir casi cinco horas separados el uno del otro.

—¿Tienes todo empacado y listo para entregar el apartamento? —me pregunta.

—Sí, no tenía mucho que empacar. Alyssa y yo vendimos todos los muebles ya que, por el momento, las dos nos mudamos a casa con nuestros padres. Alyssa espera conseguir un trabajo como enfermera cerca de Oak Springs. Ella y Mike están planeando casarse la próxima primavera, así que estoy segura de que estaré ocupada ayudándola con eso.

Me mira con los ojos llenos de amor.

—¿Y cuándo te gustaría que nos casáramos, Chloe?

El pánico se apodera de mi pecho y robándome el aliento.

—Tenemos mucho tiempo para pensarlo, no hay prisa.

—Estoy seguro que mi madre va a insistir en que fijemos la fecha lo antes posible.

Asiento.

—Ah, está bien.

—Vamos a decirle a tu familia primero, luego yo hablaré con la mía. Ya les dije que iría a Oak Springs contigo por unos días.

—Perfecto, está bien. Me parece genial. —Estoy balbuceando como una tonta.

Oh, Dios, ¿en qué lío me he metido?

—Vamos, a cenar. Nuestra comida se está enfriando.

Easton no para de hablar mientras comemos. Sobre su nuevo trabajo, sobre finalmente graduarnos. Incluso me pregunta algunas cosas sobre qué tipo de boda quiero.

La cabeza me da vueltas. Revuelto tengo el estómago del pánico. ¿Por qué de repente me siento tan llena de dudas? ¿Easton supuso que me mudaría a Houston? Seguramente, él tenía que saber que mis planes siempre habían sido trabajar en el rancho de mi familia. Es por eso por lo que fui a casa todos los veranos para aprender todo lo necesario para ello.

—Easton, creo que con la emoción de que me pediste matrimonio, nos quedamos atrapados en el momento y nos olvidamos de hablar sobre algunas cosas que son bastante importantes.

—Lo sé —dice, alcanzando mi mano y jugando con el anillo—. Quieres quedarte en Oak Springs y yo necesito estar en Houston.

No se me pasa por alto cómo ha dicho que yo quiero estar en Oak Springs, como si fuera sólo un capricho y lo de vivir en Houston fuese de vida o muerte.

—Bueno, no es que sea una idea lo de vivir ahí, mi vida entera está allí. El rancho, mi familia, mi trabajo.

—Rip.

No puedo evitar poner los ojos en blanco.

—Easton, hemos tenido esta conversación un millón de veces. Rip y yo solo somos amigos. Y apenas he hablado con él desde que regresó a Oaks Springs.

—Sí, además de los mensajes de texto que se mandan a diario —me recuerda mientras se acomoda en su asiento—. Me sé ese cuento de memoria. Los mejores amigos desde el kínder, él es como un hermano para ti. Todo lo que digo es la forma en que como te mira como si te quisiera para él y la forma en que mira es como si estuviera listo para matarme, me dice que él piensa que la relación de ustedes es muy diferente a la forma en que tú la ves.

Me burlo.

—Vas a tener que confiar en mi palabra cuando te digo que eso no es cierto. Hemos hablado antes de esto, no hay nada entre nosotros y nunca lo habrá.

—Aun así, no me gusta la forma en que te mira.

Suspirando, pongo mi tenedor en la mesa y dejo escapar un suspiro frustrado.

—¿Realmente vamos a hablar sobre Rip cuando tenemos un tema mucho más importante que discutir? Asumes que voy a ser yo quien se mude.

—Chloe, ¿qué demonios voy a hacer yo en Oak Springs? Estudié ingeniería de petróleos. Ya he aceptado una oferta de trabajo.

—También tengo un trabajo esperando por mí.

Él ríe.

—¿Trabajando en el rancho de tu familia?

Cruzando los brazos sobre mi pecho, lo fulmino con los ojos.

—Estamos hablando de que un día voy a ser yo quien lleve las riendas del rancho. No estarás degradando el negocio de mi familia, ¿verdad?

—No. Chloe, sabes que no estoy haciendo eso. Sólo digo que vas a trabajar para tu familia. Yo voy a trabajar para una de las principales compañías de petróleo y comenzaré con un muy buen sueldo. ¿Dónde voy a encontrar un trabajo como ese en Oak Springs? ¿De trabajador en el rancho? —él deja escapar una risa sarcástica.

Mi barbilla se tambalea y aparta la vista.

—Dios, lo siento. Lo último que quiero hacer es pelear contigo.

Trago saliva, sé que no voy a ganar esta guerra. Respiro hondo y lo dejo salir. Una parte de mí sabe que me he apresurado a responderle. Debería haber pedido tiempo para pensarlo. La sola idea de alejarme de mi familia me pone de nervios.

—No te estoy pidiendo que te mudes a Oak Springs. Lo que te pido es que seas paciente conmigo. No quiero mudarme a Houston hasta que nos casemos. Al menos me gustaría estar en casa con mi familia por un tiempo. Mi madre y Alyssa pueden ayudarme a planificar la boda.

—Será difícil no verte a diario, pero estoy más que feliz de dejarte tener eso. Supongo que querrás casarte en Oak Springs. También estoy de acuerdo con eso.

Un dolor agudo golpea el centro de mi pecho.

—No —contesto rápido—. Creo que deberíamos hacerlo en un punto medio, un lugar entre Houston y Oak Springs.

Él sonríe.

—¿Estás segura? Había imaginado que tu sueño era casarte en el campo.

—Sí, cuando era pequeña, pero eso fue hace mucho tiempo.

Y esos sueños terminaron la noche que le dije a Rip que quería más de él, para ser exactos.

Easton inclina la cabeza y me mira por unos momentos antes de decir—: Está bien. Será en algún lugar entre Houston y Oak Springs. Estoy seguro de que podemos encontrar un hermoso lugar para intercambiar nuestros votos. Ahora necesitamos una fecha. Mi madre esperará una boda cerca de Navidad.

—¿Navidad?

—Sí, le encanta decorar para navidad y piensa que una boda en esas fechas sería increíble.

Sonrío al pensar en la madre de Rip, Kristin. Ella es fanática de decorar para navidad, comienza con los preparativos desde septiembre y en cuanto termina octubre, ya tiene todo puesto.

—Eso está a sólo siete meses, Easton. ¿No crees que debería ser yo quien elija si quiero una boda navideña? —digo, escuchando la duda en mi propia voz.

—Claro que es tu decisión. Y, ¿qué pasa si faltan siete meses?

—Bueno, quiero decir que no creo que podamos planear una boda tan rápido.

—Creo que podemos. Además, quiero que estés conmigo en Houston lo antes posible. Si eso significa que tenemos que apresurarnos un poco más para planear la boda, entonces lo haremos.

La mandíbula casi se me cae al piso mientras intento procesar esa información. Inmediatamente, la cuenta regresiva que *él* ha establecido comienza su marcha.

—¿Quieres un compromiso largo, Chloe?

—Sí. No, espera. Dios mío, me propusiste matrimonio hace un momento y ahora estamos hablando de una boda en siete meses en un lugar que no conozco, y ni siquiera se lo he dicho a mis padres. Easton, tienes que calmarte un poco.

Se inclina hacia adelante y toma mis manos.

—Lo siento. Estoy emocionado, eso es todo.

—Yo también, y todavía estoy un poco sorprendida. Hace sólo unos días pensamos que íbamos a terminar y mira, ahora estamos comprometidos.

Él asiente.

—Fue estresante terminar con los exámenes y todo, lo entiendo. He estado ocupado y no te estaba prestando la atención que necesitabas.

Si tan solo esa fuera la razón. Tal vez de verdad estábamos alejándonos. O tal vez estaba dejando que esos viejos sentimientos resurgieran ahora que regresaba a casa. ¿Qué encontraría cuando volviera a Oak Springs?

Rip. Y probablemente él estaría de novio con alguien más.

Cierro mis ojos. *Es hora de seguir adelante, Chloe.*

—Terminemos y luego regresemos a tu casa. ¿Alyssa ya se fue a Oak Springs?

Volviendo a levantar mi tenedor, asiento.

—Sí. Ella y Mike se fueron hoy muy temprano.

—Así que estaremos tú y yo solos esta noche.

—Solo me queda un colchón inflable en el departamento.

Easton sonríe y me guiña un ojo.

—Eso es todo lo que necesitamos para celebrar.

Espero a que la sensación de calor en mi estómago me consuma como solía hacerlo cuando empezamos a salir. Pero no siento nada. Y eso me llena de algo a lo que no puedo ponerle nombre: ansiedad o tal vez temor. Creo que soy demasiado terca para admitir lo que realmente siento.

Pero lo que tengo en el corazón no miente.

Capítulo 8

Rip

Clavando las pinzas en la paca de heno, lo recojo y lo tiro a la parte trasera del remolque. Cuanto más rápido mueva, más mi mente se mantendrá ocupada.

—Rip, no estamos jugando carreritas. Disminuye la velocidad antes de que te lastimes —grita Trevor.

Cuando no estoy trabajando para mi hermano Jonathon, ayudo a Trevor, Mitch y Steed en el rancho. Saber que Chloe regresa a casa en cualquier momento, me tiene los nervios de punta.

Los últimos cuatro años han sido un infierno para mí. Chloe se ha portado como si ese incidente nunca hubiera pasado, pero yo lo he revivido todos los malditos días desde que salió por la puerta de mi departamento. Lamentarme se me había hecho una costumbre, igual que tomar whisky.

Mi corazón se estrelló contra mi pecho mientras luchaba contra el impulso de decirle cuánto la amaba. Mi mente no dejaría que mi corazón ganara.

Su rostro parecía derrotado cuando dijo——: Entiendo. ¿Entonces no estás enamorado de mí lo suficiente como para estar conmigo, pero me amas lo suficiente como para que estemos juntos? ¿Quieres explicarme por qué pasaste todos estos años conmigo?

—Chloe.

—No, Rip, hubo tantas veces que te miré a los ojos y sentí que estaba mirando el reflejo de mi propia alma. Pensé que querías estar conmigo.

Joder, si ella supiera cuánto quería estar con ella. Hacerla mía. Llevarla a mi habitación y pasar toda la semana allí con ella, aprendiendo lo que le gustaba, aprendiendo los sonidos que hacía cuando nos besábamos, cuando nos tocábamos, cuando hacíamos el amor.

Entonces ella se echó a reír. No era su risa normal, dulce y cálida. Era fría, sin sentido.

La miré, deseando decirle la verdad.

Chloe se apartó de mí y levantando las manos en aire de pura frustración.

—No puedo creer esto. Lo entendí todo mal.

—Chloe, no, no te equivocaste. Es sólo que…

Se dio la vuelta y me lanzó una mirada fulminante. La ira llenó sus ojos y no había nada que pudiera hacer para quitarlo. Sabía que le estaba arrancando el corazón.

—Dices que estás enamorado de mí, pero no haces nada al respecto, ni estás conmigo ni dejas que salga con alguien más. ¿Qué mierda es esa, Rip? Dios no permita que te arriesgues a intentarlo.

Culpable, miré al suelo.

—Voy a preguntarte una vez más, y si tu respuesta sigue siendo no, nunca volveré a mencionar esto.

Mi mirada se encontró con la suya.

—Chloe, no me hagas esto. Es nuestro primer día en la universidad y no puede ser que termine vuelto una mierda.

—¿Quieres que seamos más que amigos, Rip?

¡Sí! ¡Joder sí! ¡Estoy asustado como la mierda! ¡Dame un minuto para procesar esto!

Mi silencio fue su respuesta. Fue hacia el sofá, agarró sus cosas y se dirigió a la puerta.

—Chloe. ¡Chloe, espera!

Alyssa me detuvo antes de salir por la puerta.

—Pensé que te conocía, Rip Myers.

La puerta se cerró, y casi caí de rodillas.

—¿Tienes idea de qué demonios acabas de hacer, Rip?

Ni siquiera me molesté en tratar de ocultar las lágrimas que se me escaparon.

—Simplemente dejé que la cosa más increíble de mi vida se alejara.

—Rip, ve tras ella. Arriésgate, maldita sea. Si no funciona, no la perderás como amiga.

Mis pies permanecieron plantados en el mismo lugar hasta que Mike gritó mi nombre.

—¡Rip! ¡Ve tras ella!

Moviéndome lo más rápido que pude, salí corriendo por la puerta e intenté avisarle a Alyssa, pero ya se estaban yendo.

Llegué demasiado tarde.

Inclinándome, tuve que hacer un esfuerzo para respirar, el simple hecho de tomar aire dolía. Cuando finalmente logré regresar a la casa, miré a Mike a los ojos.

Sacudió la cabeza y se alejó. Fue la última vez que hablamos sobre lo que había hecho.

—¿Rip? ¡Rip!

El grito me saca de mis recuerdos. Encuentro a Trevor mirándome.

—Lo siento, me perdí mientras pensaba en algunas cosas que tengo pendientes.

La manera en que el tío de Chloe me mira me da a entender que sabe de lo que estoy hablando.

—¿Necesitas tomar un descanso? Has estado trabajando mucho toda la mañana.

—No, estoy bien.

Normalmente usamos las máquinas para recoger las pacas de heno, pero Trevor pensó que hoy se necesitaba algo de trabajo manual. Es un día inusualmente frío para ser mayo y parece que una tormenta está a punto de estallar. Sin embargo, mi cuerpo está bañado en sudor. Por supuesto, estoy seguro de que mi resaca no ayuda a mi causa.

—¿Chicos tienen ganas de ir a una fiesta?

Levanto la vista para ver a Steed en su caballo.

—¿Qué tipo de fiesta? —pregunto.

—Una fiesta de bienvenida para Chloe.

Me limpio la frente y sonrío.

—¿Ya llegó?

Él me devuelve la sonrisa, pero algo no está bien. Es casi como si no pudiera mirarme a los ojos.

—Está a una hora más o menos. Mamá, Paxton y Waylynn están preparando un festín. Alyssa y Mike están invitados. Sé que a Chloe también le encantaría verte, Rip. Sobre todo, porque no se han visto en meses.

Asiento. Nuestra amistad ha sobrevivido ese fatídico día. Sólo porque Chloe decidió fingir que nunca sucedió. Ella siguió apoyándome, yendo a los partidos y eso. Incluso iba a fiestas siempre y cuando Mike y Alyssa estuvieran allí. Cualquier cosa que nos impidiera estar solos. Fue difícil porque había intentado que Chloe hablara conmigo al respecto. Para que pudiéramos aclarar lo que pasó. Necesitaba decirle la verdad. Ella me había sorprendido al admitir sus sentimientos, así sin aviso ni nada. Decir que me había cagado de miedo era un eufemismo. Intenté hablar con ella durante tres meses antes de finalmente rendirme.

Entonces conocí a Heather. Ella se había acercado a mí durante una fiesta, y había sido sincero con ella y le había dicho que estaba enamorado de Chloe. Ella conocía toda la historia y no le importaba. Heather y yo nos llevábamos bien y salimos por un tiempo. Ella fue la primera chica con la que me acosté. Ella fue la chica que hizo su misión hacerme olvidar mi primer amor. Ambos sabíamos que nuestra relación no era seria. Salimos por varios años, pero lo teníamos claro. Nada serio, sólo para quitarnos las ganas. No podía ser nada más que eso, mi corazón le pertenecía a otra chica.

Heather fue la señal de Chloe para seguir adelante y comenzar a conocer a otra gente. Salió con algunos chicos. Con uno de ellos empezó a salir con él con regularidad durante unos meses, y sabía que con él había perdido su virginidad. Casi enloquecí cuando escuché a Alyssa decirle a Mike que Chloe finalmente había tenido sexo con alguien. Me alejé, físicamente enfermo.

Entonces conoció a ese imbécil, Easton. Lo odié desde el primer momento. Habían estado saliendo durante casi un año. Su relación fue una de las razones por las que me rompí el culo en un intento de graduarme antes. No podía soportar verlo colgado de ella. Besándola, tocándola. Tenía que alejarme de la universidad lo antes posible.

Aprieto mis puños incluso ahora tan sólo de pensar en el idiota.

—¿Rip? Vas a reventarte una vena. Jesús, ¿qué tienes en la cabeza? —pregunta Steed.

Mis ojos rebotaron de Steed a Trevor y de regreso a Steed.

—Nada señor. Lo siento. Sí, estaré allí. ¿A qué hora?

—A las seis.

—Ya casi hemos terminado, así que tendremos mucho tiempo para llegar —dice Trevor.

Después de que Steed se marcha, vuelvo a agarrar pacas y arrojarlas al remolque, más rápido y duro que antes. Pretendiendo que cada paca es ese idiota, por lo que mi energía no conoce límites.

—Detente por un segundo, ¿quieres? —me ordena Trevor, quitándose los guantes y arrojándolos a una paca—. Siéntate.

Hago lo que me pide, tomándome el tiempo para alcanzar mi botella de agua.

—Tengo la sensación de que sé por lo que estás pasando.

—¿Qué quieres decir? —pregunto, limpiando el sudor de mi frente con la manga de mi camisa.

—Si tuviera que adivinar, diría que te asustaste.

Me río.

—Trevor, ¿de qué diablos estás hablando?

—Fue Chloe quien te dijo cómo se sentía y tú le dijiste que no sentías lo mismo. ¿Estoy en lo cierto?

Mi sonrisa se desvanece.

—Pero claro que sientes lo mismo, ¿o me equivoco? —me preguntó mirándome fijamente.

Tragando saliva, tomo otro trago de agua.

—Steed no quería decírtelo porque él también piensa igual que yo.

Con una mirada confusa, le pregunto—: ¿Piensa igual de qué?

—Que ustedes dos deberían haber terminado juntos. Es muy probable que uno de ustedes sintiera demasiado miedo para superar la amistad que hay entre ambos.

—¿Steed cree que deberíamos estar juntos? Pero si él mismo me dijo que si alguna vez besaba a su hija, me torcería las pelotas con tanta fuerza que hablaría como una niña el resto de mi vida. Ya sé que era un niño cuando me dijo esa mierda, así que me creí el cuento.

Trevor echa la cabeza hacia atrás carcajeándose con ganas.

—Oh, hombre. Voy a recordar eso para cuando me toque espantarle los pretendientes a Aurora. Como ella acaba de comenzar el bachillerato, sé que esos tiempos no están muy lejos.

Le doy una palmada a Trevor en la espalda.

—Odio decirte esto, pero estoy seguro de que ella ya se ha enamorado por primera vez.

Me da una mirada que me hace temblar.

—Está bien, bueno, ¿la conversación ha terminado? —pregunto.

—No, no ha terminado. Al igual que Steed, muchos de nosotros pensamos que ustedes dos terminarían juntos. Pero creo que debes estar preparado para esta noche, Rip.

—¿Por qué, qué pasará esta noche?

—Easton viene con ella.

Mi estómago se siente como si me hubieran obligado a beber plomo. Trago saliva y trato de ignorar la sensación de desasosiego.

—Bueno, han estado saliendo durante un tiempo, por lo que tendría sentido que viniera a casa con ella para celebrar su graduación.

Trevor asiente.

—Simplemente no quería que te pillara desprevenido cuando lo veas.

Me pongo de pie, terminando mi agua, luego me pongo los guantes.

—Si Chloe es feliz, entonces yo también soy feliz.

Trevor se puso de pie.

—¿Es por eso por lo que te empinas una botella todos los fines de semana en el bar de Cord?

Mirando por encima de mi hombro, es mi turno de fulminarlo con la mirada.

—Estoy bien, Trevor. Como dije, estoy feliz por Chloe.

—¿Estás saliendo con alguien?

Con un encogimiento de hombros, respondo—: No lo he hecho en unos meses. Pero eso no significa nada.

Trabajamos en silencio durante unos minutos antes de decir—: Y siempre he sentido lo mismo. Ella me tomó por sorpresa, y no estaba listo para aceptarlo. Quiero decir, lo estaba, pero tampoco lo estaba.

Asiente, casi con lástima.

—Te entiendo, lo creas o no. Entiendo lo que dices. Déjame darte un consejo, hijo, y luego te voy a dejar en paz. Si la amas, si quieres algo más que amistad con ella, es mejor que saques la garra y te prepares para pelear con todo. No la dejes ir esta vez.

Lo miro fijamente. Él sabe algo que yo no. Cuando vuelve a trabajar, me quedo allí unos minutos más, sus palabras asentándose en el medio mi pecho.

Saca la garra, no la dejes ir esta vez.

Sacudo la cabeza y vuelvo al trabajo. Con cada paca de heno, trato de pensar en alguna razón por la que no debería estar allí esta noche. Al final, sé que debo ir. Esto se trata de Chloe, después de todo. Y quiero estar allí para darle la bienvenida a casa. Con Easton o sin él.

Estoy listo para pelear por ella.

Capítulo 9

Chloe

Me paro en el medio de mi habitación y sonrío. Todo es tan familiar, lo que hace que mis nervios se calmen un poco. Mi padre y yo nos instalamos en una de las casas adjuntas a la propiedad cuando volvimos a Texas. Mi tía Waylynn y mi tío Jonathon también viven en el rancho en otra casa que han remodelado y ampliado después de adoptar a Liberty y a Hudson. Liberty tiene quince años y Hudson trece. Liberty es una mini versión de mi tía Waylynn. Ella no tiene ningún problema con decirte las cosas tal como son y cómo las ve.

Easton se estaba quedando en la casa principal del rancho, la cual es de mi abuelito y abuelita. Sólo se quedaría esta noche y luego regresará a Houston mañana temprano. Cuando Easton pidió quedarse en la casa de mis abuelos, me confundió. Tal vez él pensó que mi padre lo querría con nosotros. Sin embargo, no discutí.

—¿Acomodándote? —me pregunta mi madre desde la puerta.

—Sí, ya está todo listo.

Entra en la habitación y sonríe.

—Chloe, ¿estás bien? Pareces distraída.

Meto la mano en mi bolsillo y saco el anillo de diamantes que me había quitado antes de salir de mi auto. Sabía que Easton se preguntaba por qué no lo había anunciado en ese momento, pero necesitaba tomarme unos momentos para mí antes de comenzar a contarle a mi familia.

Mi madre jadea mientras me ve deslizarlo en mi dedo.

—¿Easton te pidió que te casaras con él?

Sonrió y asiento.

Entonces ella frunce el ceño.

—¿Dijiste que sí?

—Suenas decepcionada.

—No. Estoy en shock, cariño. Él no es…

Alzo una ceja. ¿Estuvo a punto de decir que él no era Rip?

Aclarándose la garganta, continúa.

—Quiero decir, él vive en Houston y…

Sus palabras se detuvieron en seco cuando ella entendió el peso de lo que el anillo significaba. Cubriéndose la boca, se dio la vuelta para que no la viera llorar.

—Oh, mamá, por favor no llores.

—Estoy feliz por ti, cariño, es solo que… necesito un momento.

Y es por eso por lo que no le di la noticia nada más llegar. Sabía lo que iba a pasar.

—Lo sé.

Me mira y toma mis manos entre las suyas.

—Estoy feliz por ti, si eres feliz. ¿Lo estás, estás segura acerca de esto? No has estado saliendo con él por mucho tiempo, y hace solo unas semanas dijiste que pensabas que las cosas iban a terminar entre ustedes.

Respiro hondo.

—Estoy feliz. Me siento un poco confundida. Quiero a Easton y quiero, bueno, quiero casarme con él.

Su cabeza se inclina hacia un lado.

—Siento que hay un pero allí en alguna parte.

—Lo hay. Como dijiste, las cosas parecían estar mal con nosotros, pero tal vez fue el estrés de terminar la escuela y saber que íbamos por caminos separados. Y si me caso con él, me iré de casa para siempre.

Me atrae a sus brazos y me aprieta con fuerza.

—Oh, Chloe. Tienes que hacer lo correcto para ti y tu corazón. ¿Le has dicho a Alyssa, a Rip?

Retrocedo y la miro.

—Hasta ahora sólo tú lo sabes.

—Bueno, esto es un shock, si en realidad es lo que realmente quieres, te apoyaré en tu decisión.

La duda en su voz era palpable.

—Papá va a estar muy molesto. Todos esos planes que teníamos para que trabajara con él en el rancho. Lo estoy decepcionando. —agrego despacio, cada palabra llena de tristeza.

—¡No! No estás decepcionando a nadie. Estás viviendo tu vida. Tu padre sabía que siempre existía la posibilidad de que hicieras algo diferente. ¿Estará molesto? Por supuesto, no por el trabajo, porque eres nuestra hija y la idea de que te mudes lejos de nosotros, pues…

Sus ojos se llenan de lágrimas nuevamente.

—Necesito decírselo a papá. Easton quiere que anunciemos el compromiso esta noche en la fiesta.

Limpiándose las lágrimas, una expresión de preocupación cruza su rostro antes de forzar una sonrisa.

—Bueno. Podemos hacerlo. Todos tus amigos y familiares estarán allí. Será el lugar perfecto. ¿Tenemos una fecha?

—Easton quiere que sea cerca de navidad.

—¿Navidad? Pero si sólo faltan siete meses —grita.

—Lo sé. Decidimos celebrar la boda en algún lugar entre Oak Springs y Houston. Simplemente no sé dónde.

Entrecierra los ojos. ¿Ha escuchado la decepción en mi voz?

Si soy sincera conmigo misma, siempre había soñado con celebrar mi boda aquí en el rancho. Aquí fue donde comenzó mi vida hace tantos años, y aquí es donde quería que mi vida comenzara con el hombre del que me enamorara. Supongo que también tengo que dejar ir esa fantasía infantil.

Asiente, probablemente su cabeza ya se está llenando de ideas.

En realidad, mi madre era mi maestra de kinder cuando nos mudamos de Oregón a Texas. Ella y papá fueron novios en el bachillerato. Las cosas salieron mal, hasta el día de hoy, todavía no sé qué pasó con claridad, pero supongo que esa es su historia para contar cuando estén listos. Si quisieran compartirlo conmigo y con

Gage, lo harían. Ella no es mi madre biológica. Me adoptó justo después de que se casó con mi papá. Entonces nació Gage.

Gage.

La idea de dejarlo me entristece hasta el alma. La idea de dejar Oak Springs y todos los que viven aquí hace que mi cabeza se convierta en un torbellino de dudas.

—Bueno, si estamos hablando de una boda tan pronto, tenemos mucho que planear.

Llaman a la puerta y miro para ver a mi padre parado allí.

—Planear, ¿qué necesitamos planear? —pregunta.

Respiro hondo y levanto la mano, mostrándole el anillo.

—Easton me pidió que me casara con él.

Por el resto de mi vida, nunca olvidaré la expresión de la cara de mi padre y el momento de silencio mientras digería las palabras que acababa de decir.

—¿Qué? —dice entrando en la habitación—. ¿Ni siquiera tuvo la decencia de pedirme tu mano?

Me río.

—Papi, él no es un chico chapado a la antigua, como nosotros.

—No, no lo es. Supongo que irás a Houston a vivir con él.

Mi mirada cae al suelo por un momento.

—Por ahora no. Le dije que no quería irme de Oak Springs hasta después de casarnos.

Eso parece alegrar a mi padre por un breve momento. Entonces el ceño aparece nuevamente en su rostro.

—¿Tienes una fecha?

Trago fuerte.

—Cerca de navidad, eso es lo que Easton quiere.

Él asiente.

—Steed, creo que deberías decirle algo a Chloe.

—Cierto. Lo siento, mi niña.

Se acerca y me abraza con fuerza.

—Felicidades. Siempre pensé que sería…

Mi madre se aclara la garganta y detiene las palabras de mi padre al instante.

—¿Pensaste que sería qué? —pregunto.

—Nada. Nada. Escucha, es mejor que nos alistemos para ir a la casa de tus abuelitos. Hemos dejado a Easton solo allá con tu abuelo. Dios sabe lo que hará o le dirá al chico. Ya sabes cómo se siente tu abuelo con la gente de la ciudad.

Me rio.

—Termina de acomodarte y luego nos vamos gatita —dice mi madre cuando van saliendo de mi habitación y cierran la puerta.

Respirando hondo, saco mi teléfono y llamo a Alyssa.

—¡Hola! ¿Ya de regreso?

—Sí. ¿Cómo van las cosas?

—¡Excelente! ¡Conseguí un trabajo en la escuela primaria como enfermera! No puedo creer que ese puesto haya estado disponible.

—¡Oh wow, Alyssa, eso es increíble!

Ella chilla al otro lado del teléfono.

—¡Lo sé! ¿Estás contenta de estar en casa?

Al caer sobre mi cama, suspiro.

—Muy contenta. Easton también está aquí conmigo.

—Pensé que volvería contigo para la fiesta de graduación. Me encanta que tus abuelos te organizaran una fiesta el día que llegaste a casa.

Sonrío.

—Todavía no he visto a Parchecitos.

Alyssa se ríe.

—Escápate esta noche y podrás verlo. Estoy segura de que Waylynn lo tendrá encerrado. Rip dijo que ayer le pidió seis veces que revisara los pestillos del establo.

La mención del nombre de Rip hace que mi corazón saltara un latido. Siempre lo había hecho, y había aceptado el hecho de que siempre lo haría. No importa qué, Rip Myers siempre sería mi primer amor.

—Cuando a Parchecitos se le mete una idea en la cabeza, no descansa hasta que lo consigue, encontrara la manera. —Me rio, pero mi corazón no salta de felicidad.

—Quizás puedas ir de compras conmigo el próximo fin de semana. Tenemos que pensar en los vestidos para las damas de honor.

Respirando profundamente, digo—: Sí, sobre eso. Supongo que también necesitarás comprar uno.

Sólo escucho silencio desde el otro lado de la línea.

—Oh no.

¿Por qué todos estaban teniendo la reacción tan negativa?

—Te pidió que te casaras con él, ¿no? —Una sensación de pesimismo se hizo eco a través del teléfono.

—Sí, ¿por qué suena como si fuera como una sentencia de muerte?

—Puedo darte una serie de razones por las que es una verdadera sentencia, Chloe Parker, y conoces cada una de ellas. La principal es que tendrás que mudarte. Chloe, ¿realmente amas a este chico lo suficiente como para renunciar a todo y mudarte a Houston? ¿Qué pasa con tu familia, qué pasa con el rancho, qué pasa con ya sabes quién? —Ni siquiera tiene que pronunciar su nombre, después de todo, es mi mejor amiga y sabe la verdad.

No sé las respuestas a ninguna de sus preguntas.

—Alyssa, no habría dicho que sí, si no estuviera segura.

—¿Estás segura de que no dijiste sí por ningún otro motivo?

—¿Cómo cuál? —pregunto, realmente irritada, qué fastidio con la gente que me rodea y sus ideas.

—¿Rip?

—¿Rip? —pregunto riendo con amargura—. ¿Qué tiene que ver Rip en mi decisión de casarme con Easton?

—Veamos. ¿Alguna de estas cosas pasaron por tu mente antes de responderle? Oak Springs. Trabajar para tu papá. Dejar atrás a tu familia y amigos. Venir nada más en vacaciones o tal vez una o dos veces al año. Vivir en Houston. ¿No te acordaste de Rip y del día en que todo se fue al garete?

—Pues bien sabes cómo terminó eso.

—Chloe, vamos, ¿realmente le dijiste que sí a Easton porque lo amas lo suficiente como para dejar tu vida atrás?

—Por el amor de Dios, Alyssa —le dije, levantándome de la cama—. Amo a Easton.

—¿Amas a Rip?

—Sí. Siempre amaré a Rip como mi mejor amigo. Eso nunca cambiará.

—Así que si se parara frente a ti en este momento y te dice que…

—Mi mamá me grita, tenemos que irnos. Al rato te veo.

—¡Chloe Parker!

Terminando la llamada, suelto un suspiro. Me acerco a la ventana y miro el gran roble que está al lado de la ventana de la casa en que crecí. Recordando cómo me escabullía para ir a fiestas con Alyssa, bajando por ese mismo árbol. Envolviendo mis brazos alrededor de mi cintura, contemplo el paisaje. Todos los sueños que tuve toda mi vida incluyen este rancho. Los planes que hice para ayudar a mi padre. Los sueños de formar una familia aquí. Todo me agobia, quiero llorar.

Un golpe en mi puerta me sobresalta.

—¿Chloe?

Girando, me limpio mis lágrimas y miro a Gage.

—¡Gage! —Me apuro y me arrojo a sus brazos. Puedo ser seis años mayor que él, pero seguro que ya no es mi hermanito. A sus diecisiete años, ya es un hombretón alto como mi padre y lleno de músculos como los de Rip.

No quería reconocer que lo había comparado con Rip y no con Easton. No, ni siquiera iba a pensarlo dos veces.

—Te extrañé mucho —sollozo en su pecho. Me abraza fuerte y no dice ni una palabra. Siempre sabe cuándo necesito ese abrazo extralargo.

Cuando doy un paso atrás, finjo una sonrisa.

—Lo siento. No sé por qué estoy llorando.

Había una expresión de incredulidad en su rostro.

—¿Qué pasa? —pregunto.

—¿Te vas a ir? Mi papá dijo que le dijiste a Easton que te casarías con él.

Con una sonrisa, respondí—: Sí, acepté su propuesta.

Gage sacude la cabeza.

—¿Pero por qué? Chloe, sí todos sabíamos que te casarías con Rip.

Mi boca se abre por la sorpresa y también por la indignación.

—¿Qué te hace decir eso?

Luego pone los ojos en blanco.

—No tienes que hacerte la tonta, Chloe. Incluso mi papá esperaba que ustedes dos eventualmente resolvieran su mierdero.

—¿Mi papá dijo que pensaba que Rip y yo estaríamos juntos?

Gage se burla.

—Todos pensamos eso. Obviamente, todos menos tú y Rip. Quiero decir, ¿por qué Easton? Ese no es más que un imbécil.

Golpeo a Gage en el pecho.

—No lo es y no digas cosas así. Él está aquí.

—No aquí en nuestra casa, así que puedo decirlo.

—Gage, amo a Easton.

—¿Suficiente para dejarnos a todos?

—No es justo que me digas eso.

Mi hermano baja la mirada.

—Tienes razón. No es justo. No es justo para ninguno de nosotros.

Se da la vuelta y se aleja.

—Oh, por Dios —digo, frotándome la sien, comienza a dolerme la cabeza, esto es un caos.

Mi madre regresa a mi habitación.

—Estará bien. Está un poco molesto. Siempre planeó que fueran tú y él juntos los que manejaran el rancho.

—Este otoño estará en la universidad, ¿qué importa si estoy aquí o no?

Ella levanta una ceja. Su boca se abre para decir algo, pero la voz de papá la interrumpe.

—¡Vámonos o llegaremos tarde —grita mi padre.

Mi madre besa mi mejilla.

—Quizás quieras cambiarte, cariño. Estaremos abajo, listos para partir cuando tú lo estés.

Antes de que ella tenga la oportunidad de alejarse, la agarro del brazo.

—Mamá, ¿es cierto lo que dijo Gage, mi papá realmente estaba pensando que Rip y yo terminaríamos juntos?

Se muerde el labio y mira hacia abajo.

—Entonces es verdad.

Cuando sus ojos azules se encuentran con los míos, suspira.

—Oh, Chloe, cariño, todos pensamos que ustedes dos terminarían juntos. Siempre fueron inseparables, y él siempre te gustó. Para nadie era un secreto.

—Él no sentía lo mismo por mí.

—¿Estás hablando de lo que sucedió en tu primer año de universidad? Probablemente estaba confundido y asustado.

—¿Y qué, estás diciendo que me amaba pero que no podía admitirlo, lo estás justificando?

Mi madre simplemente se encoge de hombros.

—¿Alguna vez volvieron a hablar de eso?

La culpa me golpea como un cuchillo en el pecho.

—No.

—¿No? —pregunta ella, con el ceño levantado, juzgándome.

—Quiero decir, Rip trató de hacerlo, varias veces. Pero le dije que quería olvidarlo. Seguir adelante. Y él lo hizo. Comenzó a salir con Heather.

Escupo su nombre como si fuera veneno. Mi madre se ríe.

—Y eso te hizo empezar a salir a ti, ¿cierto?

—Sí. Estoy de acuerdo con que seamos amigos, mamá

Su mano se acerca a mi cara y me inclino hacia el calor de su mano.

—¿Lo estás, él lo está?

Frunzo el ceño. Antes de que podamos decir algo más, mi padre grita.

—¡Tenemos que irnos, chicas!

—Me cambiaré muy rápido. —Mi voz suena débil y odio eso. Odio sentirme confundida sobre mis propias emociones. Me siento como si fuera una olla a presión que está a punto de estallar.

Asiente y sale de la habitación, para bajar corriendo las escaleras.

Buscando en mi armario, encuentro un vestido azul y blanco que compré hace unos meses en una pequeña boutique en la plaza de aquí del pueblo. Es largo y tiene una falda ancha, pero realza mis curvas de una manera delicada. Me pongo mis botas vaqueras, agarro mi teléfono y bajo las escaleras.

Todos ya están en la camioneta esperándome. Mis manos tiemblan cuando alcanzo la manija de la puerta. ¿Por qué estoy tan nerviosa, por qué iba a decirles a todos sobre el compromiso?

¿O porque sé que Rip va a estar ahí?

Tal vez llevaría a alguien, y todos verían que él había continuado con su vida.

Justo como yo lo hice.

Capítulo 10

Chloe

En el momento en que entramos en la cocina, no puedo evitar reír. Easton está parado en el fregadero, intentando pelar papas.

—Hijo, ¿nunca has pelado una papa? —pregunta mi abuelita, quitándole la papa que tiene entre manos y empujándolo suavemente hacia un lado.

—Um, no, señora Parker.

—Melanie, Easton. Llámame, Melanie.

—Mamá, ¿para qué demonios lo estás haciendo pelar papas? Toda la comida está hecha —dice mi padre mientras entra y besa a mi abuelita en la mejilla.

Mi abuelita se ríe con picardía.

—Necesitaba ver las habilidades culinarias del chico. —Luego se vuelve y me mira—. Después de todo, no se puede esperar que mi nieta cocine tres veces al día todos los días después de que se casen.

Mi sonrisa se desvanece al instante y miro a Easton.

—¿Le dijiste a mis abuelos?

Se encoge de hombros como si no fuera gran cosa.

—Oh, demonios —Gage susurra a mi lado.

La ira se acumula en mis venas, mi temperamento en ebullición. Créanme cuando les digo que eso no es bueno, de ninguna manera.

—¿Cómo pudiste, Easton? —pregunto, mirándolo fijamente. Todo mi cuerpo está temblando del coraje.

—Cariño, ¿tal vez pensó que quizás ya les habías dicho tú primero? —señala suavemente mi madre.

—Lo íbamos a anunciar después de la cena. Te dije que quería ser yo quien se los dijera a mis padres y a mis abuelitos.

Easton me mira con los ojos llenos de remordimiento.

—Lo siento, Chloe. Simplemente se me salió.

—Chloe Parker, antes de que sigas regañando al pobre chico, déjame decirte que él tiene razón. Accidentalmente se le salió e intentó detenerse, pero soy demasiado rápida, todos los miembros de esta familia lo saben y entendí perfecto lo que quería ocultar. Pero para que lo sepas, tu abuelo no tiene idea.

—¿No tengo idea de qué? —pregunta mi abuelito, entrando en la habitación. Él sonríe cuando me ve y rápidamente se dirige hacia mí—. Mi niña finalmente está en casa.

Cuando me envuelve en sus brazos, casi lloro otra vez.

Por Dios, Chloe. Controla tus emociones, ¿quieres?

Después de recibir un buen abrazo y beso, él da un paso atrás y levanta el anillo de compromiso.

—Easton me pidió que me casara con él y yo dije que sí.

Su sonrisa nunca vacila, pero veo la duda en sus ojos por un breve momento. Otra persona decepcionada.

Tomando mi mano, mi abuelito mira el anillo.

—Bueno, parece que mi pequeña se va a casar.

—Sí —le digo, mirando a Easton y sonriendo. Él me devuelve la sonrisa y murmura otra disculpa.

—Steed, ve a buscar una botella de champán en la bodega. Vamos a celebrar —dice el abuelo.

Easton se acerca a mí y toma mi mano entre las suyas.

—Lamento que se me fuera la boca.

—Lamento haber reaccionado como lo hice. Era importante para mí decírselo yo misma.

Él asiente.

—Lo entiendo. Escucha, Chloe, he estado pensando. Sé cuán importante es este lugar para ti. No sé si alguna vez soñaste con casarte aquí cuando eras pequeña.

Sonrío.

—Así fue en algún momento.

En el sur del rancho hay un hermoso prado, con un árbol enorme, que queda junto al río. Siempre había soñado que ese sería el lugar donde me casaría. Debajo del gran roble que alberga tantos recuerdos hermosos. Hubo innumerables veces que les dije a mis padres que ese árbol era el sitio en donde me casaría.

—Quiero celebrar la boda aquí.

Mis ojos se abren y mi respiración se queda atrapada en mi garganta por un momento.

—¿Qué? Pero tu familia tendría que venir hasta acá.

—Eso no importa. Estás dejando a tu familia por mí. Lo menos que puedo hacer es que nos casemos en este lugar que significa tanto para ti.

Esas palabras me dan directamente en el corazón. Pero en lugar de enamorarme, logran el efecto diametralmente opuesto.

—¿Este lugar?

Él sonríe.

—El rancho. Tu hogar. El lugar donde creciste.

Eso debería hacerme sentir mucho mejor, pero no es así.

—¿Tienes un lugar especial donde te gustaría casarte? —pregunta.

Mi madre se acerca y nos mira.

—¿He escuchado bien, te vas a casar aquí en el rancho?

—¡Sí! —dice Easton—. Sólo le preguntaba a Chloe si tenía pensado un lugar especial para la ceremonia.

Mirándome, mi madre sonríe ampliamente.

Antes de que ella pudiera decir algo, digo—: Creo que el patio trasero aquí en casa de los abuelos sería el lugar perfecto.

—¿Aquí? —dice Easton, sonando un poco decepcionado—. Quiero decir, ¿cuántas hectáreas tiene el rancho, Chloe? Seguramente tienes un lugar que te gustaba cuando eras más chica.

—¿El prado del sur? —pregunta mi madre, confundida.

Sacudo mi cabeza.

—Esta casa significa el mundo entero para mí. Es donde mi familia todavía se reúne una vez a la semana para cenar. He crecido aquí. Será perfecto.

Easton se inclina y besa mi mejilla.

—Está bien. Me casaría contigo hasta debajo de una piedra, Chloe.

Mi corazón enternece ante su dulzura. Sé lo mucho que significa para él cada palabra.

—Easton, toma algunas sillas y ven a ayudar, ¿quieres? —Gage llama desde la puerta de atrás.

Al mirar por la ventana trasera, los ojos de Easton se agrandan.

—¿Cuántas personas esperan? Parece que hay suficientes asientos para más de cien.

Riendo, respondo—: Tan sólo la familia de mi padre son casi treinta personas.

—¿Y tienen cenas semanales, treinta personas?

—Casi treinta. Deberías habernos visto cuando todos mis primos eran pequeños. Era un manicomio.

—¡Easton! —Gage le llama de nuevo. Estoy segura de que Easton sospecha que Gage tiene sentimientos encontrados por nuestro compromiso.

—Ignóralo. Está molesto porque me voy a mudar.

Con una mirada triste en sus ojos, Easton me besa una vez más.

—Todo saldrá bien, nena. Lo prometo.

—Lo sé —digo no muy convencida, pero tampoco queriendo rendirme. Me he comprometido con Easton. Una parte de mí lo ama y esa misma parte verá cómo hacer que esto funcione. Así que ahora necesito convencer a mi corazón para que se ponga al día con mi cabeza.

Se dirige a la parte de atrás. Antes de tener la oportunidad de ir a ayudar, mi madre me agarra, me lleva a través de la cocina y por el pasillo hacia el estudio.

—¿Mamá qué estás haciendo?

—¿El patio, Chloe, ahí es donde quieres casarte?

—Sí, ¿qué hay de malo en el patio? Tiene una hermosa vista del atardecer y mi abuelita hace ahí la cena de primavera y la cena benéfica todos los años.

La cena de primavera es un gran evento que mis abuelitos organizan después de que todo el fin de semana se lo pasan vacunando y castrando al ganado. Puede sonar asqueroso, pero es una de mis épocas favoritas del año en el rancho.

Ella me mira como si me hubiera vuelto loca.

—¿Qué pasa con el pequeño lugar que nos dijiste a tu padre y a mí que querías casarte por años?

Presiono mis labios con fuerza.

—Yo he cambiado de opinión, mamá.

Inclinándose más cerca, dice—: Chloe, si sigues enamorada de Rip…

—Mamá —advierto, no quiero que siga por ese camino, es caso perdido.

—No, esto es importante.

—No me voy a casar con Easton en el mismo lugar en el que quería casarme con mi primer amor.

—¿Eso es todo lo que es Rip para ti? —pregunta ella, echando la cabeza hacia atrás.

—No. Él es mi mejor amigo.

Ella asiente lentamente.

—Bueno. Si estás segura, Chloe.

—Estoy segura.

Girándome, me alejo y, en lugar de salir, me dirijo a la oficina de mi padre. En cuanto abro la puerta, me detengo en seco. El corazón casi se me sale del pecho.

—¿Rip?

Levanta la vista y sonríe, ambos hoyuelos se le marcan en las mejillas. Se me debilitan las rodillas y odio que mi cuerpo reaccione tan poderosamente. No lo había visto en meses. Nos enviamos mensajes de texto casi todos los días, incluso si es sólo para desearnos buenos días. Sin embargo, verlo esta noche no es lo que esperaba. Y ciertamente, no había planeado encontrarme a solas con él.

—Oye, ¿por qué te ves sorprendida de verme? Tenías que saber que estaría aquí para tu fiesta.

Con una sonrisa, entro en la oficina.

—Por supuesto que lo sabía. Me sorprende verte en la oficina de mi padre, eso es todo.

Recostándose en la silla del escritorio, suspira y deja caer un lápiz sobre el escritorio.

—Tu papá está tratando de encontrar un error contable. Me pidió que mirara los libros. Llegué hace un momento.

—Oh —digo, acomodándome en una de las sillas de cuero frente al escritorio—. Poniendo ese diploma de contador en buen uso, ¿eh?

Otra sonrisa.

—Siempre me han gustado los números.

Me río.

—Yo siempre los odié

—¿Te alegra estar de regreso en casa? —pregunta.

—Estoy muy contenta. Te extrañé ahora que no estabas en el campus. Tenía que ir a tomar mi café el jueves por la mañana sola.

—¿Por qué Easton no iba contigo?

Con un medio encogimiento de hombros, respondo—: Ese era nuestro momento. No me hubiera sentido bien yendo con alguien más.

Asiente. Parece como si quisiera decir algo más, pero se detiene por alguna razón.

—¿Las cosas van bien entre ustedes?

Trago fuerte.

—Sí.

—¿Cómo va a funcionar contigo aquí y él en Houston?

Mirando hacia mis manos, noto que me las estoy frotando. Luego levanto la mano y le muestro el anillo.

—Anoche me pidió que me casara con él.

Rip se pone completamente pálido. Tan blanco como un fantasma mientras mira el anillo y luego vuelve a mirarme a los ojos.

—Y dijiste que sí.

Escucho el dolor inconmensurable en su voz, no hay duda. Me trago el nudo en la garganta.

—Sí, le dije que sí.

No dice nada. Simplemente se sienta allí, mirándome.

—Mejor cuéntame de tu vida, ¿estás saliendo con alguien?

Aparta la vista por un momento y luego vuelve a mirarme.

—No, no lo estoy. —Se pone de pie—. Um, si me disculpas, Chloe. Acabo de recordar que tu abuelito me pidió que revisara el establo. Tengo que asegurarme de que Parchecitos no se vaya a escapar.

Me pongo de pie, con una amplia sonrisa en mi rostro.

—Voy contigo. He estado ansiosa por verlo.

Rip se pasa la mano por el pelo.

—Bueno, si vas para allá, puedes verificar todo y yo ayudaré a que todo quede listo aquí. Ya encontré el error que Steed pasó por alto. Estoy seguro de que a Easton le gustaría conocer a Parchecitos.

Una ola de desilusión me invade.

—Sí, está bien. ¿Te veo más tarde en la fiesta?

—Sí, claro.

Como es usual, Rip se despide guiñándome el ojo. Pero definitivamente hay una pared en medio de nosotros, separándonos. Luego veo cómo sale con rapidez de la oficina de mi padre.

Volviendo al escritorio, miro los papeles. Se supone que este sería mi trabajo. El trabajo que había esperado desde que era pequeña. Sentada detrás del escritorio de mi padre, ayudando a mi familia a administrar uno de los ranchos ganaderos más grandes de Texas.

—Rip me dijo que estarías aquí. ¿Qué le pasa? Se veía bastante enojado.

Me doy la vuelta para encontrar a Alyssa. Sus palabras vibran en mi pecho.

—Le conté sobre el compromiso. No quería que lo escuchara por primera vez cuando lo anunciáramos más tarde.

—Oh, mierda.

Mordiéndome el labio, asiento.

—Parecía un poco sorprendido, pero no pensé que estuviera enojado.

Mi amiga gruñe un par de maldiciones. Alyssa nunca me ha perdonado por no hablar con Rip sobre ese día. Me había rogado durante semanas que me sentara con él, insistiendo en que podríamos superarlo. La había ignorado. Mi estúpido orgullo se interpuso en el camino.

—Si no lo viste enojado, entonces estás ciega como un maldito murciélago, Chloe.

Pongo los ojos en blanco.

—No importa, Alyssa. No me pidió que no me casara con Easton. No profesó su amor eterno por mí y no me suplicó que fuera suya mientras me llevaba al atardecer.

—Chloe, desearía que por una vez abrieras los ojos y vieras lo que está justo frente de ti.

Mi boca se abre.

—¿Disculpa?

—¿Sabes por qué Rip dejó la universidad antes de tiempo?

—Sí, tenía los créditos para graduarse.

—No. Se rompió el culo estudiando para terminar antes y luego siguió tomando clases en línea. Todavía le falta terminar dos clases para graduarse.

—¿Qué? —Jadeo.

—No te lo dijo porque no quería que te preocuparas porque iba a volver a casa. Él tenía que salir de allí porque no podía soportar más verte con Easton.

—Eso es una locura. He salido con otros chicos antes y él ha hecho lo mismo, te consta.

—Su relación más larga fue con Heather. Y eso fue una cosa intermitente. Saliste con algunos tipos antes de Easton, nada serio. Entonces apareció Easton y las cosas se pusieron serias. Rip le dijo a Mike que no podía soportar verte con él. Tenía que poner tierra de por medio.

La miro con incredulidad.

—No —digo, tratando de sonar segura, pero parece que me estoy ahogando—. Él sabía lo que yo sentía por él, Alyssa. Si él estuviera enamorado de mí, me lo habría dicho.

—Estabas saliendo con alguien más, Chloe. Tú eras feliz. Eso es todo lo que él siempre ha querido para ti. No estaba a punto de arriesgarse a perder tu amistad cuando estás saliendo en serio con alguien.

Alejándome de ella, envuelvo mis brazos alrededor de mi cuerpo.

—Lo siento. Quizás no debería haber dicho nada. Quiero decir, amas a Easton, ¿verdad? Lo amas lo suficiente como para casarte con él y dejar atrás el mundo que conoces. Ha estado mal de mi parte decirte todo esto. Sólo estoy repitiendo lo que Mike me dijo, y después de ver a Rip hace un momento, supuse que tal vez habías cambiado de opinión. Tal vez deberías detenerte y pensar en todo esto. Chloe, sé que te preocupas por Easton, lo quieres. ¿Pero lo amas como amas a Rip?

Mirando por la ventana, veo los establos en la distancia.

—Necesito ir a ver a Parchecitos, quiero que Easton lo conozca. Te veo al rato, Alyssa.

Mientras camino hacia la puerta que da al patio trasero, Alyssa me llama.

—¡Chloe! Espera. ¡Chloe!

Sigo caminando, mis ojos escaneando la multitud. Entonces lo encuentro, Easton está hablando con mis tíos, Cord y Trevor.

—¡Ahí está nuestra chica! —dice Trevor, levantándome y dándome vueltas. Me baja y me besa en la mejilla. Mi tío Cord hace lo mismo después.

—Bienvenida a casa, gatita —me saluda mi tío Cord.

—Gracias. Es bueno estar de vuelta. Tío Cord, mamá dijo que Maebh y Katlyn están en Irlanda.

Él asiente.

—Sí, fueron a visitar a Aedin y a la tía Vi.

Cord se casó con Maebh, una mujer de Irlanda que se mudó a Oak Springs hace años para abrir su propio restaurante. Su madre era del área y conoció a su padre en Irlanda. Después de su fallecimiento, estar en Texas hizo que Maebh se sintiera más cerca de ella. Katlyn es su hija de trece años.

—Easton, oye, te estaba buscando.

Deteniéndome a su lado, me tenso cuando me rodea con el brazo. Me encuentro buscando a Rip por los alrededores.

¿Qué me pasa? Voy a matar a Alyssa por meterme esas ideas en la cabeza.

—Necesito ir a revisar las cerraduras del establo, además quiero ver a Parchecitos. ¿Quieres acompañarme?

—Parchecitos, ¿Es tu mascota?

—Sí. ¿Quieres conocerlo, cierto?

—Uh, claro. Si eso es lo que quieres.

Hago un puchero y se echa a reír.

—Bien, iré a ver a tu cordero.

—Cabra —dicen mis tíos al mismo tiempo—. Hijo, si te vas a casar con una chica del campo, será mejor que aprendas a diferenciar los animales de granja.

—¿Cómo lo supiste? —Pregunto mientras miro a Easton acusadoramente.

Levantando las manos, se echa a reír.

—Esto fue cosa de tu papá. Me presentó a todos como tu prometido.

—Ugh. ¿No puedo hacer esto de la manera que quiero? —digo, casi pataleando, como una niña malcriada.

—Lo siento, cariño.

Toma mi mano en la suya.

—Vamos a ver tu cordero.

—¡Cabra! —Gritan mis tíos otra vez.

—¿Hay alguna diferencia? — Pregunta Easton con una sonrisa.

—¡Sí! —Respondo mientras lo golpeo ligeramente en el estómago.

Caminamos en silencio los primeros minutos antes de que Easton hable.

—Vi a Rip.

—¿En serio?

—Se acercó y me felicitó. Supongo que le dijiste. ¿Cuándo lo viste?

—Oh, sí, estaba en la oficina de mi padre haciendo algo que le había encargado. Me encontré con él allí. Me preguntó cómo iban las cosas y le dije.

—¿Cómo lo tomó?

Girándome para mirarlo, frunzo el ceño.

—¿Qué quieres decir?

Easton se echa a reír.

—Por favor, Chloe. No tienes que seguir actuando como que no sabes que le gustas a Rip.

Aparto mi mano de la suya.

—¿Crees que estoy actuando?

Me mira fijamente.

—Sí. Sí lo creo. No estaba bien cuando se acercó a felicitarme. Estaba enojado. Lo vi en sus ojos.

Colocando mis manos en mis caderas, sacudo mi cabeza lenta y deliberadamente. Primero, Easton y su manera caprichosa de comportarse, y ahora esto.

—En nuestro primer año de universidad le dije a Rip que quería algo más que amistad con él. Tú lo sabes. Te conté la historia. Él no sentía lo mismo. Seguimos adelante, lo superé y aquí estamos hoy. Voy a tener que defender mi amistad con él por el resto de mi vida, porque si es así, esto se volverá aburrido.

Baja la mirada al suelo y patea una piedra. Fue entonces cuando me doy cuenta de que tre puestos unos mocasines de piel.

—¿Por qué llevas esos zapatos? —le pregunto.

—Me gustan estos zapatos.

Cubriendo mi boca con mis manos, trato de no reírme.

—¡Easton, estás en un rancho! Al menos deberías haber usado unas deportivas.

Pone los ojos en blanco y me sonríe.

—No estaba enterado de que el programa de hoy incluía llevarme a caminar por en medio de la naturaleza.

Tomando mi mano en la suya, besa el dorso.

—Lo siento. Realmente trato de no sentir celos de tu amistad con Rip, tal vez él simplemente se preocupa por ti como un amigo.

Las comisuras de mi boca se levantan, dibujando una sonrisa.

—Vamos rápido para que no nos demoremos mucho. Creo que comeremos pronto.

Cuando entramos en el establo, respiro hondo.

—¡Oh, me encanta como huele aquí!

Easton casi se ahoga.

—Por Dios, ¿qué huele tan horrible?

—Se llama establo, Aquí viven y comen los animales.

—Y obviamente también hacen popo aquí.

Entro y me detengo en el puesto de Parchecitos. Estaba pateando la puerta, tras escuchar mi voz.

—Este es mi bebé, Parchecitos.

Abro la puerta y entro. Parchecitos se me tira encima al instante, haciéndome reír. Cuando me tumba, Easton entra y comienza a jalarlo.

—¡Apártate de ella, idiota!

—Easton —Lo regaño—. No lo llames así. ¡Suéltalo ya mismo!

—Chloe, él estaba…

—Saludándome. Han pasado meses desde que lo vi. Ahora sé amable con él. Ya está viejito mi bebé.

—Ese animal apesta.

Parchecitos se voltea y mira a Easton. Parece listo para atacar, una parte de mí desea que lo haga. De verdad que sí.

—Deberías irte, East. Creo que lo has hecho enojar.

Easton me mira como si me faltaran un par de tornillos y varios cables.

—Estás bromeando, ¿no?

Cuando asiento, Parchecitos le responde con un beeeeehhhhh, y luego se le va encima.

—¡Mierda! —grita Easton, saltando y logrando salir sin lastimarse.

Parchecitos trota hacia mí, feliz como una lombriz.

—Parchecitos, te extrañé mucho. Estoy muy feliz de estar en casa. Sí, claro que sí.

—Dime que no estás pensando en llevártelo. No creo que podamos mantener una cabra en la ciudad.

Al mirarlo, le pregunto—: ¿Ciudad?

—Sí. Mis padres dijeron que comenzarán a buscar casas en su vecindario y nos enviarán algunos contactos.

—¿Casas?

Él ríe.

—Vamos a tener que vivir en algún lado, Chloe.

—¿No quieres vivir un poco fuera de la ciudad, tal vez en una propiedad con un par de hectáreas alrededor?

—No. De ninguna manera conduciré en el tráfico de Houston todos los días al trabajo.

Asintiendo, sigo rascándole detrás de las orejas a Parchecitos.

—¿Y tus padres quieren que vivamos cerca de ellos?

—Por supuesto que sí. ¿Tienes algún problema con eso?

—No. Por supuesto que no. —Sólo he visto a los padres de Easton una vez hace unos siete meses. Habíamos estado saliendo unos meses, fueron a visitarnos durante el fin de semana. Se portaron bien conmigo, pero no podía decir si les caía bien o no.

—A tus papás les caigo bien, ¿cierto?

Easton intenta sonreír.

—Por supuesto.

Inclino mi cabeza y le doy una mirada incrédula.

—Esa respuesta me tranquiliza muchísimo —contesto llena de sarcasmo.

Se ríe.

—Probablemente tanto como yo le caigo bien a tu papá. O a Gage, para el caso. Todos solo necesitamos tiempo para conocernos mejor. Una vez que estés en Houston, conocerás a toda mi familia.

—¿Cuándo conocerás a la mía? —le pregunto, parándome después de darle a Parchecitos un largo abrazo.

—Estoy seguro de que volveremos a visitarlos a menudo.

—¿En navidad?

Se encoge de hombros.

—Una que otra, estoy seguro.

Riendo, lo miro antes de decir—: No. Easton, no voy a volver a casa cada dos años por Navidad. Estamos a solo seis horas de distancia. Podemos encontrar el tiempo para visitarlos a menudo. Podemos elegir con qué familia pasaremos el día de Navidad, pero quiero estar en casa en vacaciones.

—A mi mamá no le va a gustar eso. La navidad es algo importante en nuestra familia.

—¿Y no crees que en la mía lo es?

—Tu familia es muy grande. Ni siquiera te extrañarán.

Cierro la puerta de un golpe y la aseguro con el pestillo.

—Muy bien, entonces. Así que soy así de prescindible. Gracias por decirlo.

Esta vez sí que pataleo. Estoy bastante segura de que he escuchado un pequeño jadeo salir de su boca mientras estaba en eso.

—Chloe, vamos. Estamos discutiendo sobre cosas estúpidas. Todo saldrá bien.

—¿Cosas estúpidas? —digo, girándome y causando que casi se tropiece conmigo—. Easton, necesitamos hablar sobre estas cosas. Estoy renunciando a toda mi vida aquí para estar contigo. Lo menos que puedes hacer es dejarme volver a casa a menudo y pasar las fiestas aquí con mi familia.

—¿Renunciar a tu vida? Es curioso, pensé que estábamos empezando una vida juntos.

—Lo estamos, pero ¿no puedes entender de qué me estoy alejando? ¡De mi familia, nada más y nada menos! También del trabajo que siempre pensé que tendría, de mis amigos de siempre, de la única vida que he conocido y que me encanta.

—Entonces quizás deberías haber pensado un poco más en tu respuesta, Chloe.

Se da la vuelta y comienza a regresar a la casa. Me quedo allí, mirándolo. Me pican los ojos mientras me obligo a contener las lágrimas.

—Está bien, entonces podría estar equivocada, pero ¿no se supone que las parejas que se acaban de comprometerse pasan todo el tiempo besándose y abrazándose? —Sonrío al escuchar la voz de mi prima Liberty.

—Liberty —digo mientras camina hacia mí. Parece que acaba de montar a caballo.

—Oh Dios mío. ¡Eres igualitica a la tía Waylynn!

Riendo, me toma en sus brazos.

—Sabes que soy adoptada, ¿verdad?

La golpeo ligeramente en el hombro.

—Sigo opinando lo mismo, estás idéntica.

Sus ojos brillan.

—Vi al tío Rip hace unos minutos.

—¿En serio? —pregunto, mirando a mi alrededor—.¿Que estaba haciendo?

—Estaba con los caballos cuando regresé de dar una vuelta. Parecía que estaba ensillando el caballo de papá para irse a montar.

El corazón me da un vuelco en el pecho. Oh, cómo me ha encantado siempre ir a pasear con Rip por el rancho. La forma en que corríamos por los potreros. Acomodándonos bajo ese viejo roble mientras los caballos pastaban, hablando de todos los planes que teníamos después de graduarnos de la universidad.

—Hey, ¿estás bien? Tienes una mirada realmente triste en este momento.

—Estoy bien. Lo siento. Supongo que la pequeña discusión con Easton me afectó.

—Es lindo —dice Liberty, mirando en la dirección en que Easton había salido.

—Sí, es guapo.

—Sin embargo, hay muchachos más guapos aquí.

Levantando mi ceño, me inclino y digo—: No me digas, Liberty.

Sus mejillas se ponen rosadas.

—No estoy hablando de chicos de mi edad. Estoy hablando de tipos como el tío Rip. Siempre pensé que terminarían juntos.

Suelto un suspiro frustrado.

—Bueno, aparentemente todos menos Rip pensaron eso.

—Ay. Cuidado, Chloe. Esas palabras han sonado bastante amargas.

—Tienes quince años, Liberty. ¿Cómo sabes qué es la amargura?

Echa la cabeza hacia atrás y se ríe.

—Ha pasado un rato bastante largo. Tengo que irme para no llegar tarde a la cena que estamos preparando en tu honor.

—Está bien te veo luego.

Liberty levanta la mano y saluda mientras se aleja.

—En caso de que quieras saberlo, fue hacia el prado del sur.

—¡No me importa!

—Claro. Sigue diciéndote eso.

Gruño y me dirijo hacia la fiesta. Echo un rápido vistazo por encima del hombro y hacia el prado del sur. Seguramente Rip no se perdería mi cena.

No, él no lo haría.

Capítulo 11

Rip

Cruzando las piernas a la sombra del árbol y recostándome contra el tronco, inclino la botella de whisky hacia atrás y bebo mientras miro el columpio. Cambié la madera del asiento hace unas semanas por unas más nuevas.

Ranger, el caballo de mi hermano, camina pastando como si no le importara el mundo.

—¿Alguna vez has estado enamorado, Ranger?

El caballo levanta la cabeza y responde en silencio.

—Sí, es terrible. ¿Qué crees que debería hacer, debo decirle que no se case con él? Tal vez finalmente confesarle que la amo, que siempre la he amado, pero que lo jodí y que era demasiado gallina para reconocerlo antes.

Ranger me mira fijamente.

Suelto un gruñido y tomo otro trago.

—Se va a casar con él.

Ranger se burla.

—Mis sentimientos también. Sin embargo, no puedo decirle cómo me siento. Obviamente está enamorada de él. Quiero decir, se va a ir de Oak Springs para estar con él. Si eso no es amor, no sé qué pueda ser entonces.

Ranger se acerca y pasta justo al lado de donde estoy sentado.

—Este era nuestro lugar. Veníamos aquí y hablábamos durante horas. Cuando teníamos como cinco años me dijo que aquí era donde quería casarse… conmigo.

Las náuseas me golpean cuando me imagino a Chloe parada debajo de este árbol intercambiando sus votos con Easton.

El puto imbécil no se la merece.

Tomando otro trago de whisky, echo la cabeza hacia atrás. Cierro los ojos y trato de pensar en otra cosa que no sea Chloe y ese anillo que tiene puesto en el dedo.

Los sonidos de un caballo corriendo me despiertan. Salto y silbo para que venga Ranger hacía mí. Mirando hacia el norte. Me doy la vuelta para ver a alguien montando a caballo.

—¿Jonathon?

Casi me atropella antes de tirar de las riendas.

—¿Qué demonios estás haciendo, Rip?

Lo miro en estado bastante sorprendido.

—¿Qué quieres decir?

—Estás aquí emborrachándote mientras todos están allá celebrando la graduación de Chloe.

—Y su compromiso, no olvides esa parte.

Pone los ojos en blanco y se baja del caballo.

—¿Ya estás borracho?

—No lo suficiente.

—Escucha, puedo ser tu hermano mayor, pero también soy tu amigo. Habla conmigo. ¿Qué te pasa?

Me río.

—¿Que me pasa? Demonios, no lo sé, hermano mayor. He arruinado mi vida.

—No has arruinado tu vida.

—Sabes que no he terminado la escuela. Me quedan dos clases. Mi papá apenas me habla.

—Entonces termina las clases en línea, Rip.

Frotándome la nuca, cierro los ojos.

—Ah, demonios. Probablemente debería irme a casa.

—No, vas a venir conmigo e intentar actuar como si no estuvieras borracho.

—No estoy borracho.

—Correcto, entonces estás a punto estarlo.

Cuando no respondo, continúa.

—Chloe te está buscando, Rip.

Me burlo.

—Chloe tiene a Easton para que le haga compañía. Ya no necesita estar buscándome.

—¿Es eso lo que realmente crees?

—Se va a casar con él, ¿no?

Aparta la mirada por unos momentos antes de concentrarse nuevamente en mí. Parecía que iba decir algo, pero luego sacude la cabeza.

—¿Qué? Si tienes algo que decir, dilo —digo.

—Bien. Diré lo que debería haber dicho hace mucho tiempo. Si la amas, díselo.

—Por supuesto que la amo. Siempre he estado enamorado de ella.

—Entonces díselo, Rip. Dile antes de que sea demasiado tarde.

—Es demasiado tarde, Jonathon. ¿No viste el anillo que lleva puesto? Ella se va de Oak Springs. Si no amara al chico, no se alejaría de todo lo que alguna vez soñó con tener. ¿Qué se supone que haga, pedirle que lo abandone y se quede?

—¿Podrías por una vez ponerte a pensar que ella soñó tener todas esas cosas contigo?

Sonrío y miro hacia otro lado.

—Se va a casar en el patio trasero de sus abuelos, Rip. Acaban de decirles a todos. Tú y yo bien sabemos que cuando era más chica, hablaba de casarse en este maldito árbol en el que estás ahogando ahora tus penas.

Giro la cabeza para mirarle de frente.

—¿No se va a casar aquí?

—No. ¿Por qué será, Sherlock?

Trago fuerte.

—Abre los ojos, Rip. Si no puedes ser lo suficientemente hombre como para decirle la verdad, entonces sé un amigo y apóyala, ella te necesita.

Con eso, se sube a su caballo y señala a Ranger.

—Sacaste mi caballo favorito, idiota.

Sonrío y me paso los dedos por el pelo.

—Súbete al caballo, Rip. Vámonos.

Silbo al caballo, me subo a la silla y sigo a Jonathon de regreso al establo principal. Después de hacerme cargo de ambos caballos, caminamos juntos hacia la casa.

—Sé que no quieres mi consejo, pero te lo voy a dar de todos modos.

Con un suspiro, digo—: Estoy bastante seguro de que me lo has estado dando toda la vida, incluso cuando no te lo pedí. Ya habla, hombre.

—Deja de beber. No está ayudándote en nada. Maldita sea, Rip. Si la amas como creo que lo haces, pelea por ella.

Pelea por ella. Ahí está esa maldita frase otra vez.

Cuando nos acercamos, veo a Chloe y Easton parados allí con sus padres. Jonathon me detiene al poner su mano sobre mi pecho.

—Rip, tienes que decirle cómo te sientes. Puede que te diga que es demasiado tarde, pero te arrepentirás el resto de tu vida si finalmente no admites tus sentimientos. Estoy seguro de eso.

Tragando saliva, miro más allá de su hombro, hacia donde está Chloe. Está sonriendo y tiene su mano entrelazada con la del imbécil ese.

—Me complace anunciar que le he pedido a Chloe que se case conmigo y ella ha dicho que sí —dice Easton. No puedo apartar mis ojos de Chloe. Por supuesto, he tenido que regresar en el momento justo a tiempo para escuchar su gran anuncio.

Todos aplauden, incluido Jonathon, quien sigue parado a mi lado. Cuando los ojos de Chloe se encuentran con los míos, finjo estar alegre con su anuncio. Sé que no puedo decepcionarla. Si ella es realmente feliz, me guardaré mis sentimientos.

Continúa mirándome por mucho tiempo. Esa sonrisa como una plasta en su rostro. ¿Es ella feliz, casarse con Easton es lo que realmente quiere? Sus ojos dicen algo diferente, y por un breve momento, la esperanza vuelve a florecer dentro de mí.

La gente corre hacia Chloe y Easton, abrazándolos y felicitándolos. Exhalo una respiración profunda y me dirijo hacia la mesa en que Mike y Alyssa están sentados.

—¿Dónde has estado? —pregunta Mike.

—Fui a dar un paseo. El tiempo se me fue sin pensarlo.

—Bueno, aparentemente el whisky también estaba invitado al paseo. Lo puedo oler, amigo.

Muevo mi cuello para aliviar la tensión, vuelvo a mirar a Chloe. Está hablando con alguien y mira a Easton, quien la rodea con su brazo. Antes de que tenga la oportunidad de apartar mis ojos de ellos, la mirada de Chloe se encuentra con la mía, otra vez.

Su sonrisa se desvanece e inclina la cabeza.

Me volteo hacia Mike.

—¿Puedes llevarme a casa? He estado bebiendo más de lo que debería.

—¿Ahora? —pregunta.

—Sí. Necesito llegar a casa y ocuparme de algo que le dije a mi madre que haría.

—¿Ahora?

—¿Acaso estoy hablando en chino? Sí, joder ahora, Mike.

Levanta las manos en señal de defensa.

—Está bien, amigo. Déjame ir a decirle a Alyssa.

Alyssa había comenzado una conversación con una señora mayor sentada a su lado.

Cuando Mike se levanta, le doy las llaves de mi camioneta.

Miro a todas partes menos a Chloe. Juro que siento su mirada sobre mí, pero ¿a quién pretendo engañar? Chloe ha seguido adelante con su vida.

—¿Listo? —dice Mike, haciéndome saltar.

—Claro que sí. Listo.

—¿Estás bien? —pregunta, con una leve risa

—Sí, listo para irme de aquí.

Asiente y comenzamos a abrirnos paso entre la multitud y bajar a la entrada. Puedo ver mi camioneta. Ya casi estamos allí cuando la escucho gritar mi nombre.

—¡Rip, Mike! ¿Ya se van?

—No me jodas, la noche va de mal en peor —susurro al mismo tiempo que Mike me golpea en la espalda. Ambos nos damos vuelta y miramos a Chloe, trotando por el camino de entrada.

—¿Ni siquiera ibas a decir adiós? —Dice con una mirada triste.

—Necesito llegar a casa, Mike me va a dar un aventón.

Chloe frunce el ceño.

—¿Por qué no puedes conducir?

Mike y yo intercambiamos una mirada. A la mierda, tengo que decirle la verdad.

—He bebido de más.

Sus ojos se mueven de mí a Mike, luego de vuelta a mí.

—Oh. Bueno, gracias por venir. No estoy segura de dónde te estabas escondiendo. Casi ni nos vimos. ¿Quizás podemos almorzar mañana?

—No puedo. Tengo un día completo de trabajo. Estoy ayudando a Trevor.

Ella sonríe.

—¿Entonces estarás aquí en el rancho?

Mike mira hacia otro lado, tratando de ocultar que las comisuras de su boca que se elevaban rápidamente. El cabrón está disfrutando con esto.

—Sí, pero como dije, probablemente estaré muy ocupado.

—Te llamo luego. Si puedes tomarte un descanso, te llevaré algo para que comas. Me gustaría ponerme al día contigo.

Maldita sea

—Claro, puedes llamarme y ya veremos. Disfruta de la fiesta.

Se acerca a mí y me da un abrazo de despedida. Luego hace lo mismo con Mike.

—Gracias por venir. Nos vemos mañana.

En el momento en que se da la vuelta, comienzo a caminar hacia la camioneta.

Cuando entramos, dejo caer la cabeza contra el asiento.

—Rip...

—Por favor, Mike. Ya Jonathon habló conmigo. Por favor, no quiero hablar más de Chloe. Por favor.

Enciende la camioneta.

—Seguro. No vamos a hablar de Chloe.

Y no lo hacemos.

No cruzamos ni media palabra.

Capítulo 12

Chloe

Después de desayunar, voy a correr por un rato antes de dirigirme a la casa principal para despedirme de Easton.

Él está sentado en el columpio del porche delantero, mirando hacia el largo camino de entrada.

—Oye, escuché que estabas aquí afuera. ¿Listo para ir a casa?

—Sí, pero desearía que vinieras conmigo.

Mi ánimo decae un poco, aquí vamos otra vez. No quería volver a discutir sobre esto. Easton había comenzado anoche a quejarse sobre el hecho de que me quedaría aquí hasta la boda. No sé por qué no le cabe en la cabeza que es difícil para mí irme. Necesito tiempo, quiero estar con mis padres, pasar el verano con mi hermano. Trabajar para mi familia y comenzar mi carrera aquí la que, desafortunadamente, será de corta duración. No puedo entender por qué es tan difícil para él aceptarlo.

—No quiero pelear por esto otra vez, East.

Se restriega las manos por la cara.

—¿Por qué no puedes venir a Houston a pasar unos días en septiembre? Demonios, si es un trabajo lo que quieres, Chloe, puedes conseguir uno allá.

—Easton.

Se ríe.

—Lo sé, lo sé. No puedes culparme por quererte conmigo, Chloe. te amo. Quiero despertar cada mañana a tu lado. Te quiero conmigo.

El estómago me da vueltas, me estoy mareando.

Oh, Dios mío. ¿Por qué no puedo decirle lo mismo?

—¿Estás bien? Te has puesto pálida como un fantasma.

—Sí, yo también te voy a extrañar. Por favor se paciente y déjame pasar este tiempo con mi familia. Sólo quiero eso. Veré cómo están las cosas para septiembre.

Sonríe y me atrae hacia él, besándome. Gime mientras presiona su cuerpo contra el mío. Dos noches antes, cuando me pidió que me casara con él, había querido que nos acostáramos, no pude hacerlo. Tenía mil emociones debatiéndose en mi pecho, dormir con él me fue imposible. No mientras tenía tantos sentimientos encontrados, la mayoría de ellos son dudas.

Easton había entendido cuando le dije que estaba exhausta.

Sin embargo, vi en sus ojos la decepción, especialmente porque no habíamos dormido juntos en semanas. Para Easton, una propuesta de matrimonio y una noche de sexo arreglarían todo. Para mí, todo me confundía aún más que antes.

Dios, Chloe, pon tu cabeza en orden.

—Eso es lo que quería escuchar, nena. Necesito ponerme en camino. Tengo un largo viaje por carretera.

—Maneja con cuidado. Avísame cuando llegues allí.

—Lo haré —dice. Lo acompaño a su auto y espero a que baje la ventanilla.

Inclinándome, lo beso.

—Te veré pronto.

—Le dije a mi familia que irías en unas semanas. Quieren ofrecer una fiesta de compromiso en nuestro honor y el cumpleaños de mi madre es el dos de julio. Yo me encargo de arreglar lo de tu boleto de avión. No quiero que hagas ese viaje sola.

Una parte de mí está enojada porque él ha hecho planes sin siquiera preguntarme. No queriendo comenzar otra pelea, sonrío y lo beso una vez más.

—Suena bien. Podemos hablar más al respecto cuando llegues a Houston.

Le guiño un ojo y bajo por el camino de entrada. Me quedo allí, mirándolo hasta que ya no pude ver su auto deportivo. Luego continúo simplemente mirando a la nada. Un camino de entrada vacío. Mi corazón está igual de vacío, y no fue por la partida de Easton.

—¿Chloe? —Llama mi abuelita.

—¿Querida, estás bien? —pregunta ella, envolviendo su brazo alrededor de mí.

—No lo sé, abuelita. Ahorita apenas sé cómo me llamo.

Dando la vuelta, coloca sus manos sobre mis hombros y me mira a los ojos.

—Chloe, necesitas tomarte unos días para ti y procesar todo esto. No quería decir nada, pero Easton y tú discutieron mucho anoche sobre las cosas más simples. Fue difícil para tu abuelo y para mí no escucharlos.

—Quiere que me vaya con él como si sólo sus deseos fueran importantes, abuelita. Como si nada de aquí tuviera valor para mí. ¿Por qué no puede entender que necesito algo de tiempo?

Ella simplemente me sonríe. Esta es una de esas lecciones de vida que me iba a dejar descubrir por mi cuenta.

—Vamos, estoy preparándolo todo para hornear galletas, puedes ayudarme.

Caminamos cogidas del brazo hacia la casa.

—Creo que eso es exactamente lo que necesito. Quiero llevarle algo de almuerzo a Rip. Mencionó que estaría trabajando con Trevor aquí en el rancho.

—Sí, estuvo aquí esta mañana. Está con Cord y Trevor haciendo algo con el ganado en el prado del norte.

—¿Mi papá está aquí?

—Debe estar en su oficina. Si quieres revisa allá primero. Sacaré todo lo que necesitamos para que esté listo para nuestra fiesta de repostería.

Con una risita, la beso en la mejilla y me dirijo por el pasillo que alberga todas las oficinas del rancho. Mi papá tiene una. Mi tío Trevor también, así como mis otros tios, Mitchell y Wade. El abuelo aún conserva la suya, a pesar de que está oficialmente retirado y ha entregado el funcionamiento del rancho a mis tíos y a mi padre.

La puerta de la oficina de mi padre está ligeramente abierta, está hablando por teléfono con alguien. Me detengo y levanto la mano para tocar.

—Chloe se iba a dedicar a la parte de mercadeo del rancho, pero lo más probable es que necesite comenzar a entrevistar a alguien para ese puesto.

El estómago se me va a los pies. Sus palabras hacen que todo se sienta tan definitivo.

—Sí, tenía muchas ganas de trabajar con ella, pero ella parece estar feliz, eso es todo lo que me importa.

Doy un paso atrás y me apoyo contra la pared. Mi corazón late con fuerza y me cuesta respirar. ¿Qué demonios me está pasando?

—Gestión empresarial y publicidad, sí. Me gustaría comenzar a ceder un poco el control aquí en el trabajo. Pasar más tiempo con Paxton y mis hijos. Rip Myers también ha estado asumiendo mi parte con la contabilidad. El chico es inteligente y disciplinado. Está trabajando para la empresa de construcción de su hermano manejando la mayor parte de sus negocios y actualizándolos en algunos nuevos programas computacionales. También está haciendo lo mismo con el estudio de baile de Waylynn, pero espero poder convencerlo de que venga a trabajar para el rancho a tiempo completo.

Es como si todos los planes que había hecho para mi futuro aún estuvieran en movimiento, excepto que yo ya no soy parte de ellos.

—Lo resolveremos, Dan. Creo que Chloe se quedará hasta Navidad. No tendré que preocuparme por ocupar el nuevo puesto hasta el otoño.

Colocando mi mano sobre mi pecho, me obligo a respirar, pero cada bocanada de aire se hace cada vez más pesada.

Me deslizo por la pared y me siento.

Oh, Dios, ¿qué está pasando? No puedo respirar ¡No puedo respirar!

—¡Chloe!

Por mi pánico, no he escuchado a Rip subir. Su voz me calma. Entonces siento sus manos en mis brazos, levantándome.

—Mírame, Chloe.

Hago lo que me dice Rip. Mis ojos se encuentran con los suyos.

—Respira hondo.

Sacudo mi cabeza, sintiendo que el pánico regresa.

—Cariño, mírame. Mírame. A. Mi. Respira.

—¿Qué está pasando? —Dice mi padre, de repente parado junto a Rip.

—Creo que está teniendo un ataque de pánico —le explica.

Rip me abraza, sosteniéndome cerca a su pecho.

—Siente mi respiración, gatita. Concéntrate en mi respiración.

Tomo inhalaciones profundas y luego exhalo, mi cara se calienta por su aliento. Pronto, mi propia respiración comienza a volver a la normalidad.

—Eso es. Respira hondo, luego exhala.

—Tráela a mi oficina.

Rip me rodea la cintura con su brazo y no puedo ignorar la forma en que me hace sentir.

Cierro los ojos y maldigo. Estoy comprometida con otro hombre y los sentimientos que Rip evoca son pecaminosos.

—¿Te sientes mareada? —pregunta Rip.

—No. No. Estoy bien. —Me siento en el pequeño sofá al otro lado de la oficina de mi padre.

—Chloe, ¿Qué pasó? —Pregunta mi padre.

Encogiéndome de hombros, respondo sinceramente.

—Te escuché hablando por teléfono, de repente sentí esta presión en mi pecho, y no podía respirar.

Cierra los ojos y se frota la nuca.

—Lo siento mucho, cariño. No me di cuenta de que estabas allí. No te preocupes por nada, ¿de acuerdo?

—¿Vas a contratar a Rip?

—¿A mí? —pregunta Rip, señalándose a sí mismo. Se llama igual que su padre, así que estoy segura de que está confundido.

Mi padre me mira y luego a Rip.

—Planeaba hablar contigo sobre trabajar aquí en la oficina, a tiempo parcial, por supuesto. Sé que estás trabajando para Jonathon en la constructora. Él mencionó que tienes un nuevo programa de contabilidad que están usando ahora.

—¿Quieres hacer lo mismo? —pregunta Rip.

—En realidad —dice papá, con una sonrisa en su rostro—. Estoy buscando reducir algunas horas. Me gustaría pasar un tiempo con Chloe antes de que se vaya a Houston. Y con Gage camino a la universidad, bueno, esperaba tener un poco más de tiempo libre para pasar con ellos.

—¿Quieres que me encargue de las finanzas del rancho? —pregunta Rip, claramente sorprendido.

—No suenes tan sorprendido, hijo. He visto lo que puedes hacer. ¿Por qué crees que he tenido tantos problemas últimamente? Te he estado probando. —Mi papá le sonríe, haciéndole saber que obviamente ha pasado la prueba.

La boca de Rip cae un poco mientras mira a mi papá.

—¿Me estabas evaluando?

—Evaluando, probando. Semántica.

Con una sonrisa alegre, Rip responde—: Steed, no veo la diferencia en eso.

—No importa. Pasaste todas las pruebas, así que…

No puedo evitar reírme.

Rip me mira y luego vuelve a mirar a mi padre.

—¿Realmente quieres que trabaje aquí?

—¿Por qué es tan difícil de creer?

—Todavía no tengo mi título.

Mi sonrisa se desvanece y me pongo de pie.

—¿Qué quieres decir con que no tienes tu título?

Ambos me miran, luego se miran el uno al otro.

—¿Ella no lo sabe? —pregunta mi papá.

Rip sacude la cabeza, claramente avergonzado de haberlo dejado salir.

—¿Qué es lo que no sé?

—No es gran cosa, Chloe. Solo me faltan un par de clases para titularme en negocios y otra para mi título de contador.

Mis ojos se abren en estado de shock.

—¿Es verdad, entonces?

Ahora es Rip quien parece sorprendido.

—¿Lo sabías?

—Alyssa me lo dijo. Pensé que habías terminado el otoño pasado y elegiste regresar a casa. ¿Por qué te fuiste de la universidad si no has terminado?

—Eso no importa.

—¡Claro que importa, Rip! Fuiste a la escuela todo este tiempo con una beca de béisbol, por el amor de Dios. Simplemente lo dejaste cuando solo necesitas dos clases. ¿Qué demonios te hizo…?

Dejo de hablar. Sé perfectamente lo que lo hizo irse. Alyssa me lo ha dicho.

Rip mete las manos en el bolsillo y se vuelve hacia mi padre.

—Planeo terminar. Estoy registrado para tomar las dos clases en línea este verano. Tendré el título pronto.

Mi padre pone su mano sobre el hombro de Rip.

—No me importa eso, Rip. No te ofrecería el trabajo si no creyera que puedes hacerlo. Con diploma o no, confío en ti y me gustaría ascenderte a tiempo completo cuando me jubile si es algo que te interesa. Sé que te gusta trabajar con tus manos y ayudar a tu hermano y a Trevor también. Esto no pasará hasta dentro de varios años, pero al menos sé que estarás bien entrenado.

Rip sonríe de oreja a oreja.

—Sería un honor, señor.

La habitación parece estar girando, así que me siento de nuevo. Entonces es cierto. Alyssa no había inventado nada. Rip había dejado la escuela por mi culpa. Porque estaba saliendo con Easton.

—Chloe, ¿te sientes bien? —pregunta mi padre, inclinándose y mirándome.

—Sí. Lo estoy es sólo que…

—¿Sólo qué?

Echo un vistazo a Rip y digo—: Estoy confundida.

—¿Confundida sobre qué? —preguntan Rip y mi padre al mismo tiempo.

Me paro.

—Nada. Yo, um, tengo que irme. Le dije a mi abuelita que le ayudaría a hornear unas galletas. Probablemente se está preguntando dónde diablos estoy.

Mi padre toma mi cara entre sus manos y me da una buena revisada.

—¿Estás segura de que te sientes bien?

Asiento.

—Realmente no sé qué provocó esto. Quiero decir que sí. Estoy bien.

Mi padre me conoce bien, así que me sonríe, animándome.

—Estoy seguro de que son todos los cambios, todo ha pasado muy rápido.

Exhalo, riéndome suavemente. Si tan solo supiera que los pensamientos corren desenfrenados por mi cerebro y mi corazón desde que regresé a casa. En cambio, solo digo—: Sí, estoy segura de que es eso.

Besándome en la frente, me guiña un ojo.

—Ve y diviértete. Llamé a Rip para hablar de negocios.

—Negocios. Claro, por supuesto. —La sensación de quedarme fuera era nueva. ¿Qué esperaba? Había aceptado casarme con Easton y eso significaba que me iría. ¿Por qué papá me incluiría en cualquier decisión o conversación de negocios?

Cuando me doy vuelta para irme, mis ojos se encuentran con los de Rip.

—¿Te veré más tarde?

—Me tengo que ir después de esto. Tengo planes para esta noche.

—Ah, ésta bien. Diviértete entonces.

Debe haber visto el dolor en mis ojos.

—Si quieres venir, varias personas vamos a pasar el rato en el bar de Cord. Nada del otro mundo.

Con una sonrisa, digo—: Me encantaría ir. No he visto a muchos en un buen tiempo.

—Quedamos en vernos allí a eso de las ocho, si quieres ir.

Trato de no dejar escapar mi sonrisa, pero estoy segura de que estoy haciendo un trabajo de mierda para ocultar mi decepción.

Antes de Easton y el compromiso, Rip se habría ofrecido a recogerme y habríamos ido juntos. Eso hubiera sido un hecho.

Ahora todo ha cambiado.

Las cosas realmente van a ser diferentes, no sólo entre Rip y yo, sino con todo y con todos.

Lo peor es que eso no me alegra en lo más mínimo.

Capítulo 13

Rip

Cuando llegamos al bar de Cord está a reventar, lo cual no es inusual. Mientras me abro paso entre el gentío, algunas personas se detienen para saludarme.

Cuando finalmente veo a Bobby McMillan, sonrío. Mike, Alyssa y Chloe eran realmente las únicas personas con las que me había hecho amigo desde la escuela secundaria. Sin embargo, desde que volví a Oak Springs, me encontré con algunos amigos y salíamos una vez al mes más o menos.

Bobby extendió su mano y yo la estreché.

—¡Myers! Es bueno verte. Escuché las noticias. Lo siento, hermano.

No entiendo de qué mierdas habla.

—¿Qué noticias?

—Que Chloe se casa con un tipo rico de Houston.

Riendo, respondo—: Las noticias vuelan por aquí.

Él asiente.

—Pueblo chico, infierno grande, ya lo sabes.

Le doy una palmada en la espalda.

—Voy por una cerveza.

Lo siguiente que se es que frente a mi aparece una, casi por arte de magia. Y Chloe es quien la pone en mis manos.

—Hey, gracias.

Sonríe y el corazón se me acelera.

—No hay problema. Acabamos de llegar.

—¿Quiénes?

—Vine con Alyssa y Mike. No tenía ganas de manejar hasta aquí yo sola.

Ouch, ese pinchazo duele. Al instante me siento como un gilipollas.

—Debería haber ofrecido recogerte. Lo siento. Creo que no estaba pensando claramente después de la oferta que me hizo tu papá.

Se encoge de hombros y toma un trago de su cerveza.

—Puedo llevarte a casa si quieres.

Chloe sonríe y eso hace que mis jodidas rodillas tiemblen.

Dios, ¿Esta sensación alguna vez desaparecerá?

—Suena como un plan.

—Felicidades, Chloe. Escuché que te vas a casar. Debo decir que todos pensamos que serían ustedes dos los que se casarían. —grita Bobby.

Jesús, María y José... sí escucho eso una vez más voy a matar a alguien.

Chloe le sonríe amablemente.

—Parece que ya está en boca de todos.

Tomo un largo trago de mi cerveza y miro a mi alrededor hasta que veo a Mike y Alyssa bailando.

—¿Quieres bailar? —le pregunto a Chloe antes de que tenga tiempo de pensarlo.

—¡Sí! Ha pasado una eternidad desde la última vez que bailamos.

Dejamos nuestras cervezas y nos dirigimos a la pista. Una vez que llegamos al piso de madera, la tomo en mis brazos y comenzamos a dar pasos al son de la música. Es una canción rápida, así que salimos volando. Bailar con Chloe siempre había sido una de mis cosas favoritas. Nunca me gustó bailar con otras chicas. Nunca me sentía a gusto. Cada vez que lo hacía se sentía como que ellas no encajaran bien en mis brazos. Me dije a mí mismo que era porque habíamos aprendido a bailar entre nosotros y eso hacía que bailar con otras mujeres fuera incómodo.

Me estaba mintiendo a mí mismo incluso en aquel entonces.

—Sabes, parece que no puedo bailar con nadie más que tú —dice Chloe.

—¿Ah sí? —Le pregunto con una sonrisa.

Ella se ríe.

—Sí. A menudo me pregunto si fue porque aprendimos juntos.

Echando la cabeza hacia atrás, es mi turno de reir.

—Justo en eso estaba pensando, lo juro.

La canción cambia y el ritmo disminuye. Es una vieja canción de Elvis llamada *Love Me Tender*. Las palabras casi me ponen de rodillas. Es todo lo que quiero decirle a Chloe… pero no puedo hacerlo.

—A mi abuelita le encantaba esta canción —le digo, acercando a Chloe más a mí.

No dice nada mientras apoya su cabeza en mi pecho. Nos deslizamos por la pista de baile, ninguno de los dos dice ni una palabra. Mierda. Me encanta cómo encaja contra mí. Mi corazón comienza a latir más rápido mientras pienso en lo que Jonathon me había dicho ayer. Sé que nunca podría vivir conmigo mismo si no le digo a Chloe cómo me siento realmente.

Antes de que pueda ponerme nervioso, la canción cambia a *Coming Home* de Keith Urban. Me rio entre dientes.

—Bienvenida a casa, gatita.

Una amplia sonrisa se extiende por su hermoso rostro.

Mira a su alrededor antes de mirarme.

—Vamos a mostrarles cómo se baila de verdad.

Tomo su mano y la hago girar varias veces. Antes de darme cuenta, la gente se está apartando de nuestro camino mientras recorremos toda la pista. Algunas personas nos vitorean cuando los pasamos.

Esto se siente tan bien. ¿Cómo demonios podía ella dejar todo esto por él?

Eso es todo en lo que podía pensar durante el resto de la canción.

Cuando termina, todos a nuestro alrededor aplauden y silban. Chloe hace una pequeña reverencia antes de caminar de regreso a la mesa que ahora tiene alrededor de quince personas de la escuela reunidas ahí. La mayoría de ellos solo están en casa durante el verano, o hasta que partan para comenzar sus carreras.

—¡Hola, Chloe! —la saluda Lori Rhodes.

Chloe abraza a Lori, respondiéndole el saludo.

—¿Cómo has estado?

Lori señala su estómago.

—Hay un pequeño bulto allí. Estoy embarazada, por eso tomo pura agua. —Levanta una botella.

—¡Oh wow! Felicidades, no tenía idea —dice Chloe.

Lori mira a Chloe sonriendo de oreja a oreja.

—Nos íbamos a casar de todos modos. Así que solo nos adelantamos un poco.

No puedo evitar notar que la sonrisa de Lori parece forzada. Detrás de ella está un tipo que nunca había visto antes. Lori se da la vuelta y le toca el hombro.

—James, estos son Chloe Parker y Rip Myers. Los conocí en el bachillerato.

—Encantado de conocerte —digo, extendiendo mi mano para estrechar la suya.

—Lo mismo digo —responde James.

—Chloe, escuché que te vas a casar —dice Lori, con una sonrisa en su rostro.

—Um, sí.

Los ojos de Lori se dirigen hacia mí antes de mirar a Chloe.

—Es bueno ver que seguiste adelante y dejaste ir ese sueño tonto que tenías.

Mis cejas se tensan, pero Chloe se ríe.

—No has cambiado en nada, ¿verdad, Lori?

Lori me mira con intensidad una última vez antes de llevar a su novio para que conozca a alguien más.

Me estremezco.

—Está bien, que una chica embarazada me viboree me ha dado escalofríos. —Chloe se suelta riendo.

Un grupo de tres chicas que solían ser porristas se acercan a Chloe, pronto se pierden en la conversación.

Voy al bar y pido otra cerveza. Alguien se acerca a mí y puedo sentir sus ojos. Al darme vuelta, encuentro a una linda chica de cabello oscuro esperando por su orden.

—Buenas noches —le digo.

—Hola.

Sus mejillas se sonrojan y se muerde el labio. Tengo que darle crédito, ella comenzó con esto del coqueteo.

—¿Qué puedo darte, Rip? —pregunta el barman.

—Tomaré una Bud Light y la señorita quiere…

Ella sonríe ampliamente.

—Un gin-tonic, por favor.

Cuando el barman se gira para tomar nuestras bebidas, me mira.

—Gracias por el trago.

—Claro, no hay problema.

Cuando trata de entregarme dinero, sacudo la cabeza.

—Me llamo Valerie.

—Rip. —Extendiendo la mano para estrechar la suya.

—¿Eres de aquí, Rip?

—Sí, nacido y criado.

Una risita se desliza de su boca, ella rueda los ojos para sí misma.

—Lo siento. Soy de California, no estoy acostumbrada a ver vaqueros de verdad. Ese sombrero te hace ver como los vaqueros sexies con los que soñamos en casa.

Me río.

—Bueno, gracias.

Cuando el barman vuelve con nuestras bebidas, pago y volteo a ver a Valerie.

—Encontrarás a muchos aquí en Oak Springs.

—Estoy viendo eso. Estoy aquí visitando a mis abuelos. Se mudaron aquí desde Austin. Quieren pasar su vejez aquí, disfrutando de la tranquilidad del pueblo. Toda la familia ha venido a visitarlos.

—¿Te ha gustado Oak Springs?

—Es un pueblo pequeño y encantador. Todos son muy amables. Me he divertido.

—¿Cuándo te vas?

—Mañana por la tarde. —Sus ojos se oscurecen, sé lo que eso significa—. Estoy aquí con mi prima esta noche. Creo que espera tener suerte.

Pongo mi cerveza en mis labios y tomo un trago. Luego miro alrededor del bar.

—Bueno, hay muchos tipos aquí que estoy seguro de que estarán más que felices de ayudarla con eso.

La sonrisa de Valerie se desvanece ligeramente.

—No tengo alguna oportunidad contigo, ¿verdad?

Con un guiño, respondo—: Me temo que no.

—Bueno, valió la pena intentarlo, vaquero. Un tipo tan guapo como tú seguramente tiene novia.

Sin responder a su comentario, levanto mi cerveza para tomar un trago. Le doy una sonrisa educada.

—Disfruta el resto de tu estadía.

Mientras vuelvo con el grupo, noto que Chloe me mira. No puedo evitar preguntarme si me ha visto hablar con Valerie.

Cuando vuelvo a la mesa, Chloe sigue mirándome. Tiene una mirada perdida en su rostro, similar a la de ese ataque de pánico. Cuando frunzo el ceño y fijo mi atención en ella, mira hacia otro lado.

Mike me aleja un poco para hablar conmigo en privado.

—Amigo, Butch acaba de abrir la boca y les dijo a todos que estás aquí una vez por semana acabándote todo el whisky de los estantes porque Chloe no quiere tener nada que ver contigo.

—No me jodas, ¿de dónde sacó eso?

—Así están las cosas. Y Alyssa dijo que Chloe sabe que dejaste la universidad por ella y Easton.

—¿Qué demonios es esto, por qué mejor no me usan como diana del tiro al blanco?

—Creo que ella sentía que Chloe debería saberlo.

—¿Alyssa le dijo? Te lo dije en confianza, amigo.

—Le cuento todo a Alyssa. No tenemos secretos el uno del otro, Rip. Créeme, cuando ella me dijo que se lo contó a Chloe ayer, me enojé.

Frotándome la nuca, exhalo.

—Así es como se enteró.

—Sí, las pequeñas noticias acerca de que estás aquí bebiendo parecen haberla empujado al borde de un coraje. Casi le salía humo por las orejas. La evitaría si yo fuera tú. Como ahora, si las miradas mataran estarías tirado en el suelo.

Echo un vistazo y Mike tiene razón. Chloe me está disparando dagas.

—¿Cómo demonios se supone que debo evitarla? Todos estamos pasando el rato, y ya le dije que la llevaría a casa.

Mike sonríe

—Menudo lío en el que estás metido.

—Gracias por el apoyo, Mike.

—Oye, ya es hora de que todo salga a la luz.

—No, no se trata de lo que ustedes crean. Chloe es feliz. Ha pasado la página. Está comprometida con otro.

—Sí, pero ¿acaso ella estaría comprometida, si tu hubieras sido honesto con ella?

—El hubiera no existe, hombre.

Mike sacude la cabeza.

—Todavía tienes miedo. Dios, estás a punto de perderla para siempre, y todavía sigues cagado de miedo. —Levanta las manos y las deja caer a su lado—. Me rindo, hombre. Creo que ya ni siquiera sabes qué demonios quieres.

Siento un golpecito en mi hombro. Girando, encuentro a Chloe. Voy a hablar, pero ella me interrumpe.

—Me gustaría irme ahora. ¿Sigue en pie tu oferta de llevarme a casa?

Echo un vistazo a la salida. Si saltaba algunas sillas y me abría paso frenéticamente entre la multitud, probablemente podría salir limpio. Luego la miro.

Oh sí, está enojada.

—Um, por supuesto. Vámonos.

Se gira sobre el tacón de su bota y comienza a alejarse. Le entrego mi cerveza a Mike.

—Parece que me voy.

—Buena suerte, hermano.

Frotándome la nuca, suspiro.

—La voy a necesitar.

El camino al rancho transcurre en un pesado silencio. Chloe mira por la ventana, sin mirarme ni una sola vez. Me imagino que cuanto más nos acercamos al rancho, más cerca estamos de que diga lo que tiene en la cabeza.

Error.

Cuando me estaciono frente a su casa, ella abre la puerta de la camioneta.

—¿Chloe?

Me mira por encima del hombro.

—Que tengas una bonita noche —digo suavemente.

Sus ojos se entrecierran mientras su boca se abre ligeramente. Luego emite un gruñido, salta de la camioneta y cierra la puerta. Cuando llega a la mitad de su camino, se gira y grita—: ¡Eres un grandísimo burro!

Mis ojos se abren por la sorpresa.

—¿Qué hice? —Grito.

Cuando llega a la puerta, sacude la cabeza y me mira.

—Nada. Ese es el problema, Rip. —Cierra la puerta de golpe, terminando nuestra conversación antes de que comenzar siquiera—. Tú nunca haces nada.

Miro a mi alrededor, aturdido.

—¿Qué demonios se supone que significa eso?

Capítulo 14

Chloe

Mientras me siento en el columpio del porche trasero, veo fijamente el cuaderno vacío. Mi madre me había pedido que comenzara a hacer una lista de las cosas que quería para la boda. Colores, tema, damas de honor y un largo etcétera. Sin embargo, no puedo pensar.

Tengo la cabeza hecha un lío.

No estoy segura de que esta sea la decisión correcta. Easton y yo tuvimos otra pelea hoy en la mañana. Su madre lo ha llevado a ver casas. Algo que dije que deberíamos hacer juntos, sólo nosotros dos, cuando yo estuviera en la ciudad. Quería algo más alejado, con al menos con un patio grande. Él quiere algo completamente diferente. Si fuera por él, compraríamos un apartamento en el centro de Houston. Lo dijo tres veces hoy por teléfono. Finalmente cedí y le dije que estaba bien. Era lo único que podía hacer para terminar el desacuerdo y terminar la llamada.

¿Era así como sería mi vida? Cediendo ante Easton porque soy demasiado orgullosa de admitir que posiblemente he cometido un error garrafal al decir que sí. ¿Realmente me iba a conformar?

Mirando hacia atrás en los meses de nuestra relación, nunca había sido así. En el momento en que deslizó un anillo en mi dedo, me convertí en algo más para él. Y una parte de mí, una gran parte de mí, ni siquiera quiere ese anillo en mi dedo.

—Chloe, ¿no has escrito nada?

Miro para encontrar a tía Waylynn. Sonriendo, me encojo de hombros.

—Parece que no puedo concentrarme en este momento.

—¿Dudas? —pregunta. Esa es mi tía Waylynn. Ella siempre va al punto y no pierde el tiempo dando vueltas alrededor de un tema. Definitivamente no hay duda de por qué Liberty resultó ser igualita a ella.

—Sí.

—¿Acerca de?

Lentamente sacudo la cabeza y miro mi anillo.

—Por qué dije que sí.

—Esa es una gran duda. Entonces dime, gatita, ¿por qué dijiste que sí?

Dejando escapar un profundo suspiro, me río.

Me rio a carcajadas, pero no de felicidad.

Entonces ella se echa a reír. Pronto las dos nos reímos y tenemos lágrimas corriendo por toda la cara.

—¡No, ni siquiera sé de qué nos estamos riendo! —dice mi tía Waylnn entre risas.

Una vez que me controlo, suelto un gemido.

—Oh Dios, tía. No lo sé. ¿Atrapada en el momento, tal vez? Tal vez quería que nuestra relación funcionara, darle otra oportunidad, un nuevo aire. Qué sé yo. O tal vez lo que realmente esperaba era dejar esas cosas del pasado atrás.

—¿Cosas?

Me tapo la cara con mis manos.

—Estoy tan confundida. Tan confundida.

—Chloe, necesitas respirar hondo y preguntarte, ¿vale la pena renunciar a todo por este chico? Voy a ser honesta, cariño, no pareces la novia encantada y emocionada que no puede esperar para planear su boda y casarse con el amor de su vida.

Mi cabeza se gira bruscamente para mirarla.

Levanta las cejas mirándome fijamente.

—Estoy hablando por experiencia aquí, cariño. Tal vez esa es la pregunta que debes hacerte a ti misma. ¿Es este chico, Easton, el amor de tu vida? —Ella pone su mano a un lado de mi cara—. Escucha a tu corazón, Chloe.

Cuando ella se levanta, hago lo mismo.

—Tía Waylynn, ¿y si mi corazón está tan confundido como mi cabeza?

Su boca se eleva ligeramente a un lado.

—Oh Chloe, a veces tienes que cortar los hilos para dejar espacio a lo que realmente pertenece a tu corazón.

Intento regresarle la sonrisa.

—Supongo que sí.

Después de un rápido apretón de su mano sobre la mía, regresa a la casa. Dejo caer la libreta en el banco y me dirijo al establo. Necesito una distracción y de todos modos ya es hora de ver a Parchecitos.

En el camino, suena mi teléfono y veo que es Easton.

—¿Hola?

—Hola, nena. ¿Qué estás haciendo?

—Caminando al establo para ver a Parchecitos.

—Dios, Chloe, ¿cuándo vas a superar esta extraña obsesión con ese cordero?

—Cabra —le recuerdo, dándome cuenta de que no está bromeando sobre si cree que Parchecitos era una cabra o un cordero. Simplemente no le importa recordar la diferencia.

—Lo que sea.

—Easton, Parchecitos es mi mejor amigo. Lo amo con todo mi corazón.

—Pensé que Rip era tu mejor amigo. Ahora que lo pienso, ¿no debería tu futuro esposo ser tu mejor amigo?

—¿Estás tratando de pelear conmigo porque estás haciendo un intento bastante bueno?

—No. Estoy frustrado. Te extraño, Chloe. Odio que estés tan lejos. ¿Puedes venir antes, aunque sea un fin de semana? No hemos tenido relaciones sexuales en mucho tiempo, ni siquiera en la noche en que nos comprometimos.

Mi boca se abre. ¿Eso es lo que extraña de mí, el sexo?

—Lo siento, no puedo. Le prometí a Alyssa que iríamos a ver vestidos de novia mañana. Sólo ha pasado una semana, Easton.

—Los días sin ti son largos. ¿Acaso es que tú no me extrañas?

—Por supuesto que sí.

Mentirosa.

Dejo de caminar. Cerrando los ojos, deseo que las dudas desaparezcan.

En el momento en que entro en el establo, veo a Parchecitos. Ya no se mueve como solía hacerlo. Nada más corre y salta para saludarme. Me pongo de rodillas, dándole un abrazo cuando se dirige hacia mí.

—Parchecitos —susurro.

—Chloe, te estoy hablando.

Las lágrimas pican mis ojos. Volvería a dejar a Parchecitos. ¿Y si no estuviera yo aquí cuando él estuviera listo para irse?

—Easton, te dije que podría ir para el cumpleaños de tu madre. Eso es en seis días. ¿Puedes por favor dejar de hacerme sentir culpable por querer estar con mi familia? Me estoy hartando de eso.

—Bueno, lo siento si te extraño, Chloe.

—No sigas haciendo eso, deja de hacerme sentir culpable, East. Desde el momento en que pusiste este anillo en mi dedo te has convertido en alguien que apenas conozco, la verdad es que no extraño a esa persona. Todo lo que quería hacer era estar aquí con mi familia. Pasar algo de tiempo con ellos. Adoro a Parchecitos. ¿Por qué es tan difícil de entender eso?

—Lo siento, nena. Es difícil. No pensé que sería tan difícil estar separados. Sentí que estabas distante en la universidad y pensé que, si nos comprometíamos, cambiarías. Tal vez al menos comenzaríamos a acostarnos otra vez.

Mi boca se abre y casi me caigo de espaldas. Parchecitos se arrastra sobre mi regazo y se acurruca lo mejor que puede.

—Espera un minuto. Retrocede un poco. ¿Es por eso por lo que me pediste que me casara contigo? ¿Creías que me estaba distanciando de ti y querías sexo?

—¡No! Quiero decir, esa fue una razón. Quiero estar contigo. Odio saber que estás allí con él.

—¿Con él? Diablos, Easton, ¿de quién estás hablando?

—Chloe, tengo que apurarme. Hablaremos de esto esta noche.

Exhalo con frustración. Ni siquiera me había dado tiempo para responder.

Cuando termino la llamada, miro a Parchecitos. Está durmiendo sobre mi regazo. No puedo evitar sonreír mientras paso mi mano sobre su pelaje suavecito.

—Oh, Parchecitos, no sé qué hacer.

Mientras caminamos por la tienda de novias en San Antonio, escucho a Alyssa hablar sobre el estilo de vestido que quiere para su boda con Mike. De vez en cuando sonrío y asiento, dándole la razón en cualquier cosa. Por supuesto, lanzo exclamaciones cuando creo que es lo que ella espera escuchar.

—¿Trajiste tu libro de bodas? —me pregunta Alyssa mientras mira un vestido.

Riendo, respondo—: No.

—Chloe, ¿por qué no? Ese es el planificador de bodas de tus sueños. Escribiste todo en esa cosa.

Miro a mi mamá, que casualmente está *concentradísima* detallando un vestido que no le interesa en lo más mínimo. Claramente ha escuchado lo que acabamos de decir.

—Eso fue para una boda de ensueño. Esta es la realidad.

Alyssa da un paso hacia mí y baja la voz.

—Necesitamos hablar. Porque cualquier novia normal saltaría en una pata por probarse vestidos y tú actúas como si fuera un castigo. Tu madre está empezando a captar el mensaje, Chloe.

—¿De qué hablas?

—Puede que no esté claro para ti, pero está claro para el resto de nosotras, que no tienes ganas de casarte con Easton. *Ninguna. Cero. Nada.*

Sus palabras retumban en mi cabeza por unos segundos antes de que la vendedora se acerque.

—Está bien, tengo sus probadores con cuatro vestidos cada una. ¡Que comience el desfile de vestidos de novia!

Cuando entro a mi probador, dejo que mis ojos vaguen por cada vestido. La vendedora había prestado atención a los vestidos que me llamaron la atención. Cierro los ojos, señalo con el dedo y luego doy algunas vueltas. Cualquier vestido al que terminara apuntando me lo probaría.

Al abrir los ojos, sonrío. Es un hermoso vestido de Vera Wang en un blanco suave con un corpiño de cuello en V profundo. Me quito la ropa y me lo pongo. Cuando llega el momento de pedir ayuda, toco el timbre y entra la vendedora.

—Oh, esperaba que te probaras este primero.

Fuera del probador, escucho a la madre de Alyssa, Mary, y a mi madre volverse locas por el vestido de Alyssa.

Entonces escucho a Alyssa decir—: ¡Me veo como una princesa con este vestido! Es impresionante.

Sonrío ante la emoción en la voz de mi mejor amiga. No tengo el mismo nivel de emoción, y eso solo se está volviendo más claro mientras miro mi reflejo en el espejo.

La otra vendedora dice algo sobre probarse los demás antes de que Alyssa salte y elija el primer vestido. Todos se ríen. Pongo mi mano sobre mi estómago y respiro hondo unas pocas veces.

—Es normal sentir nervios y no emoción.

Me doy la vuelta y la veo.

Dios, incluso la vendedora puede leerme como un libro abierto.

Pero entonces una gran sonrisa estalla en su rostro.

—Está bien, ¡vamos para que tu familia te vea!

Salgo del probador, Alyssa, Mary y mi madre se quedan sin aliento.

Recogiendo la falda en mis manos, subo los tres escalones y me pongo frente a la pared llena de espejos. Ni siquiera reconozco a la mujer que me está mirando. Parece cansada, ojerosa y con los ojos llenos de tristeza. Dejo que mi mirada pasee por el vestido. Es hermoso, y probablemente lo que Easton querría que me pusiera y yo lo odio.

—*Algún día me casaré contigo, Rip.*

Yo estaba en nuestro columpio mientras Rip estaba sentado en el suelo, con una manzana en la boca. Dio un mordisco y lo masticó.

—*Está bien, pero tenemos que casarnos aquí. En nuestro árbol.*

—Chloe, cariño, te ves tan hermosa.

En el momento en que mis ojos se encuentran con los de mi madre en el espejo, dejo salir todo. Las lágrimas corren por mi cara y me desplomo. Lo siguiente que se es que cuatro mujeres están en el piso junto a mí mientras lloro sin control con la cara escondida entre mis manos.

Capítulo 15

Rip

—Estás de mal humor.

—¿Por qué dices eso, Mike? —le pregunto mientras me recuesto en el banco de pesas y pongo mis manos en la barra.

—Sigues gritándome.

Con una mirada en blanco, abro la boca para decir algo, luego la cierro de nuevo.

—¿Qué? —pregunta Mike.

—Amigo, suenas como una mujer. ¿Te estoy gritando?

—¡Sí que me estás gritando! Hago una pregunta simple y tú me gritas.

Me río.

—Solo ayúdame, ¿quieres?

Mike se para detrás de mí mientras yo levanto doscientas veinte libras.

—Alyssa y Chloe fueron hoy a comprar sus vestidos de novia.

Gruño mientras levanto las pesas.

—¿Batallando? Sólo llevas seis repeticiones, amigo. ¡Faltan cuatro más!

Lo fulmino con la mirada.

—Pareces un poco débil, Myers.

—Que. Te. Calles. —Gruño mientras levanto por décima y última vez.

Mike tiene que ayudarme a guiar la pesa hacia la barra. Dios, soy un debilucho.

Me incorporo, tratando de recuperar el aliento. Me estoy quedando sin tiempo.

—¿Ejercitando de más? —pregunta, con una mirada petulante en su rostro.

—Jódete, Mike.

—Sí, estás de mal humor.

—Por Dios, ¿es que no vas a parar? No estoy de mal humor. Tal vez lo que necesito es echar un polvo.

Él se encoge de hombros.

—¿Cuándo fue la última vez? Según mis cuentas fue hace ya bastante.

Mirándolo por encima del hombro, le respondo—: Cállate.

El teléfono de Mike suena en su bolsillo y lo saca para leer un mensaje de texto. La tonta sonrisa en su rostro me dice que era de Alyssa.

—¿Vas a mirar tu teléfono como una colegiala risueña o entrenar, gilipollas?

Mike me mira.

—Encontró su vestido.

Mi corazón frío se derrite un poco, le sonrío.

—Eso es genial, amigo.

Cuando se recuesta, casi le pregunto si Alyssa mencionó si Chloe también ha encontrado algo que le gustara. Decido que mi corazón no podría soportarlo, no quiero saberlo.

Levantando la barra, comienza a hacer sus diez repeticiones. Cuando termina, se sienta.

—También dijo que Chloe escogió su vestido de dama de honor para la boda. Alyssa parecía bastante emocionada al respecto.

—Eso es genial. Estoy seguro de que ambas se verán hermosas.

Se limpia la cara con la toalla.

—Estoy más que seguro de que así será.

—Escucha, tengo náuseas. Creo que me presioné demasiado. Voy a irme.

—¿Estás seguro? Sólo te falta una serie más y terminamos.

—Sí, tengo que irme. Tengo una cita a la que debo acudir.

—¿Cita de qué?

Agarramos nuestras botellas de agua y nos dirigimos al vestuario.

—Con un agente de bienes raíces.

—No me digas. ¿Vas a comprar una casa?

—Quiero comprar la vieja propiedad Durham.

Mike deja de caminar y me detengo.

—¿En serio? Rip, siempre has querido vivir ahí.

Sonrío, eso es cierto. Mi amigo me conoce bien.

—Sí, descubrí que iba a salir al mercado. El viejo Durham falleció hace unos meses y su hija no quiere molestarse con el mantenimiento de la propiedad. La casa todavía está en muy buen estado. Miré por las ventanas. Es vieja, así que estoy seguro de que hay algunos problemas subyacentes, pero nada que no pueda manejar.

—Incluso, con un lugar más nuevo tendrías algo de eso.

—Sí, mis padres están muy emocionados por mí.

Tomamos nuestras bolsas deportivas y comenzamos a salir a nuestras camionetas.

—¿Cuántas hectáreas?

No había forma de que pudiera detener la sonrisa en mi rostro si quisiera.

—Doscientas diez.

—¡Wow, amigo! Eso es genial. ¿Vas a poner ganado ahí?

—No lo sé. Voy a hablar con Mitchell y Trevor. Quiero conseguir algunos caballos. De eso sí estoy seguro.

Mike se detiene en su camioneta y arroja su mochila dentro.

—Amigo, quiero ir contigo.

—Vamos. La compañía me vendría bien.

Su teléfono suena y él responde de inmediato.

—Hola, nena.

Mientras espero a que hable con Alyssa, enciendo mi camioneta y le envío un mensaje de texto con la dirección a pesar de que sabía dónde se encontraba la antigua granja. Luego busco el número de Chloe. No habíamos hablado en casi una semana, desde que me gritó aquella noche. Obviamente todavía estaba enojada.

Yo: Hola ¿Estas ocupada? Quiero llevarte a ver algo.

Mike va a ir conmigo.

Sabía que Chloe se emocionaría muchísimo si supiera que estaba pensando en comprar la vieja granja. No estaba lejos del rancho de su familia. Sólo había otro rancho que se encontraba entre la propiedad de la familia de Chloe y la pequeña granja que quería.

Chloe: Lo siento, pero no puedo. Ojalá pudiera.

Miro su respuesta. En el fondo siento que algo anda muy mal. Incluso cuando ésta enojada conmigo, nunca responde tan vagamente.

Yo: ¿Estás bien, gatita?

No sé lo que hice, pero sea lo que sea, sabes que nunca te haría daño a propósito.

Chloe: Sé que no. No tiene nada que ver contigo.

Mike toca la ventana, sacándome un buen susto. Bajo el vidrio.

—Mierda, me asustaste.

Él se ríe.

—Alyssa no puede ir. Regresaron de comprar vestidos, pero ella está con Chloe en su casa. Parece que están haciendo cosas de chicas.

—¿Mencionó si algo le pasaba a Chloe?

—No, ¿por qué? —pregunta, con las cejas arqueadas.

Masajeo la tensión en la parte posterior de mi cuello.

—No lo sé. Tengo la extraña sensación de que algo anda mal y no es porque esté enojada conmigo.

Encogiéndose de hombros, retrocede unos pasos.

—No me dijo nada. ¿Quieres que te siga?

—Sí, eso suena bien. Te acabo de mandar un mensaje de texto con la dirección por si acaso, pero está justo enseguida del rancho de la familia de Chloe.

Asiente.

—Lo recuerdo. Allá nos vemos.

Me paro en la sala de estar de la vieja casa de la granja. El lugar tiene tanto potencial que prácticamente puedo verlo cobrar vida frente a mí.

—¡Hombre, hay granito por toda la casa! —dice Mike mientras el agente de bienes raíces se hace a un lado.

—Lo sé. Mira los pisos de madera. Usaron tablones anchos y esas molduras del techo.

Mike se ríe.

—Amigo, suenas como si estuvieras mirando a una mujer y a punto de tener sexo.

—¡Así es como me siento!

Sonreímos y entramos en la cocina.

—Necesito cambiar todos estos gabinetes, la cocina no sirve para nada.

—Puedo hacerte unos.

—Esa es exactamente la respuesta que esperaba escuchar. —Nos reímos. Después de todo, para eso están los mejores amigos.

Mike es un mago cuando se trata de carpintería. No fue una sorpresa que abriera su propia tienda al volver al pueblo. Desde que lo conocí en la escuela primaria, siempre le había encantado hacer cosas con madera.

—Señor Myers, ¿Qué piensa de la casa? —pregunta el agente.

—Me gustaría hacer una oferta.

Ella sonríe.

—Perfecto. ¿Tienes un número en mente?

—¿Alguien más está interesado en la propiedad? —pregunto.

—Hay otra persona interesada, pero es de fuera de la ciudad, por lo que probablemente esté viendo varias propiedades antes de decidirse.

Respirando profundamente, pienso en cuánto tengo en mis ahorros. Con lo que mi abuelo me dejó y el dinero que he logrado ahorrar, me siento cómodo de ofrecer el precio completo e incluso un poco más arriba si tuviera que hacerlo. Después de todo, no quiero que alguien más me gane.

—Me gustaría ofrecer un poco más de lo que piden.

El agente sonríe y me entrega un trozo de papel.

—Escriba su oferta y fírmela. Llamaré al otro agente ahora mismo. Vamos a ver qué dicen y luego podemos regresar a mi oficina.

Escribo el número y se lo devuelvo. Ella sale rápidamente y hace la llamada.

—Vaya. ¿Realmente vas a comprarte una casa? —dice Mike.

—Incluso por encima del precio indicado, este lugar merece la pena. Ya chequé los números. No planeo echarla abajo, pero sólo saber que dentro de un año yo podría tener una buena cantidad de capital me hace sentir cómodo. Y con la propuesta de trabajo que me hizo Steed, eso ayuda con la decisión.

—¿Qué, te ofreció trabajo?

Asiento.

—Oh, maldición, pensé que lo había mencionado antes. Sí, quiere que empiece trabajando medio tiempo haciendo la contabilidad. Espera poder ir bajándole al ritmo de trabajo. Eventualmente, quiere que me haga cargo de ese lado del negocio cuando él se retire. Quiero decir, eso no será por un buen tiempo, pero no puedo dejarlo pasar.

—¿Qué dijo Jonathon? Pensé que quería que trabajaras con él.

—Por mucho que ame a mi hermano, me gusta la parte comercial de los negocios. Disfruto trabajando con mis manos y todo, pero dirigir su empresa de construcción nunca fue mi objetivo a largo plazo. Ya tienen una chica que maneja las cuentas de Jonathon y del estudio de Waylynn bastante bien. Todo lo que realmente necesitaban que hiciera era actualizar las cosas y mostrarle a Mary las cuerdas del nuevo software. La chica aprende rápido. Entonces, si trabajara a tiempo parcial para Jonathon, a tiempo parcial para Steed, podría hacer que esto funcione.

Me da una palmada en la espalda.

—Parece que lo has estado pensando.

Se abre la puerta y entra el agente.

—Recibí una respuesta inmediata. Han aceptado su oferta, Sr. Myers. Resulta que al dueño le cae muy bien su mamá.

Riendo, volteo a ver a Mike.

—Parece que he entrado completamente en la edad adulta.

Mike extiende su mano hacia la mía y las estrechamos.

—Felicidades, amigo. Estoy feliz por ti.

Con una amplia sonrisa, sigo al agente fuera de la casa. Estoy feliz como el infierno, pero una parte de mí siente que falta algo.

—Lo veré en mi oficina, Sr. Myers y firmaremos la documentación. Tendrá que depositar el dinero y comenzar la documentación para el préstamo.

—Pagaré en efectivo, por lo que debería ser rápido y fácil.

Sus ojos se abren de par en par.

—¿Efectivo, esta es una venta en efectivo?

Mike se ríe entre dientes mientras se dirige hacia su camioneta.

—Te veré más tarde, Rip.

Con un gesto, respondo—: ¡Suena bien! Gracias por venir.

Centrándome nuevamente en el agente, lo confirmo.

—Sí, es una venta en efectivo. ¿Es eso un problema?

—¡No! No, en absoluto. Eso acelera el proceso exponencialmente. Lo veré en la oficina.

Salto a mi camioneta y miro de nuevo a la casa. Sonrío imaginando mecedoras y té dulce. Sin embargo, el vacío todavía está allí. Ese dolor persistente en lo profundo de mí.

Esos ojos azules aparecen en mi mente. Su cabello castaño claro recogido en una cola de caballo y un libro en la mano mientras está sentada en una mecedora en ese mismo porche.

Chloe.

¿Es realmente feliz con Easton? Sólo hay una forma de averiguarlo y se me está acabando el tiempo.

Enciendo mi camioneta, respiro hondo y me dirijo por el largo camino de grava.

Capítulo 16

Chloe
Cuatro horas antes

Me siento en el suelo vistiendo un finísimo vestido de novia. Llorando.

He caído a lo más bajo, de eso no hay duda.

—¡Gatita! Oh, cariño, ¿qué pasa? —dice mi madre, envolviendo sus brazos alrededor de mí.

—¡Voy por unos pañuelos! — dice la vendedora, quien sale corriendo.

Alyssa toma mi mano entre las suyas y la aprieta.

—Chloe.

Esa simple palabra dice mucho. Levantando la cabeza, miro a mi madre en el espejo, luego me vuelvo hacia ella. La bomba de tiempo finalmente ha explotado.

—No puedo casarme con él, mamá. No puedo.

Cierra los ojos y dice—: Gracias a Dios.

Abriendo mucho los ojos, la miro con incredulidad.

—¿No querías que me casara con Easton?

La vendedora me entrega una caja de pañuelos y se disculpa cortésmente. Mary ayuda a Alyssa a levantarse para poder cambiarse el vestido. Sé que nos estaban dando privacidad a mi madre y a mí.

—Bueno, Chloe. Um, yo… Bien, aquí te va. Si hubiera pensado que realmente querías casarte con él, sí, habría querido que lo hicieras. Sin embargo, todos vieron que no querías. Eras la futura novia menos emocionada que he visto en mi vida. Y el hecho de que tu papá odie al hombre por llevarte lejos de casa, bueno, no puedo evitar sentir alivio.

—¿Por qué no me dijiste nada? A papá nunca le ha caído bien mi todavía prometido, así que eso realmente no me sorprende.

En su boca se dibuja una sonrisa tristona.

—No, nunca le ha gustado. No dijimos nada porque necesitabas resolverlo por tu cuenta. Si tu padre o yo te hubiéramos interrogado, lo único que habría hecho es empujarte a casarte con él para demostrar que estábamos equivocados.

—Sabes que valoro tu opinión y la de papá.

Ella me mira por un momento.

—Sé honesta conmigo, Chloe. ¿Tiene esto algo que ver con Rip?

Mi pecho se aprieta un poco.

—Un poco, pero tiene más que ver con irme de casa. Renunciar a mis sueños por una vida que sé que no me hará feliz…

—¿Amas a Easton? Debes amarlo, cariño, si dijiste que sí.

—¿Qué tal si me quito este vestido y terminamos esta conversación más tarde? Es el día de Alyssa, no quiero arruinárselo más.

Colocando su mano a un lado de mi cara, me sonríe como sólo una madre sabe hacerlo.

—Te amo y lo resolveremos juntas, lo prometo.

La abrazo fuerte.

—Yo también te amo, mamá. Mucho.

El cuarto vestido que Alyssa se prueba es *el vestido*. Llora en el momento en que se ve en el espejo. Es perfecto en todos los sentidos. Pongo mi barbilla sobre su hombro mientras miramos el vestido en el espejo.

—Es como si estuviera hecho para ti, Alyssa.

—¿Crees que a Mike le gustará?

Sonriendo, respondo—: No va a poder respirar cuando te vea en esto.

Sus ojos se encuentran con los míos.

—Lo siento mucho, Chloe. Si yo…

Sacudo mi cabeza.

—No lo hagas. Lo necesitaba. Gracias.

—Fue simplemente, bueno, no quería que cometieras el mayor error de tu vida, y sabía que estabas a punto de hacerlo.

—En el fondo también lo hice. Hazme un favor. Por favor no le digas a Mike. Quiero decírselo a Rip y no quiero que lo escuche de otra persona. Ya es hora de que finalmente hablemos con la verdad el uno al otro.

Ella me ve de frente.

—¿Vas a decirle que todavía estás enamorada de él?

Miro hacia abajo y luego a ella.

—La verdad es que no sé que hacer. Y no sé cómo va a reaccionar él a todo esto. Saber que no terminó la escuela por mi culpa, es demasiado. Si me preguntas ahora mismo, estoy enojada con él. Y confundida, sí todavía me ama, ¿por qué no me lo ha dicho?

Con un medio encogimiento de hombros, dice—: El orgullo y el miedo a ser herido son emociones poderosas.

Exhalando, asiento.

—Ahora que ya he encontrado mi vestido de novia, busquemos el de dama de honor.

—¡Me gusta ese plan!

A Alyssa no le lleva mucho tiempo elegir entre los tres vestidos que me pruebo. Por supuesto, a Mary y mi madre le encantan los tres. Tengo mi favorito y, por suerte, Alyssa ha elegido ese. Es un vestido de lentejuelas que realza mis curvas y tiene tirantes delgados. Voy a ser su única dama y Rip va a ser el único padrino de Mike.

—Dios, te ves sexy en ese vestido, Chloe —dice Alyssa, abanicándose.

—Lo bueno de este vestido es que fácilmente podrías alterarlo y convertirlo en uno de cóctel —agrega la vendedora.

—Y me dijeron que llevaría semanas encontrar un vestido. ¡Encontramos dos en un día! —Exclama Alyssa.

—Déjame quitarme el vestido y luego necesitamos comer. Me muero de hambre.

—Vamos a agarrar algo en para comer en el camino, chicas, porque necesito regresar. Tu padre y yo tenemos una cena esta noche —grita mi madre mientras se dirige hacia el frente, lo más probable es que esté pagando el vestido. Despúes de discutir con ella al respecto, me dijo que me quedara con mi dinero. Hace mucho tiempo aprendí a no discutir cuando a mi madre se le ha metido algo entre ceja y ceja.

Una vez que volvemos al rancho, mamá me lleva al estudio y me hace sentarme.

—Terminemos esa conversación, ¿de acuerdo?

Suelto un suspiro y dejo caer la cabeza sobre el sofá.

—Sí, lo quiero. Sin embargo, creo que nunca estuve enamorada de él.

—¿No es como que tienes algo con Rip?

Sacudo mi cabeza en posición vertical. Mi boca se abre, pero nada sale. Ni siquiera puedo formular una respuesta a eso porque se, en el fondo de mi corazón, que ella tiene razón.

—Chloe Parker, has estado enamorada de Rip Myers desde el kínder. El único problema es que, cuando creciste, dejaste de hablar de eso.

Entierro mi cara en mis manos y dejo escapar un gemido frustrado.

—Cuando Easton me pidió que me casara con él, mi primer instinto fue decir que no. No podía sacarme de la cabeza a Rip. Todas las veces que estuvo tan cerca de decirme cómo se sentía o la forma en que tuvo que detenerse cuando quería besarme. Entonces apareció el recuerdo de esa noche que le dije todo. Creo que una parte de mí pensó que, si le decía que sí a Easton, finalmente abandonaría el sueño de estar con Rip. Seguiría adelante con mi vida en lugar de sentarme a esperar por algo que nunca se haría realidad.

—Chloe —susurra mi madre—. ¿No lo ves, cariño? Rip está locamente enamorado de ti.

Las lágrimas llenan mis ojos.

—Pero él nunca me lo ha dicho. —Bajo la vista a mis manos—. Creo que lo intentó después de ese día y nunca lo dejé. Ahora, no creo que lo haga, mamá. Si él me ama como todos dicen que lo hace, ¿por qué está dispuesto a dejar que me case con alguien más?

Mi voz suena débil.

—Lo último que ese chico quiere hacer es lastimarte, Chloe. Si él cree que eres feliz, tal vez no quiera arruinarte eso. Estás comprometida con un hombre y dispuesta a dejar todo esto atrás. En su opinión, eso debe significar que realmente amas a Easton.

Asintiendo, me limpio las mejillas.

—Rip fue probablemente la razón por la que dije que sí. Pero él no es la razón por la que no puedo casarme con Easton. Quiero la vida que he soñado durante años. Quiero trabajar junto a papá aquí en el rancho. Quiero montar a caballo cuando quiera. ¿Sabes lo que quiere Easton?

Sacude su cabeza.

—Un condominio en el centro de Houston. Ni siquiera le gusta el campo. No puede entender mi amor por Parchecitos y cree que es un cordero. ¡Y está celoso de Rip!

Levanta la ceja.

—Tiene buenas razones para estar celoso.

—Yo diría que sí —murmuro.

—Continúa, sigue hablando.

—No digo que no porque estoy esperando a Rip. Estoy diciendo que no porque Easton no encaja con la vida que me veo viviendo.

Mi madre me levanta del sofá y me abraza con fuerza.

—Eso es lo que quería escuchar. Sé que tu corazón pertenece a Rip, y tengo muchas razones para creer que las cosas funcionarán de la manera en que se supone que deben hacerlo a largo plazo. Pero me alegro de que estés viendo la verdadera razón por la que dijiste que sí en primer lugar, y estás viendo las razones por las que no puedes hacerlo. Llegaste a esa decisión por tu cuenta, cariño.

Levanta los dedos para secar mis lágrimas.

—¿Cuándo supiste que no iba a casarme con él?

—En el momento en que sacaste el anillo de tu bolsillo. Entonces lo confirmaste cuando dijiste que querías casarte en el patio trasero de Melanie y John. Sé que amas a tus abuelitos, pero ¿en serio, celebrar la boda en el patio?

Me llevo la mano a la boca e intento no reír. Pero pronto, mi madre y yo estamos riendo a carcajadas. Mi papá entra y nos mira a las dos.

—¿Qué está pasando? —pregunta.

Me limpio la cara y me acerco a él.

—Papi, necesito decirte algo.

Me mira lleno de preocupación.

—¿Está todo bien?

—Ahora lo está. Decidí no casarme con Easton.

La expresión de alivio en la cara de mi padre es instantánea.

—Pellízcame tan fuerte como puedas para ver si estoy soñando.

Estrecho mis ojos y luego lo golpeo en el pecho.

—¡Papi!

—Dime que hablas en serio. ¿No te casas con el imbécil?

—¡*Papi!*

—¡*Steed!*

—¿*Qué?* Ese muchacho no me cae bien. Me costó todo lo tengo el no decirle que llevara su trasero citadino de regreso al infierno de donde salió.

—Entonces te alegrará saber que voy a decirle que no nos casaremos y que él no es el hombre con el que veo mi futuro.

—Maldita sea, claro no lo es. Estoy tan contento de que hayas recuperado el juicio, Chloe.

—Vaya, me alegra saber que todos pensaron que estaba cometiendo un error, pero nadie estaba dispuesto a decir nada al respecto.

Mi padre se encoge de hombros.

—Todos confiábamos en tu criterio. Eres una mujer inteligente. Además, todos decían que siempre asumían que Rip y tú estarían casándose, así que supuse que eso hablaba por sí solo.

Poniéndome de puntitas, le beso la mejilla y luego lo golpeo juguetonamente.

—Entendido, papi.

—¿Me harían un favor los dos? Por favor no se lo digan a nadie. Yo, esto, quiero decírselo a Rip.

—¿Rip? —pregunta mi padre, con un ligero brillo travieso en los ojos. Es difícil creer que este hombre alguna vez había amenazado con cortar las bolas de Rip si alguna vez me tocaba.

—Y a mi abuelita y abuelito. A toda la familia, quiero decir.

Con un guiño, mi padre responde—: Ajá…

—Vamos, Steed, tenemos que prepararnos para la cena. Y creo que Chloe tiene que hacer una llamada telefónica.

Me muerdo el labio.

—Cuanto antes lo hagas, mejor será —afirma.

Una sensación de temor me invade. Odio lastimar a Easton, pero si no hago esto, ambos terminaríamos siendo muy infelices.

Al mal paso darle prisa.

—Voy a ver Parchecitos y luego lo llamaré.

—Mientras estás hablando por teléfono con él, dile que…

—¡Steed Parker! —Advierte mi madre mientras lo agarra y lo saca por la puerta.

Me rio, luego los sigo. Salto en al vehículo de cuatro ruedas y me dirijo al establo principal. Una visita rápida a mi adorado Parchecitos hará que todo vuelva a estar bien.

Capítulo 17

Chloe

Mientras camino hacia el establo, suena mi teléfono. Me da un vuelco el corazón cuando veo quién es Easton

Respiro hondo y respondo.

—¿Hola?

—Oye, ¿dónde estás?

—Entrando en el establo.

—Cierto. Ya es hora de que visites a tu cordero.

—¡Es una cabra, por el amor de Dios! —grito, un poco fuerte.

Liberty me mira directamente cuando entro en el establo. Entonces se echa a reír. Le enseño el dedo y sigo caminando hacia donde está Parchecitos.

—Dios, ¿qué te pasa? No puedo evitarlo si no puedo recordar correctamente a todos los animales de granja. Chloe, realmente has cambiado desde que volviste al rancho.

Liberty se detiene y susurra—: Está en el jardín. Salió antes y se comió las rosas de abuelita.

—Gracias, Liberty.

—¿Qué? —Pregunta Easton.

—No te estaba hablando a ti. Estaba hablando con mi prima y no he cambiado. Esta soy yo. Esta es quien realmente soy. Soy una chica de campo que ama a los animales. Tengo una cabra de mascota que es mi mejor amigo. ¡Quiero vivir en el campo, trabajar para mi padre, vivir en Oak Springs y no quiero casarme contigo!

Me llevo la mano a la boca mientras mis ojos se abren con horror. Liberty, por otro lado, salta a una paca de heno y comienza a aplaudir.

—¡Ya era hora! —grita.

Le hago señas para que se detenga y se calme.

—Lo siento, ¿qué fue lo último que dijiste? —pregunta Easton.

Dejándome caer en la paca de heno, cierro los ojos. No era así como planeaba soltarle las nuevas a Easton.

—Easton, tienes que saber que esto iba a suceder. Todo lo que hemos hecho es pelear por cada cosa, hasta por el detalle más insignificante.

—Chloe, ¿te estás alejando de mí porque hemos tenido algunos desacuerdos?

—Estoy diciendo que no me voy a casar contigo porque nunca debería haber dicho sí en primer lugar.

—¿Por qué no?

Liberty me rodea con el brazo y apoyo la cabeza en su hombro. Está claro que podía escuchar la voz de Easton.

—Esta es mi vida, East. Aquí en Oak Springs, con mi familia. Si me fuera, sólo terminaría resintiéndote y ambos resultaríamos siendo tremendamente infelices.

—¿Entonces estás diciendo que no porque no quieres irte de casa?

Me pongo de pie y suspiro. No lo entiende en absoluto o se niega a hacerlo. Camino lentamente hacia la puerta del establo.

—Easton, durante años he planeado trabajar para el rancho de mi familia. Tú sabías eso. Mi papá hizo una nueva posición solo para mí, este es mi hogar.

—Y no me amas lo suficiente como para dejarlo, para comenzar una nueva vida. ¿Para formar un nuevo hogar conmigo?

—¿Me amas lo suficiente como para entender por qué no puedo irme, me amas lo suficiente como para hacer lo mismo por mí?

Suelta un suspiro frustrado.

—Te amo, Chloe. Por eso quiero casarme contigo. ¿No me amas?

Trago fuerte.

—Te quiero, Easton. Pero no estoy enamorada de ti.

—Eso no tiene sentido.

Cerrando los ojos, respiro hondo y lo suelto lentamente.

—Easton, lo que estoy tratando de decir es que quiero y salir contigo fue increíble, nos divertimos mucho. Tienes que recordar que hace unos días admitiste que sólo me pediste que me casara contigo porque estábamos distanciándonos. No te amo lo suficiente como para alejarme de una vida que he soñado desde que tengo memoria. Una vida que anhelo. Vivir en un condominio en el centro de Houston no es la vida que quiero para mí. Sería miserable. Ambos terminaríamos desdichados.

—Está bien. Si quieres una casa en los suburbios, podemos hacer eso. Incluso puedes traer a tu cordero.

Suelto una risa desconcertada.

—Si hiciéramos eso, entonces tú te estarías conformando. Y los suburbios no son lo mismo que cientos de hectáreas a la redonda.

—Esto no tiene nada que ver con tu trabajo y el rancho de tu familia. Ni siquiera tiene nada que ver con vivir en Houston. Esto tiene todo que ver con Rip, ¿no? No puedes dejarlo.

—¿Por qué una discusión contigo siempre termina con Rip?

—Porque toda tu vida gira en torno a él. Fuiste a cada uno de los partidos en que jugaba. Incluso cancelaste fechas para poder ir y animar a tu mejor amigo. Maldita sea, Chloe. Estás enamorada del chico y no aceptas la verdad ni en tu propia cabeza. Por eso no te casarás conmigo, por ese bastardo.

Respirando profundamente, intento controlar mi temperamento.

—No te mentiré sobre Rip, Easton. Sí, tengo sentimientos por él. Él es mi mejor amigo y siempre será mi mejor amigo. También fue el primer chico del que me enamoré. Cuando me pediste que me casara contigo, pensé que, si decía que sí, finalmente sería capaz de dejar mi pasado. Superar a Rip. Eso fue egoísta de mi parte y lo siento. Pero la razón por la que te digo que no hoy, no es por Rip. Esta semana me ha servido para darme cuenta de que no puedo dejar Oak Springs. El futuro que he soñado, los planes que he hecho para mi vida están todos aquí, cada uno de ellos, no en Houston.

—¿Así que esto es todo, estás renunciando entonces a lo nuestro?

—East, tú y yo sabemos en el fondo que esto nunca iba a funcionar. Me pediste que me casara contigo porque no querías que nos separáramos. Dije que sí porque no sabía cómo decir que no.

Hubo una larga pausa antes de aclararse la garganta.

—Bueno, supongo que sería difícil para mí ganar si tu corazón no sólo es de Rip, sino también de todo tu maldito pueblo.
—Sus duras palabras se sinten como un cuchillo en mi corazón. Este hombre había sido importante en mi vida. He pasado los últimos diez meses con él, pero ahora más que nunca me doy cuenta de que no estoy enamorada de él.

—Lo siento, East.

—Yo también, Chloe. Estás cometiendo el mayor error de tu vida.

Con un ligero movimiento de cabeza, respondo—: Volvemos a estar en desacuerdo, porque creo que me estoy salvando del mayor error de mi vida.

—Guarda el anillo. No quiero que me lo regreses. Buena suerte, Chloe.

Antes de darme oportunidad de decir algo, cuelga. Sacudiendo el teléfono de mi oído, lo miro.

—¡Me colgó! —digo antes de carcajearme. Dios, se siente tan bien reírse sobre Easton por una vez en lugar de llorar.

Ha pasado una semana desde que hablé con Easton para terminar con nuestro compromiso. Por mensajería certificada, le devolví el anillo, a pesar de que me dijo que lo guardara. No me sentía bien conservándolo. Me envió un mensaje avisándome que lo recibió. Un texto de tres palabras, para ser exactos.

Tengo el anillo.

No respondí No había nada que decir.

—Oye, ¿qué harás hoy? —pregunta Gage mientras golpea mi pierna con un guante de béisbol cuando pasa.

—Nada. ¿Qué vas a hacer tú?

Él sonríe.

—Muchos de nosotros nos juntamos para jugar un partido de béisbol. Chicas contra chicos. ¿Quieres venir?

—¿Realmente quieres que tu hermana mayor salga contigo?

Gage se echa a reír.

—Todos mis amigos piensan que estás muy buena, Chloe. Estoy seguro de que no les importaría si vinieras.

Con una amplia sonrisa, me pongo de pie.

—Está bien, iré. ¿Habrá alguien que conozca allí?

—No estoy seguro. A veces van algunas personas que solían estar en el equipo de béisbol en la escuela. Jugamos todos los martes por la noche.

—Está bien, iré. Me vendría bien una distracción y pasar un buen rato.

Cuando Gage llega al gran campo de béisbol, no puedo evitar sonreír. Los recuerdos de ver jugar a Gage y Rip llenan mi cabeza.

—Pareces mucho más feliz esta semana. ¿Por qué? —pregunta Gage.

Me encojo de hombros.

—No tendrá nada que ver con ese pendejo del que finalmente te deshiciste, ¿verdad?

—¿Por que ni a ti ni a mi papá les caía bien?

Gage se echa a reír.

—Eso es fácil de responder. Él no es Rip.

Me quedo mirando, sin saber cómo responder a eso. Me guiña un ojo y sale de su camioneta.

Miro a mi alrededor para ver si encuentro alguna cara conocida. Mi corazón casi salta de mi pecho cuando veo a Alyssa y Mike.

Gracias a Dios, no soy la única persona de mi edad aquí.

Salgo de la camioneta y me dirijo hacia ellos.

—¿Cómo están?

Alyssa sonríe cuando me ve y Mike hace lo mismo.

—¿Tú también juegas en esta liga, Mike?

—Cada vez que me piden que juegue béisbol o fútbol, les digo que cuenten conmigo.

Alyssa y yo nos reímos.

Dos chicas pasaron junto a nosotros cuchicheando algo. Tenían que ser la edad de Gage.

—¡Oh, Dios mío, quiero agarrarle el culo!

—De verdad, quiero hacerlo.

Mis cejas se levantan cuando Alyssa y yo las vemos pasar.

—¿De quién están hablando? —pregunto mientras vemos a las chicas unirse a un grupo más grande.

—No tengo idea.

Nos acercamos para escuchar. Cómo extrañaba los días del bachillerato. No, eso es una mentira. Pero los chismes siguen siendo divertidos.

—Está aquí esta noche. Esperen hasta que lo vean jugar. Tengo un orgasmo de sólo verlo.

Cubro mi boca en un intento de no reírme. Alyssa ya está carcajeándose como una loca.

—Dios mío, ¿éramos así en el bachillerato?

—Probablemente —acepto.

Todas las chicas se detienen y se sientan.

—Enserio, él es seis años mayor que ustedes, ¿realmente creen que Rip Myers las va a voltear a ver?

Alyssa me golpea el hombro, esta vez nos reímos. Intento no buscar a Rip con la mirada. Una vez que las chicas mencionaron que está aquí, tengo que trabajar en silencio para mantener mi respiración bajo control. Las chicas están demasiado envueltas en su conversación para darse cuenta de que también estamos aquí.

—¡Qué lindo! Están enamoradas de Rip. ¿Recuerdas esos días, Chloe?

Pongo los ojos en blanco.

—Demasiado bien.

—Tuvo algo que ver con Morgan Hicks, ¿sabes? Ella es más joven que él —dice una de las chicas.

Alyssa ya había regresado al lado de Mike, pero yo me quedo parada en el mismo lugar, escuchando la conversación ajena.

—Todos sabemos por qué salió con ella. Esa chica es una regalada.

Mi estómago se retuerce.

—Eso fue hace meses. Tengo dieciocho años, creo que tengo una buena oportunidad con él. Además, si él es el chico más sexy del pueblo, por supuesto que tiene que estar con una belleza como yo, ¿no?

Todas las otras chicas se ríen.

—¡Sigue soñando! —Dice una de ellas, mientras yo camino rápido hacia donde me espera Alyssa.

—El primero en batear es el equipo de chicos. Chicas, pónganse en posición.

—Parece que tienen suficientes chicas, Chloe. Vamos a sentarnos en las gradas.

—Suena bien.

El partido comienza y los muchachos están listos para batear.

—¿Te has decidido por el pastel para la boda? —pregunto tratando de no pensar en Morgan Hicks.

—Para nada. Mike quiere algo divertido y loco. Yo, por otro lado, quiero algo tradicional, tal vez incluso de temática francesa.

—¿Por qué no dejas que él elija el pastel de novio y tú haces el pastel principal?

Ella se encoge de hombros.

—Realmente quiero sólo un pastel.

—¿Por qué?

Mirando a su alrededor, se inclina más cerca de mí y susurra—: ¿No recuerdas cómo es poner a Mike a cargo de algo?

Sonrío al recordar que Mike planeaba fiesta sorpresa para el cumpleaños número dieciocho de Alyssa. Fue en un lugar de esos con trampolines. Los chicos la pasaron muy bien allí. Nosotras, no tanto.

Intentando no reírme, respondo—: Tienes que admitir que los trampolines fueron divertidos.

Alyssa mira de reojo, no muy contenta.

—Sí, para ellos.

Volviendo a centrarme en el campo, dejo de reír porque veo a Rip. Está hablando con alguien que nunca había visto antes.

—¿Con quién está hablando Rip? —pregunto.

Alyssa sigue mi mirada.

—Oh, esa es Morgan. Es dueña de un estudio de cerámica en la plaza.

—¿Morgan Hicks?

—Sí, ¿la conoces?

Sacudo mi cabeza.

—No, pero Rip estuvo saliendo con ella, ¿verdad?

—Um, sí, si quieres llamar a uno o dos acostones, una relación.

Intentando sacar mi atención de ellos, veo el partido. Salto y grito cuando Gage pega un jonrón.

—¡Vamos Gage!

Cuando mis ojos vuelven a Rip, él me está mirando. Levanto la mano y lo saludo casi tímidamente. Al verlo vestido con pantalones de béisbol, una camiseta y esa gorra, mi mente se vuelve borrosa, por un momento olvido que sigo enojada con él. Me devuelve la sonrisa, luego dirige su atención a Morgan cuando ella pone una mano sobre su brazo. No pasa mucho tiempo para que esos viejos celos aparezcan.

—¿Chloe?

Todavía miro a Morgan y Rip cuando respondo—: ¿Sí?

—Si las miradas mataran, la pobre Morgan estaría en el suelo.

Reaccionando ante sus palabras, la miro.

—No sé de qué estás hablando.

Mi amiga se ríe.

—Claro, si tú lo dices. ¿Han hablado? Sé que estas molesta con él.

—No, no hemos hablado, le envié un mensaje de texto antes para ver si podía cenar conmigo y no ha respondido. Tal vez ya tenga planes con la tal Morgan.

Incluso yo puedo escuchar los celos en mi voz.

Alyssa alza una ceja.

—Lo juro por Dios, ustedes dos me ponen de nervios, siempre lo han hecho.

Es mi turno de sonreír.

—A ti y a mí.

Cuando vuelvo a mirar a Rip y Morgan, ella se está riendo. Me duele el pecho y no puedo evitar preguntarme si esto es lo que Rip sintió todas las veces que nos vio a Easton y a mí juntos. Pero todavía sigue pareciéndome ilógico que dejara la universidad por eso. Y si esa era la verdadera razón, ¿por qué demonios no habla conmigo de una buena vez?

Mi pulso se acelera, a pesar de que intento controlarlo. Frunzo el ceño ante la idea de que Rip me alejara porque ha tenido demasiado miedo de admitir sus sentimientos por mí. Afirmando que quería que fuera feliz. ¿Se detuvo por una vez y pensó que podría ser más feliz con él?

Morgan se inclina y besa a Rip en la mejilla. Da un paso atrás y me mira. Sus cejas se arquean ligeramente, me doy cuenta de que todavía estoy frunciendo el ceño, posiblemente mirándolos a él y a Morgan. Mi teléfono suena y salto, haciendo que mi teléfono caiga en mis manos.

—¿Hola, hola? —Digo, tratando de calmar mi corazón acelerado.

—¿Chloe?

—Hola, papá, ¿qué pasa?

—Niña, ¿dónde estás?

Mi aliento se detiene en mi pecho. Algo está mal.

—Estoy en el partido de béisbol en el que Gage está jugando. ¿Por qué?

—Cariño, quizás quieras volver a casa. Es Parchecitos.

Un sollozo se escapa instantáneamente de mis labios.

—¿Qué pasa?

Mi padre no dice nada.

Alyssa me mira con preocupación en toda la cara.

—Papi, ¿qué pasa con Parchecitos?

Alyssa se levanta y rápidamente sigo su ejemplo. Toma mi mano y comenzamos a bajar por las gradas.

—¿Quieres que vaya a recogerte?

Mi mano cubre mi boca y cierro mis ojos.

Parchecitos No. Por favor no me dejes.

—¿Chloe? ¡Chloe!

Alyssa toma el teléfono de mi mano y apenas la escucho hablar. Lo siguiente que se es que estoy en la camioneta de Mike.

—¿Gage? —digo, mi voz se quiebra.

—Le envié un mensaje de texto a Mike para hacerle saber lo que estaba sucediendo. Te saqué de ahí tan rápido como pude. Parecía que estabas a punto de llorar. Ya hay suficientes chismes en esta ciudad. No quería que hubiera más lenguas moviéndose.

Mi cabeza se gira bruscamente para mirarla.

—¿Chismes sobre qué?

Se muerde el labio.

—Tú. Rip. Nadie sabe que rompiste tu compromiso todavía. No se lo dije a Mike, como me pediste. La gente vio la forma en que mirabas a Rip y Morgan, ahora estás llorando, en menos de cinco minutos vas a ser el tema principal en la cadena de oración.

Parpadeo para mantener a raya las lágrimas.

—Tal vez necesito estar en la cadena de oración.

Alyssa toma mi mano entre las suyas.

—No quieres estar en la cadena de oración. Créeme.

Logro esbozar una pequeña sonrisa. La cadena de oración es un grupo de mujeres locales, en su mayoría mayores, pero algunas de las mujeres más jóvenes también participan. Es principalmente grupo de chismes. Una forma de correr la voz rápidamente sobre algo que sucede en el pueblo.

—Lamento haberte ignorado. Estoy preocupada por Parchecitos. No puede estar…

Su mano aprieta la mía.

—Vayamos para ver qué es lo que sucede. Mientras tanto, respira hondo. Estaremos allí pronto.

Me doy vuelta para mirar por la ventana. Recuerdos de Parchecitos llenan mi cabeza. Mi cabrito travieso. Siempre metiéndose en líos y haciendo enojar a mi abuelita y especialmente a tía Waylynn. Era como si Parchecitos supiera cómo sacarla de sus casillas. Sonrío pensando en todas las fiestas en las que Parchecitos se había colado. Cuántas veces había puesto mis ojitos de gatito con botas para que él pudiera ser parte de las ceremonias de boda. Siempre he adorado a ese animalito.

—¿Recuerdas cuando le pregunté a mi mamá y a mi papá si Parchecitos podría venir a nuestra graduación de primaria?

Alyssa se ríe.

—¡Sí, también recuerdo que Parchecitos estuvo en casi todas las bodas y en los eventos de tu familia!

Me río.

—Mis tías y tíos seguramente deben amarme porque logré que Parchecitos caminara hacia el altar muchas veces.

—¿Recuerdas el picnic del cuatro de julio cuando Parchecitos persiguió a tu tía Waylynn por todo el patio trasero porque tenía comida en la mano?

Las dos nos reímos.

—Ha vivido para atormentarla —le digo—. Creo que él sabe que ella tiene una relación de amor y odio con él.

—¿Amor? Chloe, estoy bastante segura de que Parchecitos es el archienemigo de Waylynn.

Suspiro.

—Espero que esté bien.

Tiene que estar bien.

Capítulo 18

Rip

Bateando a la pelota, me poncho. De nuevo.

—Amigo, ¿qué te pasa? ¡Es como si tuvieras la cabeza en otro lado! —dice Mike.

—No lo sé. Muchas cosas en qué pensar, creo.

Me mira, sabe de lo que estoy hablando. Cuando echo un vistazo a las gradas, Chloe y Alyssa ya no están. ¿Está molesta Chloe por haber estado hablando con Morgan? Ciertamente parecía así.

Sacudiendo mis dedos en mi cabello, exhalo con frustración.

¿Cómo demonios puede seguir enojada conmigo?

Ella es quien se va a casar con otro, por el amor de Dios.

Las palabras de Mike vuelven a mi cabeza.

—Dile antes de que sea demasiado tarde. Dile que estás enamorado de ella.

Sentándose a mi lado, Mike saca su teléfono y lo revisa.

—Alyssa y Chloe se fueron —dice.

—¿Te dijeron por qué?

Mike se levanta, sale corriendo al campo y llama a Gage.

—¡Gage!

Lo miro confundido.

—¡Gage! —Mike grita de nuevo. Me acerco mientras Gage corre hacia él.

—¿Qué pasa?

Mike me mira y luego vuelve a mirar a Gage.

—¿Qué pasa, amigo? ¡Estoy en el medio del partido! —dice Gage cuando se detiene.

—Necesitamos irnos. Es Parchecitos. Alyssa me envió un mensaje de texto hace más de una hora cuando se fueron. Tu papá llamó a Chloe y dijo que Parchecitos no está bien. Alyssa acaba de enviar otro mensaje de texto. Parchecitos murió hace diez minutos. Chloe se fue en su caballo.

—¡Joder! —digo, dándome la vuelta y agarrando mi bolso. Le hice una promesa. Le hice una promesa de que estaría allí.

Mierda. Mierda. Mierda.

—Rip, amigo, ¿a dónde demonios vas? —pregunta Mike, agarrándome por el brazo.

—Necesito encontrar a Chloe.

—Déjame conducir. Alyssa se llevó mi camioneta.

Gage ya está en su camioneta y sale a toda velocidad del estacionamiento. Meto las llaves en las manos de Mike.

—Maneja rápido, Mike. Se lo prometí.

Mientras Mike conduce, miro por la ventana. Ninguno de nosotros dice una palabra. Los dos sabemos lo especial que era Parchecitos para Chloe.

—¿Qué quisiste decir antes cuando dijiste que le prometiste a Chloe?

—En la escuela, antes de irnos a la universidad. Chloe me hizo prometer que estaría allí para ella cuando Parchecitos falleciera.

Mike no responde, pero presiona el acelerador un poco más.

Cuando llegamos a la casa de los abuelos de Chloe, ha pasado casi una hora desde que ella se fue.

Paxton se acerca a nosotros y le da un abrazo a Gage, luego a Mike y a mí.

—No sé dónde está. Se montó a su caballo y se fue. Ni siquiera puso una silla, ni riendas.

—¿Mi papá la está buscando? —Pregunta Gage.

—Sí, pero ella podría estar en cualquier lugar.

Frotándome la nuca, miro a Gage.

—¿Puedo ensillar un caballo?

Él asiente.

—Yo lo haré también.

—Mike, quédate aquí en caso de que vuelva, llámame —le digo. Asiente en respuesta.

Gage y yo corremos al establo principal.

—¿Cuál quieres? —pregunta cuando entramos. Este es uno de los establos que los Parker tienen en su rancho. El abuelo de

Chloe mantiene sus preciados caballos en aquí, junto con los caballos que la familia monta a menudo.

—No me importa. El que sea pero que corra rápido —digo.

Gage trae a Walter, un caballo ruano. Empiezo a sacarlo del establo.

—¡Amigo! Walter nunca ha sido montado a pelo. Al menos ponle algunas riendas.

Suelto un gemido frustrado mientras Gage me entrega las riendas. Le pongo el trozo en la boca, le echo las riendas al cuello y luego salto sobre él saliendo del establo a toda velocidad.

—Llámame si la encuentras —le digo, volviendo a mirar a Gage que está ensillando un caballo.

—Lo mismo te pido. Le envié un mensaje de texto a mi papá diciendo que estamos aquí, así que él sabe que también estamos buscándola.

Pateo a Walter y sale a galope. Conociendo a Chloe, sé exactamente a dónde fue.

Corriendo por los pastos, me maldigo por no haber sido honesto con ella ese día, me dijo que quería más. Por renunciar a tratar de hablar con ella. Por no decirle que la amaba cuando estaba en la oficina de su padre y me decía que se iba a casar con ese imbécil. Nunca me he odiado como lo hago en este momento.

Cuando doblo la curva, veo su caballo. Soltando un suspiro, llevo a Walter a trote. La vieja cabaña de casa era donde la tía de Chloe, Amelia, solía escribir muchas de sus novelas románticas. Ahora sólo publica uno o dos libros al año, así que la cabaña está prácticamente abandonada. Chloe y yo veníamos aquí y hablábamos durante horas cuando cualquiera de nosotros necesitaba escapar.

Me bajo de Walter y arrojo las riendas sobre su cuello, permitiéndole pastar con el caballo de Chloe, Lizzy.

Lentamente, abro la puerta y encuentro a Chloe sentada en la silla. Es una cabaña pequeña con el dormitorio en una habitación separada. La sala, el comedor y la cocina están todos un espacio abierto. Hay polvo por todas partes y parece que nadie ha estado aquí en años.

Es probable que la última vez que alguien estuvo aquí probablemente fue la noche en que casi le cuento a Chloe lo que siento por ella antes de irnos a la universidad.

—¿Gatita?

Levanta la cabeza y comienza a llorar más fuerte.

—Me encontraste.

Con una pequeña sonrisa, asiento.

—Te hice una promesa de que estaría aquí para ti.

Comienza a llorar más fuerte y se dirige hacia mí. Cuando ella me abraza, la aprieto contra mi pecho con fuerza.

—Está bien, princesa. Está bien.

—Se ha ido, Rip. Se fue.

Paso mi mano arriba y abajo por su espalda mientras solloza en mi pecho. No hay nada que odie más que verla llorar. Quiero quitarle su dolor. De cualquier forma, que pueda.

—Estoy aquí. Estoy aquí.

Sus piernas se sienten como si estuvieran cediendo, así que me agacho y la alzo. Entierra su cara en mi pecho cuando me acerco y me siento en el pequeño sofá. La abrazo, dejando que saque todo eso que lleva dentro. Cuando ya no puede llorar más, levanta la cabeza y nuestros ojos se encuentran. Siento que mi corazón da un salto mortal completo.

—Lamento mucho que se haya ido, Chloe.

Su barbilla tiembla cuando su mirada se mueve por mi cara. Aterriza en mis ojos.

—Viniste. Cumpliste con tu promesa, viniste.

—Por supuesto que lo hice. Te lo prometí.

Una sonrisa comienza a dibujarse en sus hermosos labios.

—Gracias.

Limpio sus lágrimas con mi pulgar.

Traga saliva y cierra los ojos mientras habla.

—Alcancé a regresar a tiempo. Estaba con él cuando pasó. Era como si me estuviera esperando.

Más lágrimas se escapan y ruedan por sus mejillas. Uso ambos pulgares para limpiarle la cara otra vez.

—Te amaba tanto como tú a él, Chloe.

Con un movimiento de cabeza, ella respira profundamente y luego exhala. El calor de su aliento en mi cara hace que mi interior lata con la necesidad de besarla. Hacerle olvidar este momento. Hacer que se olvide de Easton. Hacerla mía.

Chloe se aclara la garganta.

—Estoy segura de que todos están preocupados.

—Tu papá, Gage y Trevor estaban buscándote.

Sus ojos se encuentran con los míos de nuevo.

—¿Cómo supiste que estaría aquí?

Me encojo de hombros.

—Te conozco más de lo que crees.

Sus labios se aprietan fuertemente antes de sonreírme con dulzura.

—Supongo que sí.

Chloe envuelve sus brazos alrededor de su cuerpo.

—Necesitaba estar sola por un rato. Aceptar la idea de que nunca lo volveré a ver.

—Eso es comprensible.

Asiente.

—Le envié un mensaje de texto a Gage para hacerle saber que te encontré. Dijo que les haría saber a tú padre y a Trevor. Creo que todos están regresando a la casa en este momento.

—Me siento como una tonta por correr así.

—No hagas eso. Tienes todo el derecho de estar triste, Chloe. Parchecitos fue tu mejor amigo.

—Uno de mis mejores amigos —susurra.

Mi corazón se para en seco. No puedo dejar que se case con ese imbécil, no sin decirle lo que siento.

Colocando sus manos sobre su rostro, deja escapar un gruñido frustrado.

—Todo está cambiando. ¿Por qué no puede ser como era antes?

No tengo idea si ella está hablando de nosotros. Esta es mi oportunidad. Tengo que decirle lo que siento, antes de perder otra vez el valor.

Caminando hacia ella, levanto su barbilla y nuestros ojos se encuentran.

Bésala.

Dile.

¡Haz algo, Rip! ¡Ahora!

Sus ojos azules están rojos e hinchados, Chloe se ve cansadísima.

—Probablemente deberíamos regresar a la casa. Estoy segura de que mi madre está preocupada.

—No te cases con él, Chloe.

Sus ojos se abren por la sorpresa, ella me ha escuchado.

—¿Qué dijiste?

Sacudo mi cabeza. No hay vuelta atrás ahora.

—Dije, no te cases con él. No te cases con Easton.

Las lágrimas llenan sus ojos, pero las aparta rápidamente mientras da un paso atrás.

—¿Y por qué no debería casarme con él?

—Él nunca podrá amarte como yo te amo. Nadie te amará así. Nunca.

Una lágrima sale y se desliza hacia abajo. La observo hasta que recorre toda su mejilla y cae al suelo. Entonces su mirada se encuentra con la mía.

—¿Me estás diciendo esto ahora? —su voz se quiebra.

Me froto la nuca. Tengo miedo de incluso de mirarla a los ojos.

—Ahora. ¿Decides decírmelo ahora?

El nudo en mi garganta me dificulta hablar. Me aclaro la garganta.

—Yo quería decirte ese día.

Mi voz se quiebra y dejo de hablar. Ella me mira con incredulidad en toda la cara.

—No quería arruinar nuestra amistad, Chloe. Significas el mundo entero para mí y tenía miedo. Me sorprendió que lo hubieras admitido primero. Si me hubieras dado unos minutos para procesarlo, intenté hablar contigo después de eso. Quería decirte que sentía lo mismo y explicar por qué dar el siguiente paso me asustó tantísimo. Pero no me dejaste.

—¿Es por eso por lo que dejaste la universidad, por eso te fuiste porque estaba saliendo con Easton?

Frunzo el ceño.

—¿Importa?

—¡Sí! —Grita ella—. En este momento, importa. ¡Dime la verdad!

Su ira casi llena toda la pequeña cabaña.

—Sí. Me fui porque no podía soportar verte con él. Cada vez que lo veía tocarte, quería golpearlo.

Chloe se da la vuelta y se agarra al respaldo de una silla. Su otra mano esta sobre su estómago.

—La idea de perderte para siempre, siempre me ha asustado. Cuando estábamos en la escuela hubo tantas veces que quise besarte, pero temía que me dijeras que solo querías ser mi amiga. No me atrevía a creer que sentías lo mismo.

Le tiemblan los hombros, sé que está llorando.

—Chloe, lo siento, yo…

Se da la vuelta y se limpia la cara llena de lágrimas.

—¿Tenías miedo, no crees que tenía miedo cuando te dije cómo me sentía, no pensaste que podríamos amarnos lo suficiente como para hacerlo funcionar?

—Traté de hablar contigo, Chloe, tú no me dejaste.

—¡Idiota, hasta ahora me dices!

Su voz me hace saltar.

—Lo siento.

Levanta las manos y se cubre la boca mientras llora de nuevo. Cuando camino hacia ella, ella extiende su mano.

—Ni me toques. No puedes consolarme, Rip. No cuando eres tú quien me está rompiendo el corazón.

—¿Qué? —pregunto, instantáneamente siento que alguien ha metido la mano en mi pecho y me ha hecho lo mismo. Doy un paso hacia donde está y ella retrocede.

—¡Debiste haber sido tú! Siempre debiste haber sido tú.

Mis ojos arden, voy a romperme a llorar.

—¿Qué se suponía que fuera yo?

Sacude la cabeza frenéticamente y extiende la mano nuevamente cuando intento caminar hacia ella.

—No me toques, Rip. No te atrevas a intentar querer arreglar esto ahora. ¡Nunca vas a poder echar el tiempo atrás!

—Chloe, quería decirte ese día. Durante semanas intenté que me hablaras y no lo hiciste. Seguías diciéndome que lo olvidara, que aquella noche no era más que un recuerdo. ¿Qué querías que hiciera?

—¡Luchar por mí! —grita, con lágrimas corriendo por su rostro—. Por nosotros. Te di mi corazón ese día y lo pisoteaste. ¿Que se suponía que debía hacer?

Sacudo mi cabeza.

—Significas todo para mí, Chloe, ¿Qué tal si no funcionábamos?

—¡Maldita sea, Rip, claro que habría funcionado! Te amaba y me estás diciendo que sientes lo mismo.

Una sensación tan fuerte me golpea en el pecho que me alejo unos pasos de ella.

—¿Amabas, en tiempo pasado?

Me mira durante mucho tiempo, luego deja escapar un grito que podía estar seguro, Mike pudo escucharlo del otro lado del rancho.

—¡Idiota, eres un idiota, un estúpido idiota!

—Admito que soy todas esas cosas. Eso y más.

Sus manos vuelan en el aire.

—No lo entiendes, Rip. Tanto tiempo y sigues sin entender.

Está llorando de nuevo, quiero golpearme por hacerla sentir así. Especialmente porque ya estaba tan sensible por lo de Parchecitos.

—¡Se suponía que serías tú para todo, para todo lo importante!

—Chloe, ¿de qué estás hablando?

—¿No lo ves, no entiendes que estabas en cada sueño que he tenido desde niña?

Chloe se acerca a mí y me golpea en el pecho con ambos puños mientras llora más fuerte.

—*Tú*, Rip, mi primer beso real debería haber sido contigo. Mi primera cita con un hombre que me adorara debería haber sido contigo. Cuando perdí mi virginidad, *Dios*. —Solloza con más fuerza, está temblando—. ¡Debiste haber sido tú!

Da un paso atrás y se cubre la boca con la mano antes de susurrar—: El hombre que se arrodilló y me pidió que me casara con él. Debiste haber sido tú.

Llora tanto que no puede hablar por un momento. Mirándome a los ojos, susurra—: Quería esas cosas contigo. Y ahora es muy tarde. Llegas muy tarde.

Cierro los ojos e intento mantenerme de pie, me estoy desmoronando por dentro.

—Por favor no digas eso, Chloe. Por favor.

Cuando abro los ojos, siento mis propias lágrimas rodar por mis mejillas. Chloe comienza a caminar hacia mí, luego se detiene. Sus dedos están presionados contra sus labios. Sacude la cabeza y luego retrocede unos pasos.

Cruzando la distancia entre nosotros, la tomo en mis brazos. Llora tanto que estoy seguro de que le cuesta respirar.

—Lo siento, nena. Lo siento mucho.

Chloe entierra su rostro en mi pecho por lo que parece una eternidad antes de alejarse de mí. Sacudiendo la cabeza, da un paso atrás hasta llegar a la puerta.

—Llegas muy tarde.

—Chloe, por favor no hagas esto. Te ruego que no te cases con él.

La puerta se abre de golpe, hace el amago de irse, pero se detiene. Con una respiración lenta y profunda, me mira a los ojos una vez más.

—Le dije a Easton la semana pasada que no podía casarme con él.

De repente se siente como si alguien le hubiera prendido fuego a mis pulmones.

—¿Q-qué?

Sale por la puerta y la cierra, dejándome solo en la pequeña cabaña. Me tropiezo y me siento en el sofá.

Mis dedos se sacuden por mi cabello mientras grito—: ¡Mierdaaaa!

Si había terminado con Easton la semana pasada, ¿por qué ha dicho que es demasiado tarde para nosotros?

Me derrumbo y lloro como nunca antes lo había hecho.

Capítulo 19

Rip

Cuando vuelvo al establo, no hay nadie alrededor. El caballo de Chloe, Lizzy, está guardado en su lugar, al igual que el caballo que Gage había montado.

Cuido de Walter y le doy hojuelas de avena antes de regresar a la casa. Al acercarme, evito ir a la puerta trasera y sigo por el camino de entrada. Chloe probablemente está de vuelta en su casa de todos modos.

Justo cuando llego a mi camioneta, la voz de Steed me detiene en seco.

—Rip, ¿a dónde vas?

Aclarándome la garganta, lo miro. Está de pie en el porche de la casa de Melanie y John.

—A mi casa, ¿a dónde más?

—¿No te vas a despedir de Chloe?

—Con el debido respeto, señor, no creo que ella quiera verme ahora.

Asiente pensativamente y luego me indica que me acerque a donde está parado en el porche.

Mi corazón está martilleando. Steed Parker es un hombre al que nunca he querido hacer enojar.

—Siéntate, Rip. Vamos a hablar en serio.

Trago fuerte.

—¿A hablar en serio?

—Sí, siéntate.

Sentado en la mecedora a su lado, me froto las manos nerviosamente.

Steed respira hondo y luego exhala.

—Supongo que le dijiste que la amas.

Mis ojos se abren por la sorpresa, no hay secretos por estos lares.

—No te veas tan aturdido, hijo. Todos en este maldito pueblo saben que ustedes dos están enamorados. Por qué demonios los dos son demasiado tercos para admitirlo, está más allá de nuestro entendimiento.

Me miro las manos.

—Chloe me lo dijo una vez, justo después de que nos mudáramos a la universidad. Ella dijo que quería más que amistad y yo reaccioné mal. Quiero decir, hubo tantas veces que quería decirle cómo me sentía, pero temía que me quisiera como amigo nada más.

—Eres un idiota.

Sonrío.

—Lo sé, señor. Soy estúpido como una caja de piedras. Ese día le dije que no podíamos ser más que amigos, tenía tanto miedo de perderla como mi mejor amiga, Steed. Pero cinco minutos después de decirle esas palabras, quise retractarme. Sin embargo, las cosas no funcionaron y ambos pasamos la página, al menos aparentemente.

—Si hay una cosa que he aprendido sobre los errores en el pasado es que, si te aferras a ellos, Rip, nunca te dejarán avanzar. Entonces te equivocaste y voy a suponer que te equivocaste esta noche otra vez.

Asiento.

—Ella me dijo que era demasiado tarde.

Steed echa la cabeza hacia atrás y se echa a reír. Fuerte. Yo también me rio entre dientes porque se está riendo tan fuerte y no tengo idea de por qué.

—¿Que es tan gracioso?

—¿Rip Myers, cuánto tiempo hace que conoces a mi hija?

—Dieciocho años.

—Hace dieciocho años que has sido el mejor amigo de una mujer Parker. Has estado cerca de las mujeres Parker durante dieciocho años. ¿No has aprendido ni una cosa de ninguna de ellas?

Alzo una ceja.

—Señor, no estoy realmente seguro de si hay una respuesta correcta a esa pregunta.

Steed me guiña un ojo.

—Has aprendido. Las mujeres Parker son tercas como mulas. Reaccionan por impulso. Eso fue lo que llevó a Chloe a decirle que sí al imbécil de Easton.

Tengo que apretar los labios para no reírme.

—Ellas aman ferozmente, son leales y devotas. Creen que tienen razón el cien por ciento del tiempo. Y lo más importante de todo, permanecen enojadas durante mucho más tiempo que la mayoría de la gente.

—Genial —susurro, mis dedos rastrillando mi cabello.

—Voy a darte un consejo, Rip. Pero primero quiero preguntarte algo.

—Está bien.

—¿Amas a mi hija?

Mi pecho se aprieta y siento que mi estómago da vueltas.

—Sí. He estado enamorado de ella desde que tengo memoria.

—Ahí tienes la respuesta.

Alzo las cejas.

—No entiendo nada. ¿Ese es tu consejo?

—Sí —contesta asintiendo.

—Esto, gracias, supongo.

Steed se echa a reír.

—No creo que tú y Chloe se hayan dado realmente cuenta de cuán enamorados están el uno del otro. El amor lo conquista todo, Rip, cuando dejas que tome el control. Es tu bote salvavidas cuando el agua es demasiado profunda, tú red de seguridad cuando cierras los ojos y saltas del acantilado. Tu manta para mantenerte caliente cuando las noches son frías y tu cabeza está llena de preocupación o incertidumbre. Lo único que los une a ti y a Chloe, además de su amistad, es su amor que se tienen. El amor, Rip, es la razón por la que enfrentas el miedo. Simplemente saltas. Prometes hacer que funcione y confías en que lo hará.

Me pican los ojos mientras lucho contra las lágrimas. Nunca había confiado en nuestro amor. Nunca tuve fe en que sería capaz de conquistarlo todo.

—¿Qué hago para recuperarla?

Las comisuras de su boca se alzan lentamente.

—Se paciente. Mi hija está sufriendo en este momento por diferentes razones. Sin embargo, sigue luchando por ella. Demuéstrale que vale la pena.

Asiento.

—Sí, señor. Ella ciertamente lo vale.

—Ahora, ¿Te vas o entrarás a la casa? —Pregunta Steed mientras se levanta.

—Creo que voy a entrar contigo a la casa.

—Bien. Es posible que desees quedarte cerca de mí por un rato. Antes de salir vi que Chloe estaba en la cocina con un cuchillo de esos de los grandes. Parecía bastante enojada.

Cuando me rio y él no lo hace, me detengo rápidamente.

—Ohhhh, ¿estás hablando en serio?

—Claro que sí, lo estoy. ¿No recuerdas lo que dije que era importante?

—Las mujeres Parker se enfadan por mucho tiempo.

—No se enfadan, hijo. Se ENOJAN. Y se quedan enojadas. Aprenderás la diferencia muy rápido, me temo.

—Bien, entendido, por mucho tiempo.

Me da una palmada en la espalda y abre la puerta principal.

—Siempre aprendes rápido, hijo.

Sigo a Steed por la casa. Es una casa enorme, pero parece que llegamos a la cocina mucho antes de lo que estaba esperando. Escucho voces y sé que la familia entera está aquí reunida.

—Miren a quién me encontré —anuncia Steed.

Todos en la cocina se voltean y me miran. Los abuelos de Chloe, John y Melanie están parados a ambos lados de Chloe. Gage está sentado en la barra con Mike y Alyssa está apoyada contra el fregadero de la cocina. Todos me miran casi con lástima, así que no estoy seguro de si han hablado de lo que sucedió en la cabaña.

Trevor entra en la cocina y me da una palmada en la espalda. Fuerte.

—Estúpido bastardo —dice mientras se acerca a mi oído.

—¡Trevor! —dice Scarlett, su esposa, mientras lo empuja—. No dejes que te afecte, Rip.

Sonrío. Al menos toda la familia no está aquí. En realidad, podría darme la vuelta y salir corriendo para salvar mi pellejo.

—Rip, cariño, empezábamos a preguntarnos dónde estabas. Gracias por encontrar a Chloe —dice Melanie, con una dulce sonrisa en su rostro.

Asintiendo, me obligo a hablar.

—Por supuesto. Cualquier cosa por Chloe.

La cabeza de Chloe se levanta y nuestros ojos se encuentran. La forma en que me mira me hace tragar con dificultad, puedo jurar que siento el sudor en mi frente.

—Estamos haciendo galletas de avena con chispas de chocolate. Siempre hace que Chloe se siente mejor cuando hornea. ¿Por qué no nos ayudas? —pregunta Melanie.

—¿Qué tal si me siento aquí y miro? He estado limpiando y cepillando a Walter. Estoy hecho un desastre.

Melanie sonríe y me guiña un ojo.

—Por supuesto.

Me siento al lado de Mike. Cuando miro a Alyssa, ella está levantando las cejas y señalando a Chloe. Estrechando los ojos, balbuceo una pregunta, ¿qué se trae?

Ella suspira y luego pone los ojos en blanco. Miro a Mike en busca de ayuda, él simplemente sonríe.

—Mike, Alyssa, ¿cómo va la planificación de la boda? —pregunta Melanie.

—Bien. Prácticamente tenemos todo resuelto. Excepto por el pastel.

Mike se tensa a mi lado y lo miro. ¿Todavía están peleando por el maldito pastel?

—¿Todavía no se han puesto de acuerdo? —pregunto.

—Bueno, algunas personas no pueden tomar decisiones como el resto de nosotros. Tienen demasiado miedo de comprometerse —espeta Chloe.

Todos voltean a ver a Chloe. Mike se aclara la garganta mientras Steed pasa y me golpea.

—He estado allí, he hecho eso —dice Steed, agarrando una de las galletas recién horneadas antes de salir de la cocina.

Chloe mira a su padre y luego mira a Melanie.

—¿Qué diablos significa eso?

Melanie se encoge de hombros, pero está claro que sabe exactamente de qué está hablando Steed.

—Estoy segura de que ambos lo resolverán. El amor consiste en ver ambos lados de la historia y escucharse mutuamente. Una vez que hagas eso, tendrás el pastel perfecto —dice Melanie.

Miro a Chloe, que está mirando la masa que está mezclando. No estoy seguro de si ha escuchado las palabras de su abuelita o no.

—Alyssa, ¿has mirado pasteles en alguna parte?

—Sí, Mike y yo acordamos ir a la pastelería Lucky's. Hornean de maravilla.

—Mmm, sí, eso es cierto. ¿Recuerdas, Chloe, que hicieron el pastel para tu fiesta de graduación del bachillerato?

Chloe no le responde a Melanie. Ahora está mirando por la ventana trasera, sé que está pensando en Parchecitos.

—¿Recuerdan cuando Parchecitos llegó corriendo a toda velocidad desde el establo con sus hijos a cuestas? Se dirigía directamente a ese pastel —digo con una sonrisa.

Todos se ríen y Chloe esboza una sonrisa.

—¡Lo recuerdo! —dice Waylynn, entrando a la cocina.

—Tía Waylynn —dice Chloe, acercándose y abrazándola.

—Lo siento mucho, gatita. Sé cuánto lo amabas.

Chloe se limpia una lágrima y se para junto a su abuelita. Ella comienza a sacar la masa del tazón y la coloca en la bandeja para hornear galletas. Cada vez que deja uno, John lo levanta y se lo come.

—¡John Parker, deja de comerte la masa!

—¿Qué? Me gusta.

—Vas a enfermarte, abuelo —dice Chloe.

—Bien, no lo comeré. En cambio, tomaré este plato de galletas ya horneadas y lo llevaré al estudio. Creo que un partido de béisbol está por empezar.

Melanie pone los ojos en blanco y luego me mira.

—Continua, Rip. Parece que fue ayer.

—Saltó la cerca y la despejó como ningún otro animal que haya visto antes —continúo.

—Sí, el pequeño bastardo me distrajo mientras sus engendros trataban de comerse lo que quedaba —agrega Waylynn.

—No era estúpido, eso es seguro —dice Chloe. Hay tanta tristeza en su voz que casi me pone de rodillas. Quiero borrar ese dolor de su corazón.

—No, no lo era —dicen Melanie, Scarlett y Waylynn al mismo tiempo.

—¿Cómo crees que se enteraba que había una fiesta? —pregunta Gage.

Melanie se ríe.

—Oh, eso es simple. Cualquier evento que tuviéramos, Chloe hacía planes para que Parchecitos formara parte de ella. Nunca olvidaré la expresión de la cara de tu padre cuando Parchecitos comenzó a caminar por el pasillo de su boda con Paxton.

Chloe sonríe.

—Le encantaba estar en las bodas. Esperaba que él estuviera en...

Su voz se apaga.

Waylynn se aclara la garganta.

—Nunca habrá otra cabra como Parchecitos. No sé si eso debería hacerme feliz o increíblemente triste.

Chloe se ríe.

—Ciertamente vivió para atormentarte, tía Waylynn.

Trevor aplaude.

—Vine aquí para decirles que el juego ha comenzado. Estamos jugando Twister. —Mike y Gage saltan.

Mirándome, Mike dice—: ¡Me encanta a esta familia!

Alyssa se ríe mientras desata su delantal y vuelve a mirar a Melanie y Chloe.

—Voy a unirme a ellos, ¿te importa?

—¡No! Ve, y creo que voy contigo. Chloe y Rip pueden terminar las galletas.

Chloe abre la boca para discutir, pero Melanie tiene otros planes.

—Gracias por darle un descanso a tu abuelita por una vez, cariño.

Dejando escapar un suspiro, Chloe esboza una leve sonrisa.

—Por supuesto. Ve a divertirte.

Cuando todos salen de la cocina, miro a Chloe. Ella vuelve a concentrarse en colocar la masa en la bandeja para hornear galletas.

Intento estabilizarme antes de hablar con ella. Cuando me mira, pierdo el aliento. Sus ojos rojos me hacen querer atraerla hacia mí y decirle que está bien llorar.

Que ella puede estar enojada conmigo y triste por Parchecitos al mismo tiempo. Quiero abrazarla más que nada en este mundo. Cuando ella mira hacia otro lado, recuerdo las palabras de Steed.

Sigue luchando por ella. Vale la pena la batalla.

Capítulo 20

Chloe

—Lamento haberte soltado eso hoy —dice Rip—. No era el momento, no te merecías que te volviera a romper el corazón.

Sin atreverme a mirarlo, me encojo de hombros.

—¿Quieres hablar acerca de ello, de Parchecitos, quiero decir?

Mi mirada se levanta para encontrarse con la suya.

—No lo creo. Tal vez. No estoy segura.

Suena el teléfono de Rip y lo busca en su bolsillo.

—Disculpa, Chloe. Necesito atender esta llamada.

Vuelvo a centrar mi atención en las galletas.

—Soy Rip.

Intento no mirarlo, pero es difícil no hacerlo. Mi corazón ha estado latiendo como loco desde que salí de la cabaña.

Rip me ama. Rip. Me. Ama.

Presiono mi boca en una línea apretada. ¿Cómo pudo soltármelo hoy? Hoy, entre todo el tiempo que ha tenido para hacerlo.

—Hola George, ¿cómo va todo?

¿George? ¿George Mathews del banco?

—Sí. Recientemente comencé a trabajar en el departamento de contabilidad del rancho. ¿Necesitas preguntarle algo a Steed para el cierre?

Eso me llama la atención.

—¿La fecha de cierre ya está establecida?

Hace una pausa, esperando una respuesta.

—Entiendo eso, señor, y sí, he reservado dinero para contingencias. Pero la inspección asegura que la casa está en buen estado. Cualquier cosa que se descomponga, estoy seguro de que puedo arreglarlo. El precio de venta fue menor de lo que había estimado, así que eso me deja con algo de dinero para arreglarla.

Dejo la cuchara mezcladora, me limpio las manos con la toalla y miro a Rip. Se da la vuelta y me atrapa mirándolo.

—Miércoles a las tres. Lo tengo. Estaré allí. Gracias George. Estoy emocionado. —Termina la llamada y vuelve a guardar su teléfono en el bolsillo. Luego se acerca, toma la cuchara para galletas y comienza a poner más masa en la bandeja.

Bien, entonces no va a compartir de qué se trata eso a menos que yo le pregunte. Bueno, no le voy a preguntar.

Agitada, digo—: Si quieres unirte a los demás en la otra sala para jugar, ve a divertirte. Estoy bien aquí.

—No, está bien. Probablemente me vaya.

Se me corta el aliento en la garganta y gruño—: ¿Te vas?

Con un medio encogimiento de hombros, responde—: Bueno, siento que estoy caminando aquí en la cuerda floja.

Me muerdo el labio, las lágrimas se acumulan en mis ojos una vez más. He estado enojada con Rip, pero tenerlo aquí conmigo realmente me hace sentir mejor.

Me echa un vistazo y agrega—: Quiero decir, me quedaré si quieres que me quede.

Nuestros ojos se encuentran y casi puedo verlo silenciosamente suplicándome que le diga que se quede.

—No, está bien. Si tienes cosas que hacer.

—No tengo. Quiero decir, no tengo nada que hacer. Te prometí que estaría aquí para ti, Chloe. No quiero irme.

Esta vez pierdo la batalla y dejo escapar una lágrima. Deja caer la cuchara y ahueca mi cara con sus manos. Espero a que limpie mis lágrimas con sus pulgares como lo ha hecho tantas veces.

Pero no lo hace.

En cambio, se inclina y besa mi mejilla suavemente, haciendo que las rodillas me tiemblen. Cierro los ojos con fuerza cuando él se mueve al otro lado y me seca las lágrimas a besos.

Su mano se mueve suavemente a lo largo de mi cara y sus dedos se deslizan en mi cabello.

—Lo siento mucho, Chloe.

Abro los ojos y lo encuentro mirándome. ¿Es por lo de Parchecitos o es por haberme alejado hace cuatro años?

¿Tal vez por decirme que me ama en uno de los peores días de mi vida?

Por un breve momento, casi me levanto de puntillas para besarlo.

Casi.

Me deja ir y retrocede, pasando los dedos por su cabello.

—No quería decírtelo de esa manera. No hoy, no cuando ya estabas tan triste.

No estoy segura de que espera que diga. Cuando me mira, siento que mi corazón se acelera.

Alejando mi mirada de él, me pongo a trabajar en las galletas de nuevo y respiro hondo.

—Necesito algo de tiempo para procesarlo todo, Rip. Para poner mi cabeza en orden. Supongo que te estoy pidiendo lo que necesitabas de mí ese día, que confesé mis sentimientos por ti.

—Está bien —responde asintiendo con la cabeza.

—Extraño a mi mejor amigo.

Se para a mi lado, el silencio entre nosotros como una pared de ladrillos.

Sollozando, agrego—: Te he extrañado. Necesito a mi mejor amigo.

—Yo también te extraño, gatita.

Mirando hacia abajo, lentamente sacudo la cabeza, luchando por mantener mis emociones bajo control.

—Rip, estoy realmente confundida y enojada contigo. De verdad necesito tiempo para pensar.

—Te esperaría toda la vida si fuera necesario, Chloe.

Miro hacia otro lado.

—Realmente desearía que me hubieras dicho eso hace cuatro años.

—Si pudiera regresar y rehacer ese día, lo haría en un instante. Te diría cuántas veces quería besarte, decirte que te amaba. Pero no puedo, eso es algo con lo que tendré que vivir el resto de mi vida. Sabiendo que te decepcioné en la forma en que lo hice. Lo único que nunca quise perder fue tu amistad, Chloe.

—Yo tampoco.

—Tienes todo el derecho de estar enojada conmigo y esperaré pacientemente.

—¿Tú, paciente?— pregunto con una ceja levantada.

La comisura de su boca se alza en esa sonrisa tímida, la que todavía llena mi estómago de mariposas. No puedo evitar preguntarme si tiene alguna idea de que siempre será el dueño de mi corazón.

—¿Quieres ir a dar un paseo? Tengo algo que quiero mostrarte.

Sonriendo, inclino la cabeza.

—¿Tiene que ver con esa llamada telefónica?

Su rostro se ilumina.

—Posiblemente.

—¿Qué pasa con toda esta masa de galletas?

—John se la comerá.

Me río y en realidad se siente bien. Todavía estoy enojada, y tenemos mucho de qué hablar, pero en este momento necesito a mi mejor amigo más de lo que necesito una solución a este desastre que es mi vida.

—¿Necesito cambiarme?

Sus ojos se mueven lentamente sobre mi cuerpo, haciendo que mi interior se derrita. Rip nunca me ha mirado así tan abiertamente. Siento mis mejillas arder.

—Estás perfecta, como siempre.

Mi boca se abre un poco para decir algo, pero rápidamente la cierro. Me doy la vuelta y cubro la masa y la meto en el refrigerador. El horno emite un pitido y Rip agarra los guantes y saca las galletas. Luego pone la otra bandeja de galletas y ajusta el temporizador nuevamente.

—Deberíamos dejar que todos sepan que nos vamos —digo, con la voz temblorosa.

¿De qué se trata eso?

—Cierto.

Rip me indica que salga de la cocina primero. Cuando nos acercamos a la sala, puedo escuchar todas las risas y conversaciones. Por mucho que quiera divertirme con mi familia, el dolor en mi pecho es demasiado como para soportarlo. Cada vez que pienso en Parchecitos, quiero llorar.

Rip y yo entramos en la sala familiar y todos los ojos se voltean hacia nosotros. Mi madre se levanta y sonríe.

—¿Están listas las galletas?

—No, hay una tanda en el horno que alguien tendrá que sacar en unos diez minutos más o menos. El resto de la masa está en el refrigerador.

Mi abuelita camina hacia nosotros.

—¿Te vas?

Si piensa que está escondiendo lo esperanzada que se escucha su voz, está equivocada. Miro más allá de ella para ver a mi madre con la misma expresión en su rostro.

—Rip se ofreció a llevarme de paseo. Tiene algo que quiere mostrarme y piensa que podría distraerme del asunto de Parchecitos.

Mi voz se quiebra cuando digo su nombre. Luego, Rip toca ligeramente la parte inferior de mi espalda y mi ánimo da un giro de ciento ochenta grados cuando los hormigueos me recorren entera.

Santo cielo.

No sé si debo estar enojada, triste o excitada. Sin embargo, soy una mujer Parker, por lo que es posible experimentar todas esas mismas emociones en el mismo aliento.

Una parte de mí quiere ir a casa, pero sé que estar sola es la peor elección que podía hacer.

Rip debe haber sentido la reacción de mi cuerpo a su toque, porque deja caer su mano. ¿Me había tocado alguna vez así antes?

Sí. Muchas veces. Guiándome a una habitación. Una suave caricia para hacerme saber que estaba allí. Siempre me había hecho sentir un hormigueo, pero hoy, esa simple caricia hace arder mi cuerpo. Siento que las paredes entre nosotros se desmoronan rápidamente y que esas caricias significan más ahora que nunca.

—Oh, eso es dulce de tu parte, Rip. Niños, tengan cuidado al conducir —dice mi mamá.

Mike mira a Rip. Una mirada pasa entre los dos. No es una preocupación, más bien Mike intenta asegurarse de que Rip está haciendo lo correcto.

Caminando hacia mis padres, abrazo a cada uno de ellos y luego a mi abuelito y abuelita.

—Haré que Rip me deje en casa más tarde.

—Suena bien. Diviértanse —grita mi madre mientras salimos.

Cuando cruzamos el umbral de la puerta principal y bajamos las escaleras, mi mente vuelve a la cabaña donde estábamos antes.

¿Hace solo unas horas me dijo que me amaba?

¿Me pidió que no me casara con Easton?

Se siente como si acabara de pasar y al mismo tiempo como si hubiera sido hace años.

Rip abre la puerta de su camioneta y me tiende la mano. No es nada nuevo, algo que ha hecho desde la primera vez que subí con él después de obtener su licencia. Intento no reaccionar ante la forma en que nuestras manos fuertes disparan un rayo de electricidad por mi brazo y mi pecho.

Cuando cierra la puerta y rodea la camioneta, me tomo el tiempo de respirar profundamente.

—*Estás enojada con él, Chloe. Muy enojada.*

Cuando salta a su asiento y gira la camioneta, tiene una pequeña sonrisa tirando de las comisuras de sus labios. Lo que sea que me va a mostrar, está realmente emocionado.

—¿Lista? —pregunta, mirándome con pura felicidad en su rostro.

—Tan lista como puedo estarlo.

Capítulo 21

Chloe

Rip conduce por la carretera de terracería mientras yo miro por la ventana en silencio. Me gusta que podamos ir así, sin decir una palabra. Que él no sienta la necesidad de llenarlo a fuerzas con historias sobre Parchecitos. Mi cabeza está inundada de recuerdos de mi cabrita. Desde la primera vez que lo abracé, hasta la última vez que lo visité esta misma mañana.

—Dime en qué estás pensando —pregunta.

—En Parchecitos. Sabes lo mucho que lo amaba, Rip.

Toma mi mano y la aprieto suavemente.

—Sí, lo sé.

Suelto una risilla al recordar.

—¿Recuerdas cuando estabas ayudando a Trevor a pintar el establo norte y Parchecitos trató tumbarte y casi te rompe la rodilla?

Rip se echa a reír.

—Estaba enojado porque le había robado tu atención.

—Estaba tan celoso de ti. ¿Cuántas veces intentó echarte al suelo?

—Demasiadas para contar. Sin embargo, siento que le caía bien. A veces.

—Él te amaba. Sé que así era.

Rip da la vuelta para entrar en otro camino que conozco. No estamos muy lejos del rancho de mi familia.

—Entonces, ¿me vas a decir a dónde vamos?

—A la propiedad Durham.

No me lleva mucho tiempo descubrir qué está pasando.

—¿Rip, la vas a comprar?

—Sí, en esas ando.

Recuerdo haber estado parada en la cocina del Sr. Durham. Estaba allí con mi padre; Rip también estaba allí. No podríamos haber tenido más de catorce años. Estaba fascinada con la casa.

Cuando salimos, caminando hacia la camioneta de mi padre, miro la casa blanca con el gran porche una vez más.

—Me encantaría vivir aquí algún día.

Rip se detiene a mi lado, con las manos en los bolsillos mientras mira la casa.

—La compraré para ti, gatita.

Siento mi corazón latir más rápido en mi pecho. Rip me mira antes de concentrarse en el camino.

—¿Qué pasa? —pregunta.

Tragando saliva, vuelvo a mirar por la ventana.

—Nada. Me sorprende que lo hayas comprado. ¿Tuviste que pagar con la herencia de tu abuelo?

—Sí, además ahorré cada centavo desde que tenía más o menos catorce años.

Me vuelvo para mirarlo. ¿Recordaba siquiera esa breve conversación hace tantos años, es por eso que comenzó a ahorrar en ese entonces?

Dobla por la estrecha carretera. La antigua granja victoriana no tarda en aparecer a la vista. Es exactamente como la recordaba. No puedo evitar sonreír.

—Necesita algo de trabajo, pero creo que será una verdadera belleza una vez que esté terminada —dice Rip, al detenerse y apagar la camioneta.

Al abrir la puerta de la camioneta, sigo a Rip escaleras arriba.

—¿Cómo sabías que estaba a la venta? —pregunto.

—Estuve pendiente de cualquier rumor que saliera. Sabía que una vez que el Sr. Durham muriera, no pasaría mucho tiempo antes de que su hija quisiera vender.

—¿Ya la compraste?

—No, cierro el trato esta semana. Laura Durham me dio una llave antes con el fin de que pueda tomar las medidas para que Mike empiece hacer los nuevos gabinetes de la cocina.

—Oh —digo, entrando primero a la casa. Mis ojos recorren la sala de estar y jadeo. Había olvidado lo hermosa que era. El revestimiento de madera cubre la primera mitad de las paredes. Las molduras de madera delinean las hermosas puertas de madera y los pasillos. La escalera está frente a mí, su impresionante barandilla grita por atención. Los pisos de grandes tablones de madera llenan todo el lugar. Mi mano recorre el balaustre decorado en la barandilla.

—Dios mío, mira lo bonita que es.

—Los pisos todavía están en muy buenas condiciones. Creo que puedo lijarlos y pintarlos.

Asiento mientras sigo los pasos de Rip por la casa.

—Aquí está la sala formal. La repisa de la chimenea es hermosa. Creo que sólo necesita algo de lija y una buena mano de pintura.

Caminando hacia los grandes ventanales, miro hacia afuera.

—Mira lo hermosa que es esa vista. Podemos ver las colinas sin nada que se interponga en el paisaje.

Rip se para a mi lado.

—Sí, es una hermosa propiedad. —Sale de la habitación—. Los marcos de las puertas se están pegando, pero puedo arreglarlo fácilmente. Mira el techo aquí en el comedor. Mira las vigas.

Miro hacia donde apunta.

—Es bonito.

—El acabado en esta casa es hermoso. Estoy tan contento de que nunca lo hayan pintado de blanco.

Escuchar la emoción en su voz me hace sonreír.

Cuando entramos en la gran cocina, arrugo la nariz.

—Oh wow, esto es… viejo.

Rip se echa a reír.

—Aquí necesitamos hacer un trabajo completo. Empezar de cero. Sin embargo, puedo ver una gran isla en el medio. Hay mucho espacio.

—Estoy segura de que la dejarás hermosa.

Ladea la cabeza por un momento antes de comenzar a caminar de nuevo.

—Hay una habitación aquí que pienso que sería una buena oficina, no lo sé todavía.

Mirando alrededor de la gran sala, noto otra ventana que da al paisaje de la colina.

—Sí, concuerdo contigo.

—Ven. Subamos las escaleras.

—¿Cuantos cuartos tiene?

—Cinco.

—Vaya.

Cuando llegamos al rellano, me maravillo del espacio. Ya puedo imaginar cómo se vería con los muebles colocados, los tapices, el toque hogareño que debe tener una casa de campo.

—Voy a echar abajo la pared que divide las dos habitaciones que dan al frente, para hacer una habitación principal grande con su baño y un closet grande.

Entramos en la habitación y contengo el aliento. Los ventanales dan la terraza que hay frente de la casa. La vista es deslumbrante.

—Da hacia el oeste, por lo que podrías estar en el porche viendo la puesta de sol o aquí arriba, en el cuarto.

Siento mis mejillas sonrojarse cuando pienso en acostarme en una cama con Rip mirando el sol perderse en el horizonte.

—Si hacemos el diseño del baño correctamente, desde la bañera se podría apreciar la vista.

—¿Hacemos?

Rip se encoge de hombros y luego dijo—: Me refiero a Jonathon y a mí.

Trato de no mostrar cómo me duele el pecho. Por un breve momento, supuse que quiso decir él y yo. Lo vi en sus ojos, en la manera en que me miraba, creo que también quería decir eso, sólo está tratando de ser precavido, estamos caminando sobre mantequilla. O tal eso es lo que he querido creer.

Entramos en otra habitación.

—El segundo piso parece estar en buen estado. Sólo necesita una buena limpieza y pintura —digo, caminando hacia el ventanal. No importa en qué lado de la casa estemos, las vistas son impresionantes. No hay nada como el paisaje campestre de Texas.

—Sí, las habitaciones serán lo más fácil de arreglar.

—¿Qué imaginas en esta habitación? —pregunto.

Se acerca a mí y se apoya contra el marco de la ventana.

—¿Qué ves?

Girándome, mi mirada se queda fundida con la suya, soy incapaz de mirar hacia otro lado. Es imposible.

Lentamente levanto mis hombros antes de dejarlos caer.

—No lo sé.

Rompe la conexión y mira por la ventana. Por unos segundos parece perdido en sus pensamientos antes de finalmente hablar.

—Supongo que lo imagino como un cuarto para un bebé o algo así.

Mis ojos vuelven a Rip mientras él sigue mirando el campo. Tengo que poner mi mano sobre mi estómago bajo para calmar los nervios que han aparecido de repente.

—¿Un cuarto para bebé? —Susurro.

Rip se aparta de la ventana.

—Sí o algo por el estilo.

Tragando con dificultad, respondo—: Quedaría muy bonito.

Él asiente, luego levanta su mano y coloca un mechón de cabello suelto detrás de mi oreja.

—Tienes que saber las razones por las que compré esta casa, Chloe.

—Dímelo —murmuro, mi boca se siente como si hubiera estado comiendo arena.

Rip da un paso más y siento que me tiemblan las rodillas mientras mi estómago revolotea. Cuando levanto la cabeza, nuestros ojos se encuentran una vez más. Sonríe y se le pintan esos hoyuelos que tanto me gustan.

—La compré para ti, Chloe.

Vaya. El aire en mis pulmones se desvanece. Una vez que encuentro mi voz, digo—: Aunque estaba comprometida…

Dejo que mi voz se apague.

—Ese día viniste aquí por primera vez y dijiste que la querías. Te dije que te compraría la casa.

Mi cuerpo se calienta al instante. Con un ligero movimiento de cabeza, respondo—: Rip, ni siquiera estamos juntos.

Sus cálidas manos ahuecan mi cara y se inclina, su boca a centímetros de la mía. Se siente como si toda la habitación se estuviera acomodando para caer debajo de mis pies.

—Dije que te esperaría toda la vida si fuera necesario, Chloe.

Sentirlo tan cerca hace que mi mundo de vueltas. Necesito que me bese, pero una parte de mí quiere detenerlo. Como si leyera mi mente, deja caer las manos y da un paso atrás. Mi cuerpo de repente se siente desnudo, la sensación de vacío es abrumadora.

—Las otras habitaciones son así de grandes. Sin embargo, no tienen salida a la terraza.

Parpadeo rápidamente, tratando de mantenerme al día con la forma en que cambia de tema en un instante.

—¿Quieres ver el establo? —pregunta, caminando a mi alrededor y dirigiéndose a la puerta.

—No.

—¿No? —Se detiene y me mira.

Suelto una risa ronca.

—¿Vas a decirme todo eso, actuar como si fueras a besarme y luego preguntarme si quiero ver el establo?

—Dijiste que necesitas tiempo. Estoy tratando de no presionarte.

Enterrando mi cara en mis manos, dejo escapar un gruñido, la frustración me está matando. Este hombre es imposible.

—¿No es eso lo que dijiste?

Mis manos caen a mis costados y lo miro.

—Dije eso, pero luego vas y haces esto.

Frunce el ceño.

—¿Qué hice?

—¿Qué hiciste? —pregunto con los ojos muy abiertos—. Rip, compraste la casa que dije que quería cuando teníamos catorce años. Me acabas de decir que es para mí. Estás hablando de un cuarto para bebé, y todos estos planes y yo… yo estoy…

—¿Tú estás qué?

Aprieto los puños y digo lo primero que me viene a la mente.

—¡Con ganas de retorcerte el cogote!

Esta vez son los ojos de Rip los que se abren, por supuesto el hombre se ha sorprendido.

—¿Me quieres torcer el pescuezo? Dios, esto es un clásico.

Rip sacude la cabeza y se aleja. Lo escucho bajar los escalones de madera, y me toma cinco segundos ir tras él.

—¡Rip! ¡Espera! —Grito mientras bajo corriendo las escaleras.

Capítulo 22

Rip

Chloe detiene mis pasos, agarrándome por el brazo.

—Rip, por favor espera.

La miro. Esos hermosos ojos azules parecen tan confundidos.

Bueno, ella no es la única.

—No puedo hacer esto, Chloe. Sigo intentando hacer las cosas que creo que te harán feliz, pero todo lo que consigo es que te enojes más conmigo. No sé cómo cambiar esta situación entre nosotros. Lo sé, me equivoqué y no hay un día que pase que no desearía poder retroceder en el tiempo. Pero no puedo. No importa cuánto se lo pida a Dios, no puedo.

Suelto un suspiro frustrado.

—Si piensas por un minuto que no quiero todas esas cosas también… El beso, la cita, la primera vez que estuve con una mujer. Si no crees que quise que fueras esa mujer, entonces no sé qué más puedo hacer. Eres todo lo que siempre soñé. Demonios, la primera chica con la que tuve sexo dije tu nombre mientras seguía ahí con ella. No creo que tenga que decirte cómo resultó eso.

Chloe mira al suelo.

—Sé que te estoy confundiendo porque compré esta casa cuando estabas comprometida con otro hombre, pero sabía en el fondo de mi corazón, sabía que siempre terminaríamos juntos. Eres la única mujer que he amado. Compré esta casa para ti porque te amo más de lo que amo el puto aire que necesito para respirar.

Levanta la cabeza, pero mi corazón se rompe otra vez cuando veo esos ojazos llenos de lágrimas.

—Maldita sea. Todo lo que logro es hacerte llorar.

Chloe sacude la cabeza y se seca las lágrimas antes de hablar.

—¿Quieres saber el momento en que finalmente me di cuenta de que no podía casarme con Easton?

No respondo porque no quiero pensar en ella diciendo que sí a ese imbécil en primer lugar.

—Estaba parada frente a unos espejos mirándome vestida de novia.

Los ojos me arden, estoy a punto de echarme a llorar. Parpadeo rápidamente para mantener las puñeteras lágrimas a raya.

Ella ve el dolor en mis ojos y se detiene por un breve momento antes de continuar.

—Entonces lo recordé.

Con una voz quebrada, le pregunto—: ¿Qué recordaste?

Más lágrimas ruedan por sus mejillas mientras coloca su mano a un lado de mi cara. En una inversión de nuestros roles, su pulgar limpia una lágrima de mi mejilla.

—Yo sentada en el columpio debajo de nuestro árbol. Estabas comiendo esa estúpida manzana —dice con una media sonrisa, medio sollozo.

Sonriendo, me acerco y limpio las lágrimas que le ruedan por las mejillas.

—Yo… voy a casarme contigo algún día, Rip.

Cierro los ojos cuando el recuerdo se repite en mi cabeza. Cuando la miro, su barbilla tiembla mientras intenta desesperadamente dejar de llorar.

Paso mis dedos por su cabello, luego por su cuello hasta su mandíbula, lentamente froto mi pulgar sobre sus suaves labios y susurro—: Está bien, pero tenemos que casarnos aquí. En nuestro árbol.

Chloe cae sobre mí y entierra su cara en mi pecho mientras llora. Envuelvo mis brazos alrededor de ella y la abrazo con fuerza.

—Te amo, Chloe. Dios, estoy enamorado de ti como un loco y te juro que lo compensaré todo. Lo juro. Solo dame una oportunidad.

Agarra mi camiseta y llora más fuerte mientras la aprieto contra mi cuerpo.

No tengo idea de cuánto tiempo nos quedamos así. Me quedaría en esa casa toda la noche abrazándola, es lo que ella necesita. Cuando su cuerpo finalmente deja de temblar, ella retrocede un poco, su mirada se encuentra con la mía.

Sus labios se aprietan con fuerza antes de hablar.

—Yo también te amo. No lo habría hecho. —Estaba luchando por no llorar, pero cada palabra le sale como un tartamudeo—. No me habría casado con él, de eso estoy segura. Te quiero a ti. Necesito que lo sepas. Siempre has sido tú. Siempre serás tú, Rip.

Acunando su rostro con mis manos, me inclino y la beso. Chloe instantáneamente envuelve sus brazos alrededor de mi cuello haciendo que el beso vaya más allá. Siento que todo mi cuerpo flota, ya no estamos tocando el suelo. Se siente como si el cielo y el infierno se estuvieran mezclando. Cielo, porque finalmente la estoy besando. Finalmente escucharla decir las palabras que anhelaba escuchar. Infierno, porque no hice esto hace cuatro años. Todo el tiempo que desperdicié, por idiota.

Nunca antes había experimentado un beso así con nadie. No podía decir dónde termina y comienza ni el uno, ni el otro.

Cuando ella gime levemente en mi boca, siento que mi corazón se me va a salir del pecho. Meto mis dedos en su cabello, vertiendo todo lo que tengo en este momento. En el beso con el que he soñado más veces de las que puedo contar.

Lentamente separando nuestras bocas, apoyo mi frente sobre la de ella. Nuestros pechos siguen agitados por la emoción.

—Dios, he estado soñando con ese beso durante mucho tiempo.

—Yo también —dice sonriendo.

—Je t'aime, Chloe. —Sus ojos se iluminan y las lágrimas parecen disminuir.

—Je t'aime —susurra en francés, al igual que lo hice yo. *Te amo.*

Pongo mi mano a un lado de su cara, pasando suavemente mi pulgar sobre sus mejillas empapadas de lágrimas.

—No quiero que vuelvas a llorar por mí, Chloe.

—¿Qué pasa si son lágrimas de felicidad?

—¿Lágrimas de felicidad?

Chloe asiente con la cabeza.

—Me duele el corazón al verte llorar, al saber que soy el culpable.

Sus ojos azules se clavan en los míos. Trago saliva, tratando de calmar todas las diferentes emociones que nadan dentro de mí.

Se lame los labios, su mirada vuelve a mi boca. Yo también quiero más de ella. Mucho más. Pero no así. No en un día en que los dos estamos emocionalmente exhaustos.

—Hay un baile mañana por la noche. ¿Quieres ir conmigo? —pregunto, mirando sus ojos lentamente volver a mi cara. Luego sonríe y mi respiración se detiene en mis pulmones.

—¿Me estás pidiendo salir contigo, Rip Myers?

—Sí, claro que sí.

El dedo de Chloe traza mi mandíbula, luego delinea mis labios mientras susurra—: Bésame otra vez.

—¿Eso es un sí?

—Eso es un sí que quiero que nos dure toda la vida.

—Chloe —susurro antes de tirar de ella contra mí. Presiono mi boca contra la suya. El beso es diferente al de hace unos momentos. Este está lleno de pasión. De nostalgia. De nuestra necesidad del uno por el otro.

Levantándola entre mis brazos, Chloe me rodea con las piernas. La presiono contra la pared. Sus manos se deslizan hacia mi cabello tirando de las hebras. Empujándola con mi polla dura, Chloe saca su boca de la mía para jadear.

—Rip.

—Lo siento. No puedo evitar desearte, pero no es aquí donde será nuestra primera vez, cariño.

Me sonríe con descaro.

—¿La parte trasera de tu camioneta?

Riendo, beso la punta de su nariz.

—Por mucho que quiera eso, no. No para nuestra primera vez.

Chloe inclina la cabeza para estudiarme.

—¿Por qué te sonrojas?

Suelto una pequeña risa antes de responder a su pregunta.

—Es que siempre tuve una idea de cómo sería nuestra primera vez. Dónde sería, las cosas que te susurraría al oído cuando te penetrara por primera vez.

Sus labios se separan ligeramente, luego traga saliva como si tuviera la boca seca.

—Nunca imaginé que sería en una casa vacía contra una pared.

En sus labios se dibuja una sonrisa.

—¿Dónde sería?

Es mi turno de sonreír.

—Si te lo dijera, no sería tan romántico.

—¿Romántico? —dice ella mientras el color se le sube de nuevo a las mejillas.

—Te lo mereces, Chloe. Después de todo lo que hemos pasado, te lo mereces, eso y más.

Sus dedos recorren mi cabello mientras deja que mis palabras se asienten en su cabeza.

—Seré paciente, siempre y cuando prometas no hacerme esperar mucho.

Me rio.

—No, no creo que pueda esperar mucho.

Los dientes de Chloe se clavan en su labio, siento mi cuerpo reaccionar, los pantalones me aprietan ahí mismo. Ella también debe haberlo notado, porque sus cejas se alzan.

—Deberíamos irnos —dice casi sin aliento.

—Probablemente.

La bajo y la beso suavemente en los labios una vez más.

—¿Rip?

—¿Sí?

—¿Estás nervioso? Sobre esto. —Ella hace un gesto entre nosotros dos.

—No. ¿Tú?

La sonrisa más hermosa que he visto aparece en su rostro.

—Para nada. Se siente tan bien.

—Sí, es cierto.

Chloe entrelaza sus dedos con los míos mientras nos dirigimos hacia la puerta principal.

—¿Cuándo firmas las escrituras de la casa? —pregunta mientras la cerraba.

—El miércoles. ¿Crees que podrías estar allí?

—Claro ¿A qué hora y dónde?

—En la notaría primera, a las tres de la tarde. Podemos ir juntos. Estaré trabajando con tu papá ese día.

Mi estómago se revuelve cuando ella toma mi mano otra vez. No tiene ni idea de por qué la quiero en el momento de la firma del contrato, tampoco tenía planes de decírselo, es una sorpresa. Una vez que llegamos a mi camioneta, abro la puerta y sostengo su mano mientras se sube.

Veo como echa otro vistazo a la vieja casona. No puedo evitar que la burbuja de felicidad crezca dentro de mi pecho y noto que esa sensación de vacío se desvanece lentamente. Cuando le dije que le había comprado la casa, lo dije en serio. Es ella quien convertirá esta casa en un hogar y mi existencia en una vida plena.

Y no puedo esperar para comenzar a trabajar en ello.

Capítulo 23

Rip

Me siento en el sofá mientras Steed y Paxton se sientan en las sillas frente a mí. Steed me mira hasta con recelo. Paxton, por otro lado, está sonriendo de oreja a oreja.

—Entonces, finalmente se hicieron novios —dice Steed.

—Sí, señor.

Él asiente.

—¿Y van a ir al baile del pueblo esta noche? ¡Qué divertido! —dice Paxton, con su voz llena de emoción.

Con una sonrisa, respondo—: Creo que lo será.

—¿Cuáles son tus planes para después? —pregunta Steed.

—¿Del baile? —pregunto.

—Sí.

Me encojo de hombros.

—Realmente no hemos hablado de eso.

Él inclina la cabeza y me mira como si estuviera mintiendo.

—¿De verdad?

Paxton se aclara la garganta y habla un tono que suena clarito a advertencia.

—Steed Parker.

—¿Qué? Simplemente pregunté qué planeaban hacer después del baile. ¿Es eso un crimen?

Sonrío.

Steed suspira.

—Honestamente, hijo, me estaba preocupando un poco.

Frotándome la nuca, respondo—: Yo también.

Paxton se acerca a la zona del bar.

—Te ofrecería un trago, Rip, pero vas a manejar.

—Chloe nos dijo que compraste la vieja casa de Durham.

—Bueno, vamos a firmar la escritura el miércoles, así que todavía no es oficial.

Paxton y Steed me miraron con una mirada curiosa y dicen al mismo tiempo—: ¿Firmamos en plural?

—Esto. —Me doy cuenta de que les está costando mucho no sonreír.

—Se lo prometiste. Veo que te estás apegando a eso —dice Steed—. Juego arriesgado de tu parte, teniendo en cuenta que ella estaba comprometida con el idiota ese.

En un intento de no reír, me aclaro la garganta.

—Sí, señor, eso es cierto.

—Espera, ¿qué está pasando? —pregunta Paxton, caminando de regreso y entregándole a Steed una bebida.

—¿Ambos no podrían haber tenido más de qué, quince?

—Catorce —contesto.

Él asiente y deja escapar una suave risa.

—Cierto. Catorce años.

—¿Quién tenía catorce años? —pregunta Paxton, claramente ansiosa por escuchar la historia.

—Chloe y Rip. Estaban conmigo cuando me detuve en la granja de Durham. Chloe estaba encantada con la casa, tanto que dijo con mucha certeza que algún día viviría en ella.

Paxton suspira y coloca su mano sobre su pecho, a la altura del corazón.

—Oh Dios, Rip Myers.

Puedo sentir mis mejillas calentarse.

—Rip le prometió que algún día se la compraría.

Sacudiendo la cabeza, Paxton se inclina hacia mí y me aprieta la mano.

—Rip, tuviste que echar el negocio a andar mientras ella todavía estaba comprometida.

Con un medio encogimiento de hombros, le respondo—: Finalmente entendí que tenía que luchar por ella. Y tal vez la casa sería algo así como un soborno, si debo ser completamente honesto.

Ambos se ríen.

—Ella no lo sabe. Que la casa va a estar a nombre de los dos, ¿verdad?

—No, señor. No lo sabe.

Paxton sorbe la nariz y veo que se limpia una lágrima.

—Esa es la cosa más romántica que he escuchado.

Steed se le queda viendo a su esposa, con la boca abierta.

—¿Perdón? He hecho algunas cosas muy románticas.

Ella se muerde el labio.

—Por supuesto que sí. Es sólo que, bueno, Rip le está comprando a nuestra hija la casa de sus sueños. Eso es bien importante, Steed.

Él rueda los ojos.

—Oye, ¿qué está pasando aquí? —pregunta Chloe mientras entra en la sala.

Me pongo de pie, mientras me la como con los ojos.

—Hola —me las arreglo para saludarla.

Steed se aclara la garganta.

—Quizás quieras disimular esa mirada de lujuria, Rip. Todavía estoy parado aquí y ella sigue siendo mi niña.

Las mejillas de Chloe se ponen rosadas mientras se acerca a mí. Ella se pone de puntillas y me besa. Es un beso rápido y seco, pero lo ha hecho delante de sus padres.

—¿A alguien le importa que esté aquí, viendo todo esto? ¡Hey existo! —Exclama Steed.

Paxton y Chloe se ríen.

—Por supuesto, papi. Aquí está tu beso.

Después de que ella besa a su padre en la mejilla, él me mira regodeándose.

—Solía saludarme a mí primero, siempre.

—No me disculparé por eso —digo.

Steed sonríe de oreja a oreja.

—No tienes por qué. Ahora, ustedes dos, diviértanse en el baile.

—¿No van a ir? —pregunta Chloe.

Paxton y Steed nos siguen cuando salimos de la sala y nos dirigimos a la puerta principal.

—Creo que tu madre y yo vamos a disfrutar una velada para nosotros solos.

Paxton sonríe cuando Steed nos abre la puerta principal.

—¡Diviértanse! —dice Paxton mientras caminamos por los escalones del porche delantero, tomados de la mano—. Ahora que finalmente están juntos —agrega.

Chloe se echa a reír y mira a sus padres.

—¡Mamá, te oí!

—¡Ya era hora, maldita sea! —grita Paxton.

Sacudiendo la cabeza, Chloe me mira.

—Tengo la sensación de que nos vamos a convertir en el blanco de todas las bromas de mi familia, ni hablar de los chismes del pueblo.

Abro la puerta de la camioneta y la ayudo a entrar.

—Coincido contigo. Esta noche va a ser interesante.

Chloe se muerde el labio.

—Especialmente porque algunas personas pensarán que todavía estoy comprometida con Easton.

Inclinándome, la beso.

—No lo harán después de esta noche.

Ella suspira y se recuesta en el asiento.

—Oh Dios, la cadena de oración se pondrá en alerta máxima.

Me río. La cadena de oración, o, mejor dicho, radio periódico informando. Seguramente estarán en alerta esta noche después de que Chloe y yo nos presentemos en el baile.

Cuando entramos al salón de baile, están tocando *Coming Home* de Keith Urban. Sonrío y envuelvo mi brazo alrededor de la cintura de Chloe.

—¡Está bien, aquí vamos! —dice Chloe, mirándome con una amplia sonrisa.

—Creo que deberíamos darles algo de qué hablar de inmediato.

Se ríe mientras se inclina y me besa. Cuando rompo el beso, sus ojos están fijos en los míos.

—Te amo.

—Oh, nena, te amo más.

Su nariz se arruga.

—Imposible.

—Dios mío, ¿qué está pasando aquí? —dice Mike, extendiendo la mano para estrecharme la mía. Alyssa abraza a Chloe y le susurra algo al oído. Chloe se sonroja y responde algo.

—Maldición, amigo, fue lo máximo verlos a los dos entrar juntos así —dice Mike—. ¿Por fin están juntos?

—Sí, finalmente.

La canción cambia, Chloe y yo intercambiamos una mirada.

—¿Quieres bailar?

Ella asiente y toma mi mano.

—Por mucho que me encanta estar aquí y presumir contigo, Mike, mi novia quiere bailar.

Mike se ríe cuando Alyssa se acerca a él.

Chloe prácticamente corre hacia la pista de baile, llevándome casi a rastras.

—¡Vamos a mostrarles cómo se hace esto! —grita mientras escucha la canción.

La tomo en mis brazos y empezamos a bailar. Agrego un poco de swing, y pronto tenemos un grupo de personas observándonos. La sonrisa en el rostro de Chloe hace que mi corazón de un vuelco en mi pecho. Especialmente después de anoche cuando me senté en el cubículo de Parchecitos y ella lloró hasta quedarse dormida. La había llevado a mi camioneta y hasta su casa, donde Steed la bajó. Había sido un día emotivo y me alegro de verla sonreír.

Después de algunas vueltas más alrededor de la pista de baile, Chloe y yo llegamos a la mesa donde Mike y Alyssa están sentados.

—¿Cerveza? —Mike me pregunta.

—No, no esta noche.

—¡Quiero una! —dice Chloe.

La beso rápidamente en la mejilla.

—Voy por ella.

Mientras me dirijo al pequeño bar junto al salón de baile, algunas personas me detienen para hablar. Lori Rhodes es una de ellas. Trato de seguir adelante, pero ella me agarra del brazo y me detiene.

—Entonces, ¿qué pensará el prometido de Chloe de que ustedes estén aquí esta noche dando semejante espectáculo? La gente habla, Rip.

Me río.

—Déjalos hablar, Lori. No tienen ni idea y Chloe está conmigo, con nadie más.

Sus ojos se agrandan.

—¿No se va a casar?

Sonrío.

—Oh, claro que se va a casar. Algún día. Y el chico con el que va a hacerlo está parado justo frente a ti ahora mismo. Si me disculpas.

La boca de Lori se abre, pero no le doy otro minuto de mi tiempo. Pido la cerveza de Chloe y una botella de agua para mí. El camino de regreso a la mesa es más rápido. Mantengo mis ojos enfocados en la hermosa mujer que me tiene loco y prácticamente ignoro a todos los demás.

Chloe finalmente es mía. Nada ni nadie volverá a cambiar eso nunca más.

Capítulo 24

Chloe

Las voces de mi padre y Gage discutiendo afuera me despiertan. No puedo evitar la sonrisa en mi rostro. ¿Cuánto tiempo había pasado desde que comencé el día con una sonrisa en la cara?

Mucho.

Balanceo mis piernas a un lado de la cama. Respirando profundamente, me estiro. Mi teléfono comienza a sonar.

> **Alyssa**: *Es la locura en la cadena de oración, no se habla de otra cosa más que de ustedes.*
>
> *Se dice que Rip golpeó a Easton y lo ahuyentó, así que se ha quedado contigo.*
>
> *Parece salido de una novela de esas venezolanas.*

Riendo, escribo mi respuesta.

Yo: *Bueno, podría ser peor. Podría ser la prostituta infiel que se metió con su mejor amigo en una aventura mientras su pobre prometido estaba en Houston sin tener idea.*

Alyssa: *Sí, eso hubiera sido mucho peor.*

Mi teléfono vuelve a sonar y veo su nombre. Me revolotea el estómago.

Rip: *Buenos días, hermosa. ¿Cómo dormiste?*

Yo: *Como un bebé. Me divertí anoche. Gracias.*

Rip: *Yo también. ¿Qué tal un picnic esta tarde? Conozco el lugar perfecto*

Con dedos temblorosos, escribo mi respuesta. ¿Por qué demonios estoy nerviosa?

Yo: *Me encantaría ¿A qué hora y dónde?*

Rip: *¿Te recojo a eso de las doce? ¿Te parece bien?*

No podía borrar la tonta sonrisa de mi cara, incluso si lo intentara.

Yo: *Me parece perfecto. Te veo al rato.*

Me envía de vuelta un emoji de un corazón que dice te amo.

Yo: *Yo te amo mucho más.*

Un golpe en la puerta me hace saltar.

—¿Quién es?

—Gage. ¿Puedo entrar?

Camino hacia la puerta y sonrío cuando la abro.

—¿A qué debo el honor de tu visita tan temprano?

—La gente está empezando a hablar de ti, Chloe. Mi papá está furioso porque salí a defenderte en el restaurante de Lily ahora en la mañana.

El restaurante de Lily es uno de los mejores del pueblo. Está en la plaza, mis padres han sido clientes frecuentes desde que eran más jóvenes que Gage.

—¿Qué pasó?

Gage suspira.

—Bueno, un imbécil dijo que estabas durmiendo con Rip y engañando a tu prometido. Le informé que no estás comprometida con el imbécil, él me dijo que soy un mentiroso. Así que lo golpeé.

Jadeo.

—¿Hiciste qué?

—¡Tenía que hacerlo! Estaba cuestionando tu honor. Además, no soporto al tipo, así que fue una buena excusa para tumbarle los dientes. De todos modos, mi papá se enteró y me regañó, dijo que necesitaba venir y disculparme contigo.

—Bien, primero, no andes defendiendo mi honor. No lo necesito. Lo aprecio, pero no es necesario. Segundo, no necesitas disculparte por nada.

Levanta las cejas, mete las manos en los bolsillos y se balancea sobre sus botas.

—Oh no, ¿qué más hiciste? —Le pregunto.

—Bueno, como que les dije a todos que tú y Rip han estado enamorados desde… bueno, desde que tengo uso de memoria.

Sonrío.

—Esa es más o menos la verdad.

Él se encoge de hombros.

—Pude haber sugerido que podrían mudarse juntos.

Mis ojos se abren.

—¿Qué?

—Fue un accidente.

—¿Un accidente, Gage, por qué dijiste eso?

—Porque Rip acaba de comprar una casa, todo mundo sabe que te encanta la propiedad. Papá y mamá dijeron que probablemente te mudarías pronto. Se me salió.

Suspiro.

—Bueno, supongo que no es tan malo.

Evita el contacto visual, mirando para todos lados. ¿Desde cuándo mi hermano está tan concentrado en el papel tapiz de las paredes de mi cuarto?

—¿Qué más?

—Alguien podría haber sugerido que estabas embarazada y después de eso todo el mundo corrió a agarrar su telefono. La cadena de oración está en llamas.

Dios de mi vida.

Entonces mi teléfono suena con un mensaje de texto.

Alyssa: *Tal vez quieras saber, que ahora estás embarazada del hijo de Rip, unos seis meses, según Karen, en el salón de belleza. Rose dijo que no estás embarazada, pero que Easton entró en el establo… mientras tú y Rip estaban teniendo sexo… durante tu fiesta de compromiso. Y ahí terminó contigo.*

¡Seis meses de embarazo!

¡Sexo en el establo!

¿Es que la gente se ha vuelto loca?

—Ha sido un año lento para los chismes —responde Gage con una sonrisa petulante.

Lo fulmino con la mirada.

—No me defiendas de nuevo. Tú tienes la culpa de todo esto, Gage.

—Cierto. Recibí ese mensaje alto y claro, mi papá es implacable.

Después de ducharme y pasar bastante tiempo en mi armario, finalmente elijo un lindo vestido azul claro para llevar a mi picnic con Rip. Cada vez que mi teléfono suena, gimo. Es Alyssa quien me informa sobre los chismes, las versiones cambian con cada minuto que pasa, es divertido ver que la gente cree saber más de mi vida que yo misma.

Cuando suena mi teléfono y veo que es Rip, suspiro aliviada.

—¿Hola?

—Hola hermosa, ¿cómo te va?

—Bien, he estado leyendo los chismes en la cadena de oración, ¿sabías que vamos a tener un bebé? Ya estoy de seis meses.

—Vaya, trabajamos rápido. Eso debería considerarse como un verdadero milagro teniendo en cuenta que salido juntos sólo una vez oficialmente y aún no hemos tenido relaciones sexuales. ¿Cómo se llama eso, inmaculada concepción, emancipación inmaculada, algo así?

Me río.

—Si ayuda en algo, otro chisme dice que le tumbaste los dientes a Easton.

—Me gusta ese rumor. Bastante.

—Entre tú, mi papá y Gage juro que seré el tema de conversación del pueblo durante meses por cómo van las cosas. Mejor cuéntame cómo va tu mañana hasta ahora.

—Ocupado. Voy a recogerte en un rato. Tal vez quieras empacar unas cuantas cosas.

—¿Empacar? —pregunto, mis mejillas arden ligeramente por sonreír tanto—. ¿Qué cosas?

—Cosas como para un viaje corto, un traje de baño, unos zapatos para caminar en el campo, un par de cambios de ropa. Nada del otro mundo.

—Estoy intrigada, Sr. Myers. ¿Me vas a llevar a algún lado?

—Sí, señorita. Mejor métete eso en la cabeza. Quiero decir, a menos que no quieras. No quiero presionarte, ni apresurarme.

—Ignora ese comentario que hice la otra noche. Había sido un día lleno de emociones y luego para rematarlo, tú me besaste. Eso prácticamente selló el trato.

Rip se echa a reír, y me da un vuelco el estómago.

—Te veré pronto, gatita.

—¡Au revoir! —digo y luego finalizo la llamada.

Con un regocijo en mi paso, hago una pequeña maleta. Parece que nuestro picnic se ha convertido en una aventura más grande.

Capítulo 25

Chloe

A las doce del mediodía en punto, Rip está en la puerta de mi casa. La abro y sonrío. Lleva unos jeans gastados, sus botas vaqueras marrones que ha tenido toda la vida, una camiseta blanca y un sombrero café claro.

No. Te. Aceleres. Corazón.

Dios, nunca había visto a un hombre tan guapo como este parado frente a mí. Mis entrañas tiemblan ante la idea de que simplemente me toque.

—Hola, hermosa.

—Oye, llegaste a tiempo.

—Como siempre. ¿Bueno, excepto tal vez cuatro años demasiado tarde? Pero no volveremos a mencionar eso de nuevo. —Se ríe de su broma.

Hago lo mismo, porque es verdad. Desde que tengo memoria, sé que puedo contar con que Rip Meyers va a ser siempre puntual. Yo, por otro lado, siempre llego tarde. A todas partes.

—¿Tienes lista tu maleta?

Mis cejas se levantan.

—Sí, ¿me vas a decirme a dónde vamos?

Una sonrisa coqueta se dibuja en su boca, la misma de la que me enamoré hace tantos años. Entonces mi estómago cae cuando una extraña fuerza de energía corre por mi cuerpo. Maleta para una noche. Oh, Dios mío.

Oh. Dios. Mío

Vamos a hacerlo, finalmente

Trago fuerte.

—¿Nos quedaremos en algún lugar durante la noche? —Esta vez puedo escuchar los nervios en mi voz.

—A menos que no estés…

—¡Lo estoy! —prácticamente grito. Aclarándome la garganta, agrego con calma—: Quiero decir, sí, lo estoy. Dame dos segundos para volver a mi cuarto, se me olvidó algo.

Su sonrisa se hace más grande mientras se sienta en el sofá de la sala.

Paso corriendo a Gage y apenas me doy cuenta de que me sigue hasta mi habitación.

—Entonces, ustedes se van de viaje a algún lado, ¿eh?

Mientra sigo sacando cosas de mi armario a toda velocidad, me detengo y lo miro.

—Vete, Gage.

Se ríe.

—¿Olvidaste algo?

Pongo mis manos sobre su pecho y lo empujo fuera de mi habitación.

—Te me vas de aquí ahorita mismo.

—Bien. Bajaré y le daré a Rip *la charla*. Ya sabes, ya que mi papá no está aquí.

Abro la puerta de golpe y agarro su brazo.

—Si lo haces, nunca volveré a estar de tu lado cuando necesites que convenza a mi mamá y a mi papá de algo. Nunca es un tiempo bastante largo, hermanito.

Parece pensativo por un momento.

—Bien. Iré a hablar de béisbol con él. Sin embargo, es posible que quieras irte antes de que mi papá vuelva a casa.

—¡Gracias! ¿Y por qué tenemos que irnos antes de que papá llegue a casa?

Gage se echa a reír.

—Está bien, ¿realmente crees que papá va a ser como, *claro, Rip. Llévate a mi hija unos días y acuéstate con ella todas las veces que quieras?*

Arrugo mi nariz. Él se encoge de hombros.

—Mi papá haría un millón de preguntas sobre a dónde van. Luego le dará a Rip la plática. La última vez que dio una plática a Rip, lo asustó tanto que no se te acercó durante años.

Mis ojos se abren.

—Cierto.

Corriendo de regreso a mi habitación, busco algo especial para ponerme. No tengo nada. Un par de braguitas y sujetadores a juego de Victoria's Secret, pero nada especial. Agarro lo que pienso que haría feliz a Rip y lo pongo en mi maleta.

Tomo lo que tengo. Un traje de baño. Una toalla. Algunos cambios de ropa. Mi camiseta favorita para dormir que era de Rip de los días de fútbol en el bachillerato y una gorra de béisbol para mi cabello. Un par de bragas, un par de sostenes de encaje. Cepillo de dientes, jabón y tenis.

—Mi papá acaba de llamar. Está en la casa de mi tía Waylynn y Jonathon, está a punto de volver a casa — grita Gage.

Agarro mi pequeña cabra de peluche que Rip me compró cuando teníamos ocho años. Todavía no he pasado una noche sin dormir con él. Lo meto en mi bolso y corro escaleras abajo. Rip se levanta de un salto en cuanto me ve entrar en la sala.

—¡Tenemos que irnos, ahora! —Grito, pasando, corriendo junto a él y salgo por la puerta principal.

—¿Chloe? —Grita Rip, siguiéndome por los escalones del porche hasta su camioneta.

—Hay que darse prisa. Si mi padre descubre que vamos a pasar la noche juntos, se va a volver loco.

Rip tiene la sonrisa más extraña en su rostro. Meto las manos en los bolsillos y me volteo para mirarlo.

Le indico que suba a la camioneta y le digo—: Rip. No creo que entiendas la gravedad de esta situación.

—Chloe, respira hondo. Ya he hablado con tu papá. Sabe a dónde vamos.

Mi boca se abre.

—¿Entonces no tendremos sexo pronto?

Se sonroja hasta las raíces mismas del cabello. Me encanta que él tenga esa reacción ante mi arrebato. ¿Está tan nervioso como yo? Tengo mucho miedo, a decir la verdad.

—Bueno, está entre mis planes hacerte el amor, pero tu padre no vendrá a arrastrarme por la camisa, si eso es lo que te preocupa.

Me derrito cuando dice hacer el amor. Eso es tan Rip, describir nuestra primera vez juntos de una manera tan real y honesta.

—Bueno. Confío en ti.

Asiente.

—Ahora deja de preocuparte. ¿Trajiste ropa cómoda?

—Honestamente, no estoy segura de lo que traje. Me asusté y comencé a agarrar cosas a lo loco.

Rip se ríe y me besa en los labios.

—Bueno, espero que no tengas que usar ropa durante los próximos días.

Mi estómago se contrae y casi gimo. Espera, si se me salió un gemido. Los ojos de Rip se oscurecen de deseo.

—Venga. Vámonos.

Me subo al asiento de su camioneta y lo veo caminar alrededor del frente. Si está nervioso, no se nota.

Una vez que se dirige por el camino de entrada, dejo escapar un suspiro. Estar sola con Rip siempre fue uno de mis pasatiempos favoritos. Sentía que podía respirar y nada en esta tierra me molestaría si él está conmigo. Nunca he tenido que estar en guardia o preocuparme. Siempre había traído tanta calma a mi vida.

—¿A dónde vamos? —pregunto.

—Vamos a acampar.

Sonrío de oreja a oreja.

—¿Recuerdas la última vez que fuimos a acampar?

—Oh sí. Nunca se me va a olvidar. Terminaste teniendo que dormir en mi casa de campaña porque la que ibas a usar estaba rota, Alyssa y Mike se negaron a no dormir en la misma.

Me río.

—Estaba tan enojada con ella. Mirando hacia atrás, creo que intentaban obligarnos a estar juntos.

—Sí, estoy seguro de que esos eran sus planes. Fue muy difícil para mí no tocarte.

Esta vez sé que mis mejillas están rojas.

—Estuve allí casi toda la noche deseando que me tocaras.

Rip me mira, con un toque de tristeza en los ojos.

—Lo siento, gatita.

Me encojo de hombros.

—¿Cuántas veces crees que los dos queríamos hacer algo y nunca lo hicimos?

—¿Algo así como tocarnos?

—Sí o besarnos. Un abrazo, que dijera que éramos más que amigos. ¿Deseando que simplemente estuviéramos dispuestos a correr el riesgo de algo más?

—Demasiadas veces de mi parte.

—Sí, lo mismo me pasaba a mí.

—¿Recuerdas cuando Justin te iba a invitar al baile de graduación y yo te agarré y salté al río?

—Esa fue una jugada perversa.

—Estaba pendejo si pensaba que te dejaría ir con él. De todos modos, cuando estábamos sentados en esa roca, estuve a punto de confesarte todo. Lo tenía en la punta de mi lengua. Si Mike no nos hubiera llamado, creo que podría haberte besado y finalmente declarado.

Sonrío y me miro las manos.

—Lamento no haber dado el salto cuando me dijiste cómo te sentías. Tenía tanto miedo de perderte, Chloe. No me detuve a pensar en lo que perdería al no estar contigo desde entonces.

Con un suspiro, respondo—: Lamento no haberte dejado hablar conmigo después de eso. Ambos hemos sido estúpidos, pero eso está en el pasado. Sólo quiero pensar en nuestro futuro, Rip. Tú y yo, juntos y sin expectativas.

Agarra mi mano y se la lleva a la boca, besándomela varias veces.

—Voy a pasar el resto de mi vida mostrándote cuánto significas para mí. Juro que siempre seré honesto contigo y nunca me detendré de decirte lo mucho que te amo.

Y le creo.

—Te prometo lo mismo. Creo que si alguna vez sentimos algo necesitamos hablarlo entre nosotros. No callarnos.

—Estoy de acuerdo.

—Sin embargo, una cosa de la que no quiero hablar son las relaciones pasadas. No quiero saber con cuántas mujeres has estado antes que yo.

Rip me mira.

—¿Con cuántas mujeres he estado? Lo haces sonar como si hubiera estado con muchas.

Me encojo de hombros.

—Me doy cuenta de que un chico tan guapo como tú probablemente haya tenido mucho pegue. Sé que saliste con esa chica Morgan.

Rip frena, estacionando la camioneta a un lado de la carretera. Respira hondo, se pasa los dedos por el pelo y luego me mira.

—No voy a mentirte y decirte que no quiero saber todo lo que pasó con Easton. En el fondo, el idiota sabía que estás enamorada de mí y quería amarrarte antes de que se le fuera de las manos. Pero este tipo que está justo delante de ti quiere compensar todo el tiempo perdido y el dolor que te causé. En cuanto a otras mujeres, Chloe, no es que hubiera muchas. ¿Morgan? Fue un error que cometí cuando volví a Oaks Springs por primera vez.

—¿Sólo una vez? —Me escucho preguntar.

—Sí. Aparte de ella sólo salí con dos chicas más.

—¿Heather?

Asiento.

—Sólo han sido dos para mí. Will y Easton.

Mi mandíbula se aprieta mientras él me mira atentamente.

—Pregúntame, Rip. Vamos a sacar todo esto de una vez.

Cierro mis ojos.

—Quiero que me digas por qué aceptaste casarte con él, eso me ha estado comiendo el coco desde que me enteré de su compromiso.

Mirando mis manos, respiro hondo.

—Cuando me preguntó, un millón de recuerdos pasaron por mi cabeza. Todos ellos eran de nosotros juntos.

—¿De nosotros? —pregunta, claramente sorprendido.

—Sí. De cuando éramos pequeños. De nuestro baile de graduación. Ese día en la piedra cuando estoy bastante segura de que ambos estábamos a punto de contarnos cómo nos sentíamos. Todas las veces que deseaba escucharte decirte que me amabas. Las veces que quería contarte, pero tenía demasiado miedo. Entonces recordé el día en que te dije que te amaba, creo que la ira y el dolor de tu rechazo fueron el combustible que impulsó mi respuesta. Pensé que, si decía que sí, podría olvidar el futuro que había soñado contigo y seguir con mi vida. En el fondo, sabía que nunca me casaría con él. Incluso momentos después de que me preguntó, empecé a llorar y no fueron las lágrimas de felicidad, aunque él pensó que así era. Todas fueron para ti y para el futuro que estaba tirando a un lado.

»No quería irme de Oak Springs. Mi futuro está aquí. Trabajando con mi papá en el rancho. Cerca de la familia. Cerca de ti. Todo eso siempre significó más para mí que Easton. Una vez que regresé, me aferré tercamente a mi decisión. Cuanto más hablaba Easton sobre nuestro futuro, más sabía que él no era con quien quería hacerme viejita. Creo que él también lo sabía, pero estaba fingiendo que todo estaría bien una vez que nos casáramos y viviéramos en la misma ciudad. Todo me llegó de golpe el día que me probé vestidos de novia, y me acordé de ti y de mí en nuestro árbol. Ya no podía fingir que era feliz con Easton.

»Hace mucho que no éramos felices. Ni siquiera nos habíamos acostado en tres meses más o menos. Su propuesta fue la última carta que se jugó para tratar de conquistarme. Lo extraño es que no creo que se haya sorprendido cuando le dije que no podía casarme con él. Hizo el intento, sin embargo, no sonaba muy convencido. Siempre estuvo tan celoso de ti. Sabía que era porque él veía lo que todos los demás veían. Todos menos nosotros dos. O tal vez fue que decidimos no hacerlo.

Nos miramos el uno al otro y sigo.

—No estaba sólo enojada contigo esa noche cuando dije que sí. Estaba enojada conmigo misma.

—¿Por qué? —pregunta.

—Porque en mi corazón, sabía que se suponía que debías ser tú quien me pidiera matrimonio. Sabía que me amabas, sabía que esas semanas después de que me rechazaras por primera vez querías decirme la verdad. Estaba cabreada y no te dejé explicar. No lo sé, tal vez fue mi forma de castigarte por lastimarme. Rip, lo vi cada vez que me miraste a los ojos. Lo sentía en lo profundo de mi alma. Ambos nos rendimos y dejamos de luchar el uno por el otro, no quiero volver a hacerlo nunca más.

Agarra mi mano y la aprieta.

—Si de algo te sirve, no pensaba dejar que te casaras con él. Lamento haberte soltado toda la sopa el día que murió Parchecitos.

Eso fue egoísta, pero la idea de que él estuviera ahí contigo, demonios, esa fue la gota que derramó el vaso.

Sonrío débilmente.

—Quiero dejar atrás el pasado, Rip. Quiero que sólo se trate de ti y de mí desde este momento en adelante.

Las comisuras de su boca se elevan en esa sonrisa sexy que tanto me gusta.

—Me alegra que te sientas así. Ahora que hemos quitado todo eso de en medio de nosotros, vamos a Wimberley.

—¿Wimberley? —Pregunto con una risita—. ¿A dónde diablos vamos a acampar en Wimberley?

—¡Nena, vamos a hacerlo, pero con mucho estilo!

Arrugo la nariz. *Rip Myers, ¿con estilo? Esto tengo que verlo.*

Capítulo 26

Rip

Me estaciono en el camino de entrada y apago la camioneta. Chloe está profundamente dormida, roncando suavemente. Debo estar más enamorado de ella de lo que pensaba, porque hasta eso me parece encantador.

Suavemente aprieto su pierna, despertándola.

—Gatita, estamos aquí.

Abre los ojos y se estira.

—Oh, Dios. No puedo creer que me haya quedado dormida.

Han sido unos días emocionalmente agotadores, tengo ganas de pasar los próximos dos días a solas con Chloe. Nada más que la naturaleza y nosotros dos.

Tras mirar a nuestro alrededor, Chloe me mira.

—¿Dónde estamos?

—Se llama Sinya. Es una auténtica casa de campaña estilo safari que se encuentra en la cima de una colina con vistas a la cañada.

—¡Una casa de campaña estilo safari, eso suena divertido!

No tiene ni idea.

—Vamos, nos esperan.

Chloe y yo salimos de la camioneta y nos dirigimos por un sendero rocoso.

Una mujer de treinta y tantos años llega a saludarnos.

—Rip y Chloe, supongo.

Extendiéndole la mano, asiento.

—Sí, señora. Rip Myers y ella es Chloe Parker.

—Es un placer conocerte —le saluda Chloe mientras sus ojos miran los alrededores.

—El placer es todo mío. Mi nombre es Kim Evens. Mi esposo Ted y yo somos los dueños de Sinya. Todo lo que necesitan, a excepción de la comida, está en su casa de campaña. Hay un supermercado en Wimberley donde pueden encontrar lo básico y algunas cosas extra. La fogata esta lista afuera, está provista con leña, e incluso tienes un kit para asar bombones si quieren usarlo. Además, tendrán total privacidad, así que siéntanse libres de disfrutar de la naturaleza en su máxima gloria.

Las mejillas de Chloe se ponen rosadas.

—¿Están celebrando algo? —pregunta Kim.

—Que estamos juntos —respondo.

Kim sonríe

—Me gusta esa respuesta. Me gusta mucho. Vayamos para que se registren, les daré la llave y los dejaré ir a su cabaña.

Chloe me mira con el ceño arqueado y una gran sonrisa en su rostro.

Veinte minutos más tarde estamos caminando hacia la enorme casa de campaña que está ubicada sobre una plataforma de madera. Puedes caminar completamente alrededor de la carpa y la vista es preciosa.

—Rip —Chloe jadea mientras subimos los escalones y miramos hacia una cascada. Los pájaros cantan, el agua se cae sobre las rocas, una brisa cálida y suave sopla entre los mechones del cabello de Chloe.

Es junio y las temperaturas comienzan a subir cada día más, pero el clima para el fin de semana tendrá temperaturas bastante agradables. Miro a Chloe. Se ve tan hermosa. Sus ojos azules brillan más que el cielo sobre nosotros.

—Hay cinco lugares al aire libre para que los usemos.

—¿Cinco? —repite Chloe, con una leve risita en su voz—. No creo que quiera abandonar esta terraza.

—Vamos para adentro.

Pongo mi mano sobre su espalda baja y la guío hacia la puerta. La casa de campaña es exactamente eso. Una casa de campaña. Con ventanas de plástico de alta calidad que dan la vuelta y lonas, muchas lonas.

Tiene dos espacios de buen tamaño. El primero es la sala de estar, una pequeña cocina y el otro es el dormitorio. Un sofá se encuentra afuera, listo para que disfrutemos de las vistas.

Chloe mira los pisos de madera y luego sus ojos se clavan en mí.

—Este acabado, ¿te lo imaginas en la casa?

Mi corazón se acelera al escucharla decir esas palabras, ella está pensando en que es nuestra. No ha dicho que sea sólo mía.

—Me gusta mucho, les voy a preguntar qué entintado usaron, es muy bonito el color.

Dejando caer mi mano, Chloe entra en el área del dormitorio.

—Rip, Dios mío, mira esta cama. ¡Siento que estamos en un hotel de cinco estrellas!

—Bueno, te dije que acamparíamos con estilo.

Girándose para mirarme, se ríe.

—Esto no es acampar, Rip Myers.

Levanto una ceja y me acerco a ella.

—¿De verdad creíste que la primera vez que te hiciera el amor sería en una tienda de campaña, en un colchón inflable en el suelo, con gente a solo unos metros de distancia en otro campamento?

Sus ojos brillan.

—Acabas de comprar una casa, esto debe haber costado una fortuna.

Me encojo de hombros.

—Tu felicidad no tiene precio para mí, Chloe.

Se pone de puntitas y me besa.

—Te amo.

—Te amo más.

Chloe se aparta y camina hacia una puerta corrediza de vidrio. Conduce a la terraza que también contiene una hamaca.

—Espero que esto mire hacia el oeste para que podamos ver la puesta de sol —dice Chloe.

—Yo también.

Como un destello, ella me pasa y entra al baño.

—¡Rip, ven a ver esta bañera!

Sonriendo, entro al baño.

—Oh, me encanta esto.

Me apoyo contra el marco de la puerta.

—Lo suficientemente grande para dos y si no fuera así, afuera hay un jacuzzi.

Sus ojos se abren de alegría antes de salir a la terraza.

—¡De ninguna manera!

No solo hay un jacuzzi, sino también una ducha al aire libre.

Caminamos hacia la terraza que sostiene el baño exterior, y mis ojos captan la ducha. Quiero hacerle cosas malas a Chloe aquí debajo de las estrellas. Cosas. Muy. Traviesas.

—Parece que estás pensando en algo feliz —dice Chloe, colocando su mano a un lado de mi cara. Su pulgar roza mi mandíbula sin afeitar.

—Oh, puedes apostarlo. Lo que estoy pensando son cosas muy malas.

Se clava los dientes en el labio y se sonroja.

—Apuesto a que van en la misma dirección de lo que yo estaba pensando.

Cerrando los ojos, gimo antes de mirarla.

—Eso espero.

Chloe sonríe, y parece incluso hacer que el día de verano sea todavía más brillante, si es que eso es posible.

—Rip, nunca imaginé un lugar como este. Es hermoso. Gracias.

—Mike me contó. Un amigo que conocía de la universidad trajo a su novia aquí y le pidió que se casara con él aquí mismo. Le dije que necesitaba un lugar romántico para nuestra primera vez, él me habló de este lugar. Quería traer a Alyssa aquí, pero siempre está reservado.

—¿Cómo pudiste reservarlo en el último minuto?

Pasándome los dedos por el pelo, me río entre dientes.

—Purita suerte. Llamé para ver si tenían una lista de espera. Kim me dijo que alguien llamó a último momento y canceló. Así que por esta noche y mañana esto es todo nuestro. Cuando ella me avisó de la disponibilidad, mis planes cambiaron de un simple picnic a acampar.

—¡Estás bromeando!

—¡No! —Respondo—. Enseguida confirmé mi reservación, aquí estamos.

Su lengua humedece esos labios que me muero por volver a besar.

—Es perfecto, Rip.

—Yo también pienso lo mismo.

De verdad es perfecto.

Había soñado con el día en que finalmente pudiera hacerle el amor a Chloe Parker. Y hacerlo entre los árboles, con la naturaleza cantando una canción de amor, es la manera perfecta de que ese sueño se convierta en realidad.

Capítulo 27

Rip

Le guiño un ojo a Chloe y le digo—: Traigamos nuestras maletas y luego hagamos una lista de lo que necesitamos comprar en el supercito. Una vez que regresemos, no planeo salir hasta que tengamos que irnos de aquí.

—¡De acuerdo!

Una hora después, tenemos nuestro stock de provisiones ha sido debidamente guardado y Chloe se está cambiando de ropa para poder ir a nadar.

—Es una buena caminata, así que asegúrate de ponerte los tenis. Aquí llevo un par de toallas.

Cuando sale del baño con pantalones cortos de mezclilla y una camiseta de Texas A&M que, según yo, solía ser mía, siento que todo mi cuerpo se calienta.

—¡Listo!

No puedo evitar preguntarme si ella había estado usando mis camisetas cuando estaba con ese imbécil de Easton. Una parte de mí espera que lo hubiera hecho. No es de extrañar que al imbécil nunca le cayera bien.

Por dentro hasta estoy haciendo la ola del gusto.

Chloe habla todo el camino sobre la casa.

—Sé que vi al menos una bañera. ¿Crees que nosotros podamos restaurarla?

Me encanta que ella hable en primera persona plural. Nosotros.

—Sí, estoy seguro de que podemos hacer algo al respecto.

Sonríe y caminamos el resto del camino en silencio. Los ojos de Chloe están en todas partes. Disfrutando del hermoso paisaje. Los sonidos que hacen los pájaros, los rayos del sol bailando entre los árboles. Todo es impresionante. Sin embargo, nada comparado con su belleza. *Nada.*

Una vez que llegamos al río, se quita la camiseta y los shorts, se para frente a mí en bikini. Por una vez en mi vida, asimilo cada centímetro de ese cuerpo y dejo que me vea hacerlo.

—Me estás mirando como si tuvieras hambre de algo —ronronea Chloe.

—Chloe, no tienes ni puta idea. Dieciocho años de energía acumulada aquí, mi amor.

En respuesta, sólo sonríe y camina hacia el agua, mirando por encima del hombro y usando su dedo para indicarme que vaya con ella. Nunca me había quitado una camiseta tan rápido.

Con una risa que envía escalofríos a través de mi cuerpo, Chloe cae al agua.

—¡Está fría! —grita mientras salto, de verdad el agua está helada.

Atrayendo su cuerpo al mío, envuelvo sus piernas alrededor de mí y presiono su boca contra la mía. Es el paraíso. El mismísimo Edén se ha instalado aquí mientras la beso. Incluso con las innumerables veces que había soñado besarla, nada podría compararse con la realidad. Jamás me cansaría de hacerlo. Será algo que anhelaré hacer todos los días por el resto de nuestras vidas.

—Rip —susurra contra mi boca cuando nos detenemos para recuperar el aliento. Cada parte de mí la desea. Justo aquí en este precioso lugar. Presiono su centro contra mí y gimo de placer.

Al liberar mi boca nuevamente, miro esos ojos azul cielo que me han tenido embrujado toda la vida.

—Te amo mucho, cariño, pero no aquí.

Sus piernas se aprietan más. Cuando hunde sus dedos en mi cabello y tira, siento que mi resolución se desvanece. No hay forma de que nuestra primera vez sea en el maldito río.

Pero podemos reservar eso para mañana.

Sin embargo, tan pronto como me abraza, se aparta rápidamente e intenta sumergirme bajo el agua. La dejo jugar, haciéndola pensar que ha ganado la batalla. Cuando la arrastro conmigo, ella sale tosiendo y riendo.

—¡No es justo, eres más fuerte y me entró agua por la nariz!

—Me empujaste bajo el agua. ¿En serio pensaste que no te hundiría?

Se ríe y siento que los latidos de mi corazón se aceleran. La forma en que esta mujer me hace sentir es diferente a todo lo que había experimentado antes en mi vida. Ella es mi todo. Siempre lo ha sido. Siempre lo será.

Nadamos hasta una roca, subo primero y luego la ayudo a salir del agua. Chloe se acomoda entre mis piernas y pasa los dedos por mi piel. Nos sentamos en silencio, disfrutando de la belleza del lugar. Esto se siente tan bien. No sólo porque estoy con Chloe, sino también todo lo que nos rodea. Se siente tan… relajado. Debería estar nervioso. Pronto voy a hacer el amor con la mujer de mis sueños y siento que es mi primera vez. Tengo que reírme por dentro. No es como si hubiera sido un mujeriego. Difícilmente. No le había mentido a Chloe. Había estado con unas pocas chicas. La chica con la que perdí mi virginidad, Heather, sabía lo que sentía por Chloe. Los dos sabíamos que lo de nosotros era pasajero y por diversión, que nunca conduciría a nada serio. Pero ella me enseñó mucho sobre no sólo mi cuerpo, sino también del cuerpo de una mujer. Qué hacer para que una chica se sienta bien. Poner siempre a la mujer primero. La primera vez fue tan incómoda y ella sabía desde el principio que era virgen. En realidad, no se lo había dicho, pero ella lo sabía.

Después de Heather, me acosté con otras dos mujeres. Nada serio. Principalmente amigos con derechos. Algo para distraerme de Chloe. Nunca funcionó, fui un imbécil al pensar que dormir con otra mujer me haría olvidar de quién me había enamorado.

Ya lo sabía porque Mike soltó toda la sopa. Fue quien me dijo todo lo que Alyssa le contó, que Chloe solo había tenido dos parejas sexuales. Me sentí mal por saberlo, pero como había dicho Chloe, el pasado, pasado es. Ha llegado el momento de seguir adelante.

—Está muy tranquilo aquí.

Riendo, respondo—: ¿Te parece? Pero si se escucha el agua, los pájaros, y estoy bastante seguro de que acabo de oír a una vaca.

Ella deja caer la cabeza contra mi pecho y me mira.

—Eso es lo que quiero decir. No es como en la universidad o como en Houston. Es como en casa, lo único que puedes escuchar es la naturaleza. Me encanta eso.

Me inclino y beso su frente.

—Se te ha puesto la piel de gallina. ¿Tienes frío, quieres que nos volvamos a la casa de campaña?

Girándose, Chloe me mira. Sus ojos arden de deseo, haciendo que mi cuerpo se caliente en un instante. Me he olvidado del agua fría.

—Te deseo, Rip. Sinceramente, no creo que pueda esperar más.

—Yo tampoco. Vámonos.

Nadamos de regreso a la orilla y salimos lentamente del agua. Envuelvo una toalla alrededor de Chloe, luego me seco rápidamente y me pongo la camiseta. Chloe se pone sus tenis sin calcetines y comenzamos a recorrer el camino que conduce a la casa. Con cada escalón que subimos, mi corazón late más y más rápido.

La puesta de sol no será hasta dentro de una hora más o menos, pero ha bajado lo suficiente como para poder encender todas las velas que Lisa ha puesto en la veranda. Eso completaría el ambiente romántico que siempre he querido para nuestra primera vez.

En lugar de entrar en la casa de campaña, Chloe se dirige a la ducha al aire libre. Puedo sentir mi pulso en todas las partes de mi cuerpo, no sólo en mi pecho. Es como en redoble de un tambor y es tan fuerte, que creo que ella puede escucharme.

Girándose para mirarme, Chloe arroja sus pantalones cortos y camiseta a un lado, luego deja caer la toalla. Mis ojos recorren su cuerpo. Es perfecta en todos los sentidos. Cuando abre el agua, mantengo mi mirada fija en la de ella. Luego se estira a sus espaldas, y antes de que me dé cuenta, la parte superior del bikini está en el suelo, a sus pies. Me tiemblan las rodillas y tengo que recordarme a mí mismo de cómo respirar.

—Chloe —le advierto.

Sonríe, traviesa e inclina la cabeza mientras lentamente empuja la otra parte del bikini hacia abajo.

De pie delante de mí desnuda, da unos pasos hacia la ducha. Tiro mi camiseta mojada. Ella observa cada movimiento que hago. Se está mordiendo el labio, esperando que deje caer mis shorts y le muestre cuanto la deseo.

Le doy lo que quiere. Ella jadea cuando sus ojos se clavan en mi polla. Hubiera dado mil dólares para saber qué está pasando por esa linda cabecita ahora mismo.

Cuando comienzo a caminar hacia ella, levanta la mirada, para encontrarse con la mía. Me uno a ella debajo de la ducha, ahuecando su rostro en mis manos la beso.

—Eres mía —le digo, mientras mis labios están a milímetros de los suyos.

Ella gime su respuesta.

—Sí. Para siempre.

—Para siempre, Chloe. Mía.

Mi mano se mueve hacia su pecho, disfrutando la manera en cómo encaja en mi mano, el molde es perfecto. Giro su pezón entre el índice y el pulgar, haciendo que respire hondo.

—Dios —jadea, envolviendo su mano alrededor de mi polla. Su caricia me hace estremecer y los dos nos reímos.

—Si haces que me corra así, no te hablaré por el resto de la noche.

Una sonrisa se extiende por su rostro y sus mejillas se ponen rojas.

—Eres tan grande.

Alzo una ceja.

—No veo la hora de estar dentro de ti. —Esa es la verdad.

Su mirada se funde con la mía, una bruma oscura y humeante ensombrece sus preciosas pupilas. Su pecho sube y baja mientras sigo dándole vueltas y pellizcando su pezón. Si ella quiere jugar primero, yo también puedo hacerlo.

Inclinándome, tomo su otro pezón en mi boca y Chloe grita mi nombre. Escucharla decirlo así, dejándose llevar por la lujuria, hace que mi polla se endurezca.

Con su otra mano, mete sus dedos en mi cabello, pequeños gemidos de placer salen de ella mientras me acaricia lentamente. Está a punto de hacerme venir simplemente tocándome y gimiendo.

Dios, necesito recobrar el control, no queremos que esto termine cuando apenas vamos empezando.

Me pongo de rodillas y levanto su pierna. Chloe se tensa y la miro. Mierda, si ella nunca había dejado que Easton hiciera esto, iba a ir a la iglesia dos veces los domingos.

—¿Nunca antes?

Se muerde el labio. Su inocencia rocía sus mejillas, tiñéndolas de rojo.

—No.

Cierro los ojos y digo un rápido *gracias a Dios*. Entonces la miro, antes de preguntar—: ¿No quieres que lo haga?

Tragando saliva, finalmente encuentra su voz.

—Quiero que lo hagas. Desesperadamente. Pero…

Ya sabía lo que estaba pensando. ¿A cuántas mujeres les había hecho eso mismo? Habíamos prometido que el pasado ahí se quedaría.

—Tu y yo somos una sola persona ahora, Chloe. Si quieres saber, te lo diré.

Por unos momentos, ella me mira mientras lo resuelve en su cabeza.

—¿Más de una? —finalmente pregunta.

—No.

Las comisuras de su boca se levantan ligeramente.

—¿Una? —pregunta con voz tímida.

No iba a mentirle. Había sido una de las muchas lecciones que aprendí con Heather. Lo hicimos una vez. Después de eso, le dije que era un acto demasiado personal para compartirlo con ella.

—Una sola vez.

Se lame los labios y asiente lentamente. La beso debajo del ombligo y todo su cuerpo se estremece. Me encanta haberle hecho eso.

—Quiero probarte, Chloe —susurro mientras bajo la boca. Con su pierna sobre mi hombro, agarro su trasero y lamo lentamente entre sus piernas.

—¡Oh, Dios!

Sonrío. Estoy seguro de que le va a encantar. Repitiendo la acción, uso mi mano para extenderla más, luego deslizo mis dedos dentro de ella. Su pierna cede un poco, y trabajo para mantenerla erguida.

Me concentro en su clítoris mientras masajeo dentro de ella. Las caderas de Chloe comienzan a moverse, sus dedos se mueven entre los mechones cortos de mi cabello, apretando mi rostro contra ella con más fuerza.

—Rip. Oh, Dios, Rip.

Escucharla gritar es como música para mis oídos.

—Qué, sí, sí, sigue. Ahí.

Mis dedos se mueven mientras toco clítoris más rápido con mi lengua. Agrego otro dedo y lo chupo, haciéndola volar.

—¡Rip, oh, me corro!

Su cuerpo tiembla mientras mueve sus caderas contra mi cara. Repite mi nombre, así como otras palabras que no puedo entender. Mantiene mi cabeza pegada contra su dulce calor, tomando lo que quiere de mí, esto me encanta. Me encanta que esperara a que fuera yo quien le hiciera esto. La culpa me golpea en el centro del pecho porque no había hecho lo mismo.

Cuando finalmente deja de temblar, sé que su orgasmo ha pasado. Suavemente quito su pierna de mi hombro y me pongo de pie. Se tambalea por un momento, pero me agarra por los brazos.

Nuestros ojos se encuentran y sé que no puedo esperar un momento más. Al levantarla, nos dirigimos hacia la casa de campaña, ambos empapados de la ducha. Chloe está temblando en mis brazos, así que me dirijo al baño, agarro algunas toallas y vuelvo a la cama.

La acomodo en el suave lecho con ternura, envuelvo la toalla a mi alrededor y la seco. La forma en que me mira con esa expresión acalorada me acelera. Me seco y la levanto de nuevo, haciéndola chillar de alegría. Retiro las sábanas y la recuesto en la cama. Luego jalo las sábanas sobre ella. Frunce el ceño y me mira con expresión perpleja.

—Necesito hacer algo realmente rápido, no quiero que tengas frío.

Chloe simplemente asiente y me ve moverme por la habitación. Las velas son LED, lo que lo hace más fácil. Simplemente tengo que mover un botoncito en la parte de debajo de cada una de ellas. Una por una, la habitación toma lentamente el parpadeo de las lucecitas. A lo lejos, el sol se está perdiendo en el horizonte, pintando el cielo con una suave combinación de naranja y rosa. No podría ser un momento más perfecto.

Caminando hacia mi bolso, saco algunos condones y los pongo en la mesa de un lado. Chloe los mira y luego vuelve a mirarme.

Sonriendo, me inclino hacia ella, besando uno de sus pezones rosados.

Usando mi otra mano, la exploro mientras chupo y tiro del pezón. Chloe hace lo mismo con sus manos sobre mi cuerpo. Se mueve lentamente. Delineando cada músculo, cada cicatriz. Es como si intentara memorizar cada uno de mis razgos.

Muevo mi boca hacia arriba para encontrarme con la de ella. Pronto nos perdemos en un beso mientras me acomoda entre sus piernas. Se frota contra mí, haciéndome casi correrme al momento. No estoy seguro de cómo pude no hacerlo, y esa es la verdad.

—Rip, por favor. Te quiero dentro de mí y no puedo esperar ni un segundo más.

Mirándola, le guiño un ojo.

—Tus deseos son órdenes para mí.

Cuando alcanzo el condón, me agarra del brazo y dice las dos palabras que no quiero escuchar justo ahora.

—Espera. Detente.

Capítulo 28

Chloe

Rip se queda quieto en cuanto le digo que se detenga. Una mirada de pánico total se mueve sobre su rostro.

—Quiero decir, no quiero detener esto, pero quiero hablar contigo sobre el hecho de que usemos condones.

Asiente antes de hablar.

—Siempre los he usado.

—Igual yo. También estoy tomando la píldora y yo… —Mi voz se desvanece, Rip me mira como si me hubiera vuelto loca.

—¿Qué pasa?

—Nada, todo está muy bien. Es exactamente como siempre pensé que sería, con la excepción de una cosa.

Él levanta las cejas.

—¿Qué cosa? —Muerdo nerviosamente mi labio inferior.

Rip extiende su mano y libera mi labio de mis dientes, suelto una risita nerviosa.

—Gatita, háblame.

Echo un vistazo al condón y luego a él.

—Quiero sentirte, Rip. Todo de ti. Quiero que en nuestra primera vez estemos verdaderamente conectados.

No dice una palabra. Cuando finalmente sonríe, dejo escapar el aliento que ni siquiera me había dado cuenta de que estaba conteniendo.

—¿Sin condón, estás segura?

Asiento.

—Y si pasa algo…

—Entonces estaba destinado a ser. Quiero estar contigo, como uno solo. Como siempre ha estado escrito en las estrellas.

Rip se pone sobre mí, descansando su peso sobre sus brazos.

—Te amo mucho.

Paso mis dedos por su corto cabello castaño claro y respondo—: Te amo más.

Frota su nariz contra la mía y lo siento allí. Tan cerca de empujar dentro de mí.

—Imposible —responde.

Frota la punta de su erección contra mi clítoris, haciéndome menear debajo de él, buscando más roce. Mueve sus dedos ligeramente por mi costado y luego agarra mi pierna, abriéndome más. Cuando se quitó los shorts mientras nos duchábamos, casi me tragué la lengua. Rip Myers está bien dotado. Sé que sentiré los estragos del resultado de nuestra primera vez durante días enteros, eso me encanta, esta noche forma parte de la historia.

De nuesta historia.

Quiero moverme y recordar esta conexión entre nosotros. Por siempre.

Cuando el prueba mi entrada, tiro de su trasero, animándolo a darse prisa. Se ríe, luego desliza sus dedos dentro de mí. Sé que se está asegurando de que este lo suficientemente mojada como para recibirlo. Estar mojada no es el problema. Estoy a punto de tener otro orgasmo simplemente de pensar en lo que está por venir.

—Rip, estoy tan lista para ti. Por favor.

—Me gusta oírte rogar por mí —susurra contra mis labios. Sonrío y levanto mis caderas hacia él.

Mi mirada se pierde en la suya.

—Dios, te amo.

Mi corazón se estremece frenéticamente en mi pecho.

Si esto es un sueño, ¡nunca quiero despertar!

Se posiciona nuevamente mientras nos sostenemos la mirada. Cuando empuja un poco, jadeo y él se detiene.

—Necesito un momento para adaptarme a medida que avanzas. Por favor, no pares.

—No quiero lastimarte. —El sonido de compasión en su voz hace que las lágrimas broten de mis ojos. Los otros dos hombres con los que había estado nunca me trataron así. No fueron duros, de ninguna manera, pero nunca me miraron con tanto amor y cuidado. Cuando Rip dice que no quiere lastimarme, le creo. No solo lo veo en sus ojos, sino que lo escucho en su voz. Lo siento en sus caricias.

Este hombre me ama y yo lo amo. Todo es exactamente como se suponía que debía ser.

—Chloe —dice suavemente, besando la lágrima que rueda por mi mejilla—. Háblame.

—La forma en que me amas. Lo siento hasta el fondo de mi corazón.

Sonríe y empuja más profundo. Se me corta la respiración y me arqueo hacia arriba. Se siente como el cielo. Se siente como un milagro.

—Te amo. Más de lo que te imaginas.

Su boca se presiona con la mía. Mis brazos se envuelven alrededor de su cuello mientras empuja dentro de mí. Cuando se queda quieto, nuestro beso se hace más profundo.

Rip mueve lentamente sus caderas y ya puedo sentir mi cuerpo reaccionar. Desarrollando lo que sé sería un orgasmo abrumador. Me pregunto si él siente lo mismo.

Aparta su boca de la mía y entierra su rostro en mi cuello. Envolviendo mis piernas alrededor de su cuerpo, silenciosamente le pido más. Me encanta la dulzura de su amor, pero necesito más de él. Anhelo más.

—¡Rip! —Grito, clavando mis talones en su espalda—. Más.

Levanta la cabeza y sonríe de la misma manera que lo he visto sonreír durante muchos años. Al conocerle pensé que era solo un niño lindo que me ofrecía su columpio. Ahora, esa sonrisa tiene un algo de traviesa en ella. Le devuelvo el gesto mientras él me da exactamente lo que pido.

Mucho más que eso.

Pronto estoy gritando su nombre cuando las estrellas explotan detrás de mis ojos. Los propios gemidos de placer de Rip se mezclan con los míos, junto con mi nombre que deja su boca en una letanía.

Nos corremos al mismo tiempo. Como si estuviera destinado a ser. Como si siempre hubiera sido así.

Rip permanece quieto por más tiempo después de que entra dentro de mí. Siento que él está tan conmovido por la experiencia como yo. Mis dedos se mueven ligeramente sobre su espalda mientras su respiración, y la mía, se acomodan a un ritmo más normal.

—Definitivamente esto ha sido mejor que todas mis fantasías —dice, su nariz frotando mi mandíbula.

—Mmm, estoy de acuerdo. —Estoy en una burbuja de felicidad. El aire en la habitación se siente fresco y limpio. Aroma a flores flota en el ambiente y frente a mis ojos el cielo más hermoso, se ha teñido de azul oscuro ya, sólo queda un rastro de rosa y naranja a lo lejos.

—Nunca olvidaré esta noche mientras viva —digo. Cierro los ojos y dejo cada momento se grabe a fuego en mi memoria. Otro recuerdo feliz que guardar junto a todos que tenemos desde que nos conocimos.

—Es sólo el principio, gatita. Quiero darte tantas noches más como esta.

Nos miramos a los ojos sonriendo.

Rip comienza a salir de mí, pero engancho mi pierna alrededor de él y sacudo la cabeza.

—Todavía no estoy lista para que me dejes.

—Oh, nena, eso no va a pasar. Nunca.

Santo Dios, mi corazón no puede soportar mucho más de este hombre. Acabo de tenerlo, todavía está dentro de mí, pero me encuentro queriendo más de él. Necesitando más de él. Queriendo recuperar todo el tiempo que habíamos perdido.

—Déjame ir a tomar una toalla. Tenemos que vestirnos.

Hago un puchero con mi labio inferior.

—¿Por qué demonios tenemos que vestirnos?

Me guiña un ojo y luego se pone de pie. Dejándome, sintiendo el vacío sin él dentro de mí.

—Traerán la cena pronto.

Siento mi corazón acelerarse.

Allí va de nuevo haciéndome temblar de alegría.

—¿Has estado leyendo libros de romance? —pregunto, levantándome en mis codos mientras lo veo levantarse. Tremendo trasero que tiene.

Es perfecto.

Y es mío.

Me río de mi comportamiento tan tonto. Estoy comiéndomelo con los ojos, por el amor de Dios.

Rip regresa a la habitación con una toallita. Se sienta en la cama y usa su mano para separar mis piernas. En el momento en que la cálida toallita me toca entre mis piernas, gimo. Nadie había hecho algo así por mí antes.

Mirando hacia atrás, no sé por qué pensé que estaba enamorada de Easton. Después del sexo, salía de la cama, se ponía los pantalones y me besaba en la frente, eso era todo. Nunca fue nada del otro mundo, la tierra nunca temblaba. Vamos, ni siquiera me quedaba con ganas de repetir. Siempre le había echado la culpa a mi amor por Rip. O el amor que me había negado a aceptar.

Pero esto es completamente diferente.

—Chloe, si sigues gimiendo así, voy a hacerte venir con mi boca otra vez.

Mis ojos se abren de golpe y me doy la vuelta para mirarlo. Estoy segura de que ve el deseo en mis ojos.

—Lo guardaré para el postre. Vístete, nena, estarán aquí pronto.

No me muevo. En cambio, veo como Rip se pone un par de jeans y una camiseta negra. Entra en la cocina y mira a su alrededor. ¿Tiene alguna idea de lo increíblemente sexy que es mirarlo? Pies descalzos. Camiseta ajustada. Cabello de una persona que acaba de hacer el amor.

Uf, Chloe. Detente y levántate ya.

Al principio, para salir de la cama, envuelvo la sábana alrededor de mi cuerpo, pero decido que nunca me voy a esconder del hombre que amo. Esto es nuevo para mí. Antes de esto, nunca hubiera caminado desnuda después de acostarme con alguien. Ahora todo ha cambiado, tal como lo sé, pero esta vez es para bien.

Siento el calor de los ojos de Rip sobre mí al instante. Es posible que haya agregado un poco más de balanceo a mis caderas cuando me acerco a mi maleta, saco unos pantalones de algodón, la camiseta de Rip y luego me dirijo al baño. Cuando lo escucho gemir suavemente, sonrío y levanto internamente el puño celebrando mi pequeña gran victoria.

Capítulo 29

Rip

Me alegra encontrar té dentro de las provisiones que el hotel ha dejado en la pequeña cocina. Chloe no es muy amiga del café, así que me da mucho gusto que aquí pueda tomar lo que de verdad le apetece.

Echo un vistazo por encima del hombro y veo que se dirige hacia el baño. Me doy cuenta de que intentó envolver su cuerpo en la sábana, pero decidió no hacerlo. Me alegro de que no lo hiciera. Tiene un cuerpo increíble, no tiene por qué taparlo o sentir pena conmigo. Nunca.

Mi teléfono suena en la mesa de la cocina y camino para revisarlo. Supongo que se trata de la cena, pero es Mike.

Mike: *Esto es cruel.*

¿Cómo les está yendo?

¿Ya lo hicieron?

Yo: *¿Hicieron?*

¿Qué estamos todavía en la primaria?

Mike: *Voy a adivinar ya que has ignorado todas mis llamadas y*

Chloe tampoco contesta su teléfono.

¡Ya lo hicieron!

Me río.

—¿Qué es tan chistoso? —pregunta Chloe, entrando a la sala. Abro la boca, pero no puedo encontrar ninguna palabra.

Chloe baja la vista hacia el teléfono y luego me mira otra vez, esperando una respuesta.

—¿Qué, qué pasa?

Lentamente, sacudo la cabeza.

—Te ves preciosa.

Mira sus pantalones deportivos y mi vieja camiseta de fútbol de Oak Springs.

—¿Qué? —pregunta con una risita.

Lleva el pelo recogido en una cola de caballo y las mejillas ruborizadas. Quiero tomarla en mis brazos, besarla hasta dejarla sin aliento, llevarla de regreso a la cama y hacerle el amor. Y otra vez. Y otra vez.

—¿Rip, qué demonios te pasa, por qué me miras así?

Enmarco su rostro en mis manos y la beso. El cuerpo de Chloe se derrite y ella gime en mi boca. Mis manos agarran su trasero redondito y la levanto hasta que sus piernas me envuelven.

Sus dedos se hunden en mi cabello mientras camino de regreso a la cama, justo en ese momento, escucho que alguien grita.

—¡Hola!

Chloe comienza a reír mientras yo gimo de frustración y la dejo deslizarse por mi cuerpo.

—Parece que han traído la cena.

294

Me froto la nuca mientras me dirijo a la puerta. El repartidor está parado en los escalones.

—¿Rip Myers? —Pregunta, dándome una sonrisa alegre y feliz.

—Ése soy yo.

Extiende la mano y me entrega dos bolsas.

—Tengo su orden del restaurante italiano.

—¡Oh, comida italiana! —dice Chloe detrás de mí.

El repartidor la mira y asiente. Chloe toma una de las bolsas y camina hacia la mesa en la terraza.

—La propina debe haber sido incluida cuando pagué.

—Sí, señor. Muchas gracias.

—De nada. Gracias por llegar a tiempo.

Chloe intenta no reírse, pero escucha el sarcasmo en mi voz.

—No hay problema. ¡Disfruten su cena y esa vista tan bonita!

—¡Gracias! —Grita Chloe mientras camina hacia la mesa y deja la otra bolsa.

—Huele a cielo. ¿Qué ordenaste? —pregunta Chloe mientras saca platos de plástico y cubiertos, seguido de una barra de pan de ajo con un olor increíble.

—Tu favorito. Pollo parmesano.

Ella cierra los ojos y deja escapar un gemido que va directo a mi polla. Intento ignorar cuánto me gustan—y me afectan—los ruidillos que hace.

—Casi pierdo el control allí por un segundo.

Me ayuda a sacar toda la comida y a servirla en los platos que el hotel ha dejado para nosotros.

—¿De qué se trata todo esto?

Me encojo de hombros.

—Saliste del baño y me dejaste sin aliento. Te quería meter a la cama otra vez.

Se muerde el labio y un ligero sonrojo colorea sus mejillas.

Tomo su mano y la aprieto.

—Te ves adorable vistiendo mi vieja camiseta con el pelo recogido en una coleta. No puedo creer lo afortunado que soy, una parte de mí realmente espera que esto no sea otro sueño.

—No es un sueño. Ya me pellizqué algunas veces en el baño.

Los dos nos reímos.

—¿Alyssa te ha estado llamando?

—No lo sé. Mi teléfono está en mi bolso, ni siquiera lo he sacado.

—Mike envió un mensaje de texto. Preguntó si, y cito, si ya lo hemos hecho.

Chloe pone los ojos en blanco y toma un bocado de pan. Le entrego la ensalada.

—¿Qué dijiste?

—Le dije que no estábamos en la primaria. Luego tú saliste del cuarto y me olvidé por completo de todo lo demás excepto tú.

Sonríe y se ve tan bonita.

—Eres un adulador, Sr. Myers.

—Lo intento.

—Esto está buenísimo. Estaba pensando que tendríamos que tomar cerveza y pretzels para la cena ya que solo compramos cosas para el almuerzo y refrigerios.

—No. Planeé con tiempo la cena de esta noche y también la de mañana. Pensé que no querríamos salir de aquí, así que también traerán la cena mañana en la noche.

Chloe sonríe dulcemente.

—Definitivamente esto sí que es acampar con estilo.

—Lo mismo pienso —coincido con ella, con una leve carcajada.

Mientras cenamos hablamos de lo que ha pasado últimamente en nuestras vidas. Chloe me cuenta lo emocionada que está de trabajar con su papá. Le cuento sobre un proyecto en el que estoy trabajando con Jonathon en un edificio histórico en una ciudad cercana.

Chloe habla sobre Parchecitos. Lo extraña muchísimo y eso me rompe el corazón. Cuando está a punto de romper en llanto, inmediatamente cambia de tema.

—¿Entonces, estás emocionado por la casa?

Me detengo por un momento, preguntándome si debería decirle lo que hice. *Sin su permiso.*

—Um, sí, lo estoy —respondo—. ¿Y tú?

Con una inclinación de cabeza, respira hondo y exhala.

—Rip, me estás ocultando algo. Quiero saber de qué se trata.

Mis ojos se levantan para encontrarse con los de ella.

—Se supone que es una sorpresa, pero estoy empezando a preguntarme si debería decírtelo. Tu papá me advirtió sobre el genio de las mujeres Parker.

Se abre ante mi respuesta, pero eso dura sólo un momento, después se reírse y me arroja una servilleta hecha bola.

Rápidamente me alejo, pero me encuentro con su intensa mirada.

—Yo, esto, es que le dije al personal de la notaría que tu nombre debía figurar en la escritura como uno de los propietarios.

Sigue mirándome. No dice ni una palabra.

—Después de todo, te prometí que te compraría la casa. Sólo espero que quieras compartirla conmigo.

Chloe traga saliva, se pone de pie y luego camina rápidamente hacia la barandilla que da al paisaje nocturno.

—¿Chloe, estás enojada conmigo? —pregunto. El resplandor de las luces interiores de la casa de campaña la ilumina como un halo.

Se gira para mirarme, con una expresión de incredulidad en su rostro.

—¿Enojada, cómo podría estar enojada contigo por hacer algo tan dulce? —Su voz se quiebra, y sé que está tratando de no llorar.

—Planeé hacerlo en el momento en que descubrí que estaba a la venta. Esa casa es tuya.

Sacude la cabeza y envuelve sus brazos alrededor de su cuerpo. Mi corazón cae al suelo.

—No, Rip. Esa casa es *nuestra*. El lugar donde quiero construir nuestro futuro. Sólo estoy…

Pongo mi mano a un lado de su cara, acariciándola con suavidad.

—¿Estás qué, princesa?

Sus ojos se levantan para encontrarse con los míos.

—Estoy tan feliz. Nunca soñé que podría ser tan feliz. Estás haciendo realidad todos mis sueños y no he hecho nada para merecerlo.

Mi estómago da un vuelco al escuchar sus palabras.

—¿Qué quieres decir?

Se encoge de hombros.

—No lo sé. Le dije a otro hombre que me casaría con él mientras planeabas comprarme la casa de mis sueños. No renunciaste a luchar por mí mientras que yo sí lo hice, renuncié a la idea de estar juntos. No merezco todo lo que haces por mí.

Presiono mi dedo contra sus labios.

—Chloe, mírame.

El reflejo de las luces de las velas hace que sus ojos se vean más brillantes. Poniendo el dedo debajo de su barbilla, hago que levante la cara, para mirarla fijamente.

—Mira muy bien y con cuidado, porque verás directamente en mi corazón y sabrás que eres mi mundo entero. ¿No lo ves?

Asiente mientras yo limpio sus lágrimas con mis pulgares.

—Renunciaría a todo si eso significa hacerte feliz. Si no estás a mi lado, estoy perdido. He estado perdido por demasiado tiempo y nunca estoy mirando hacia atrás. Estamos en este viaje juntos y algún día me casaré contigo.

Se le escapa un sollozo y aprieta los labios con fuerza.

—Voy a hacer realidad cada sueño tuyo. Cada uno de ellos.

Su barbilla tiembla mientras coloca sus manos sobre las mías.

—Rip.

Inclinándome, capturo su boca con la mía. El beso es suave y lento. Aparto mis manos de su rostro, la levanto y la llevo dentro de la casa. Pasamos el resto de la noche recorriendo cada centímetro del cuerpo del uno del otro.

El sábado, pasamos la mañana caminando, luego nos bañamos en el río. Pasamos la tarde en la cama hasta que tenemos que levantarnos y vestirnos antes de que llegue la cena.

—Esa es una de las mejores carnes que he probado—dice Chloe.

—Mi papá se va a ofender mucho si te escucha decir algo así.

Arruga la nariz y se ríe.

—Ha pasado tanto tiempo desde que comí la que él prepara.

—Hablando de mis padres, quieren que vengas a cenar a la casa esta semana.

—Me encantaría.

—No será extraño, ¿verdad? Mamá probablemente te va a llorar encima. Ya sabes cómo es ella.

Chloe sonríe de oreja a oreja.

—No creo que sea extraño. Cuando me recogiste para el baile y te besé delante de mis padres, se sintió tan natural. Todo esto se siente tan perfecto.

—Lamento los chismes del pueblo.

Con un profundo suspiro, agita las manos como para sacudirse todo.

—Apuesto que, en menos de cuarenta y ocho horas, la cadena de oración va a encontrar otro chisme mejor en qué centrarse. Además, ¿a quién le importa lo que piensen?

—Me vale lo que digan —digo.

—Igual a mí. —Termina con una risita.

—Esta noche deberíamos meternos al jacuzzi.

Chloe contempla la oscura colina y luego el cielo lleno de estrellas. Cuando vuelve a mirarme, me guiña un ojo.

—Me parece que ya es de noche.

Capítulo 30

Chloe

Ha pasado un mes desde ese fin de semana en Wimberley. Ya hemos firmado la escritura de la casa y puesto ahí algunos muebles que nuestros padres nos han regalado, sólo lo suficiente para dormir, sentarnos y comer. Rip y yo hemos comenzado la demolición por la noche. Durante el día, trabajo en el rancho a tiempo completo, y él hace lo mismo a tiempo parcial con Jonathon y a tiempo parcial con nosotros.

Mi padre no ha estado muy feliz con eso de que nos mudáramos juntos, porque todo estaba muy reciente. No me llevó mucho tiempo hacerlo cambiar de opinión. Rip y yo siempre hemos sido inseparables. Ahora que somos una pareja es apenas lógico que sigamos de la misma manera. Además, la casa está a nombre de ambos.

La casa.

Sonrío al pensar en ella.

—¿Se puede saber qué hace a mi hija tan feliz? —La voz de mi padre me saca de mi ensoñación, pero la sonrisa no se borra de mis labios—. Sé que no es el nuevo plan de marketing que se te ocurrió.

Me recuesto en la silla de mi oficina e inclino la cabeza para mirarle.

—Sabes bien que podría ser. Amo mi trabajo, papá.

—Cierto. He visto esa carita antes y esa no es una que diga "amo mi trabajo".

—¿En serio, qué tipo de mirada es? —le pregunto mientras se sienta en la silla frente a mi escritorio.

—Es más como que estoy enamorada y no puedo dejar de pensar en mi chico. La he visto antes en la cara de tu madre.

Sonrío. Mis padres están locamente enamorados el uno del otro. Tanto es así que a menudo los veo a los dos mirándose y sonriéndose. Su relación ha sido amorosa, estable y duradera, así mismo quiero que seamos Rip y yo.

—Estoy enamorada de él, papá. —Él asiente.

—Sé que lo estás, cariño. Lo has estado desde hace mucho tiempo. Tengo que darte crédito por darte cuenta de eso antes de cometer un grave error con Easton.

—No terminé con Easton sólo porque estoy enamorada de Rip. Fuiste tú, el rancho, mamá, Gage, mi abuelita y mi abuelito. No podría dejar todo esto. No por un hombre al que no amo como él quería que lo amara.

Papá respira hondo y exhala lentamente.

—¿Cómo va la casa?

Mi sonrisa se ensancha ante su pregunta.

—Bien. Hemos ya demolido la cocina. Le dije a Rip que quería comenzar allí. Mike ya está trabajando en los gabinetes.

—¿Por cuál te decidiste al final? —pregunta.

—Quiero que sea en madera de aliso. Puertas de cristal, creo.

—Me gusta cómo suena eso. —Su teléfono suena, y cuando lo saca, veo el nombre de Rip en la pantalla—. Disculpa cariño. Necesito tomar esta llamada.

Asiento.

—Habla Steed.

Los ojos de papá se encuentran con los míos.

—Estoy sentado en la oficina de mi hija. —Aparta el teléfono mientras rueda los ojos, pero sonríe—. Me dice que te diga que te ama.

Puedo sentir el dolor de mis mejillas por sonreír tan fuerte.

—Dile que lo amo más.

—Dice que ella también.

—¡Papi! —digo con una sonrisa.

—Sí, ya escuché las noticias. Todo ha quedado listo y arreglado. De nada, hijo. Fue un placer.

Inclino la cabeza, preguntándome de qué están hablando. Decido dejarlo ir mientras miro el plan de marketing en el que he estado trabajando. Tuve una reunión con mis tíos, Trevor, Mitchell, y también con mi padre para discutir mis ideas sobre cómo poner nuestro nombre en lo alto en lo referente a la cría de caballos. Sí, somos una ganadería, pero mi tío Mitchell y papá han estado inmersos en la cría de caballos en los últimos años y han hecho un buen trabajo. Es un área en la que realmente siento que podemos expandirnos. El tío Trevor se ocupa principalmente del ganado, pero desde que su hija Aurora comenzó a mostrar interés en los caballos, específicamente criándolos y reproduciéndolos, él comenzó a prestar más atención a ese lado del negocio. Estoy segura que con la idea de involucrar a su hija en el negocio, eso me ha encantado, al fin y al cabo, esta es una empresa familiar.

Y los Parker nos caracterizamos por ser muy unidos.

—Eso podría ser un desafío, pero creo que podemos manejarlo.

Lo miro de nuevo.

—Me haré cargo de ello. No te preocupes, hablamos pronto.

Cuelgo y le pregunto—: ¿Qué será un desafío?

Frotándose la nuca, responde—: Mitchell cree que necesitamos otro establo, uno cerca del pasto sur. Rip ha estado revisando las cuentas, para ver si disponemos del dinero para el proyecto.

—¿No está en el presupuesto?

—No, no lo está. Ahora es su trabajo ver la manera de conseguir el dinero. Si va a estar a cargo de la contabilidad del rancho, necesita mostrarme que tiene lo que se necesita.

—Tengo fe en él —digo, con orgullo.

—Yo también, gatita. El chico tiene una buena cabeza sobre sus hombros. Supongo que, si ibas a terminar con alguien, me alegra que sea él y no el idiota de Easton.

—¡Papá!— Quiero reír, pero de alguna manera logro contenerlo.

—Te dejaré volver al trabajo, gatita. Sólo quería venir y saludarte.

Cuando se levanta para salir, yo también.

—¿Papá?

Se detiene y me mira de frente

—¿Qué pasa?

—Gracias.

—¿Por qué?

Sonriendo, digo—: Por dejarme encontrar el camino correcto.

—Oh Chloe, por momentos fue muy difícil. Casi tuve que patear el trasero del idiota ese, pero sabía que encontrarías el camino.

Le arrojo un lápiz.

—Nunca te gustó.

—Nunca. Ni a tu hermano. De hecho, la primera vez que lo trajiste a casa, ¿te acuerdas que se enfermó? Estoy casi seguro de que Gage puso algo en su té.

Mi boca se abre.

—¿Qué?

Él guiña un ojo y sale de mi oficina. Sonrío y vuelvo al trabajo.

Como esta familia no hay dos, definitivamente.

Más tarde esa noche, me paro en medio de la habitación de la casa, aturdida por lo que estoy mirando.

—¿Entonces, en qué piensas?

Mi boca se abre, luego se cierra. Luego se abre de nuevo. Parece que no puedo encontrar ninguna palabra.

—¿No te gusta? —pregunta Rip, claramente preocupado.

—Es hermosa.

—La encontré en una tienda de antigüedades a un par de horas de aquí. Jonathon la trajo a su taller, la lijé y luego la volví a pintar de blanco.

El viejo marco de la cama de hierro está en medio del dormitorio principal que recién ayer acabamos de terminar de pintar en un suave tono gris. No es un gris oscuro, sino un hermoso gris claro con un toque de azul, es cálido, acogedor y precioso.

—Es perfecta, Rip.

Envuelve sus brazos alrededor de mí y besa mi cuello, haciendo que se me ponga la piel de gallina.

—¿Quieres estrenarla? —pregunta, su aliento caliente contra mi piel.

Cuando sus manos se deslizan debajo de mi camisa, contengo la respiración. Lentamente se abre camino, ahuecando mis senos mientras rocía suaves besos sobre mi cuello.

—Chloe —susurra, pellizcando mis pezones a través de mi sujetador. Mi cabeza cae hacia atrás contra su pecho y gimo de placer.

Su otra mano desabrocha mi sostén antes de que pueda registrar lo que está sucediendo. Me da la vuelta y levanta mi camisa sobre mi cabeza, arrojándola al suelo.

En mis oídos puedo escuchar mi pulso como un tambor mientras comienza a besar mis pezones. Necesito más de él. Necesito sentir su piel sobre la mía.

Trabajo para desabrocharle los pantalones. Cuando finalmente obtengo acceso, deslizo mi mano en sus pantalones. Está duro y listo, exactamente como lo quiero. Mi cuerpo instantáneamente se calienta con la necesidad de él.

—Dios, tus caricias me enloquecen —exhala Rip.

—El sentimiento es mutuo.

Rápidamente nos quitamos la ropa que nos queda y pronto nos encontramos estrenando nuestra nueva cama. Rip se da la vuelta para que yo este ahorcajadas sobre él. El calor de su polla dura presiona contra mí, provocándome mientras me muevo para sentirlo.

Las manos de Rip se aferran a mis caderas. Me levanta y me coloca sobre él, hundiéndome lentamente sobre él hasta que me siento, con él llenándome por completo.

—Dios, Chloe.

Mi cabeza cae hacia atrás mientras mis manos descansan sobre su pecho. Me muevo lentamente al principio hasta que no puedo soportarlo. Mi orgasmo está muy cerca. Lo monto duro y rápido. Sentirlo debajo de mí es emocionante, la sensación de poder me excita aún más. Cada vez que Rip y yo estamos juntos, se siente más increíble que la anterior. No puedo evitar preguntarme si siempre será así. Nos corremos juntos y me dejo caer sobre su torso.

Los dedos de Rip se mueven ligeramente arriba y abajo de mi brazo mientras miramos por la ventana que da a nuestra propiedad.

Nuestra propiedad.

La idea de que haya comprado esta casa para nosotros todavía hace que mil mariposas revoloteen en mi estómago. Amo mucho a este hombre. La vida es tan perfecta que casi me asusta. Todavía espero que cualquier día de estos algo nos mueva el piso, haciéndonos tambalear.

—¿Cuánto tiempo quieres esperar antes de que tengamos un bebé?

Su pregunta me sorprende, mi cuerpo se congela.

—Dios, ya estoy pensando en voz alta. —Me mira fijamente, evaluando mi reacción.

Me siento, levanto la sábana, acomodándome con las piernas cruzadas mientras lo miro. Tiene un brazo detrás de la cabeza, levantándola. Su cabello castaño está desordenado y ansío pasar mis dedos por él. Esos suaves ojos marrones me están mirando, llenos de clara preocupación.

—¿Un bebé?

Se encoge de hombros.

—Quiero decir, no tiene que ser hoy ni mañana. Solo llevamos juntos dos meses.

Me río.

—¿Rip Myers, te das cuenta de que estamos haciendo casi todo al revés?

Rip se sienta y pone una almohada detrás de él. Mira por la ventana.

—No quiero apresurarte en nada —dice—. Quiero disfrutar de días como este, quedarnos en la cama todo el día sin mayores preocupaciones. Pasar tiempo contigo, los últimos meses ha sido como vivir en el cielo.

Sonriendo, tomo su mano.

—Me siento igual. Mentiría si dijera que aún no he escogido los nombres de nuestros hijos.

Una amplia sonrisa aparece en su rostro.

—¿Cuándo comenzaste a pensar en nombres por primera vez?

Levantando los ojos como si pensara profundamente, respondo—: Yo diría que cuando tenía unos trece años.

Rip se echa a reír.

—Dime los nombres.

Puedo sentir mis mejillas arder de vergüenza.

—Bueno, si tenemos un niño, no me importaría llamarlo Brady.

—¡Brady!

—Sí, Brady, es un nombre muy bonito. ¿No te gusta? —pregunto, empujándolo a un lado.

—Estaba pensando en Cayden.

Levanto las cejas, sorprendida.

—¿Cuándo se te ocurrieron los nombres?

Es su turno de sonrojarse.

—Dieciséis, creo.

Oh, Dios. Mi corazón se derrite, quiero besarlo.

—¿Dieciséis?

Asiente, sonriendo con timidez.

—Tú y yo estábamos en una fiesta de esas que organiza tu familia, salimos y nos sentamos a hablar en el borde de la piscina. Demonios, ni siquiera recuerdo de qué estábamos hablando, pero mencionaste algo sobre cuando tuvieras tus hijos. Me preguntaba si tendríamos un niño o una niña. Tal vez ambos. Tal vez incluso gemelos porque tu papá y tu tío Mitchell lo son.

Debo haber abierto y cerrado la boca seis veces antes de hablar.

—¿Desde entonces te viste teniendo hijos conmigo?

—Sí. Mirando hacia atrás ahora, no sé por qué no nos dijimos cómo nos sentíamos. Era bastante obvio que estábamos enamorados el uno del otro, incluso entonces.

Inclinando la cabeza, pregunto—: ¿Cómo se llamaba la niña?

—Tú primero.

—¡Digámoslo al mismo tiempo! —Me río.

—Bueno. Uno dos tres.

—Emma.

Mis ojos se abren en estado de shock.

—¿Dijiste Emma?

—Sí. —Asiente.

—¿Cómo supiste?

Rip levanta una ceja y me da una mirada que dice que debería saber la respuesta.

—¿Lo había dicho antes?

—Sí. La noche de baile en nuestro último año. Estábamos bailando y mencionaste que te gustaba el nombre de Emma. Que, si alguna vez tenías una niña, la llamarías Emma.

Las lágrimas pinchan en mis ojos—: ¿Te acuerdas de todo lo que dije?

—No. Solo las cosas importantes. —Suelto una suave risa.

Pero lo cierto es que sus palabras me han cortado el aliento.

—Cuando creo que no puedo amarte más, me sales con una de estas cosas y me enamoro más y más.

Rip vuelve a mirar por la ventana, perdido en un momento en sus pensamientos.

—¿Quieres ir de picnic conmigo mañana?

—Sí. Sabes que iría a cualquier lado contigo. ¿A dónde quieres ir?

—Exploremos nuestro pedacito de cielo aquí.

—Me encanta esa idea —respondo.

Giro la cabeza y capta mi mirada.

—Te amo, Chloe.

No puedo evitar preguntarme a dónde se fue en esos breves momentos. Donde quiera que fuera, vi algo en su rostro. ¿Miedo, preocupación? Algo lo inquieta y no quiero que dude de nuestro amor, ni de nuestro futuro, nada de eso.

—Yo también te amo, Rip.

Me indica que me acerque a él, así que lo hago. Acurrucada a su lado, veo como el sol comienza a ponerse sobre el horizonte. El sonido del corazón de Rip latiendo en su pecho me relaja hasta el punto en que estoy luchando para mantener los ojos abiertos. Nunca me he sentido tan amada ni tan segura en toda mi vida.

Capítulo 31

Chloe

El ligero golpe en la puerta de mi oficina me hace levantar la vista. Gage se queda allí, con una sonrisa en su rostro.

—¡Hola! —digo, cruzando la habitación para encontrarme con él.

—Hola, ¿todo bien?

—Has estado tan ocupado este verano que apenas te he visto.

Se frota la nuca y suspira.

—Lo sé. No hay mucho tiempo entre ayudar en el rancho y pasar el rato con amigos. Ya sabes, tratando de hacer todo antes de que todos nos vayamos a la universidad.

Asiento, acercándonos a las dos sillas frente a mi escritorio. Algo lo está molestando.

—Ven, sentémonos un rato.

Me sigue sin decir una palabra. Una vez que nos sentamos, lo veo mirar por el gran ventanal que da a la colina y al establo principal detrás de la casa de mis abuelos.

—¿Qué tienes en la cabeza?

Suelta un gran suspiro y su cuerpo entero se hunde. Está estresado por algo. Probablemente la idea de irse a la universidad en unas pocas semanas. A Gage le han ofrecido una beca deportiva en Texas A&M. La familia Parker es bien conocida en esa escuela, eso es seguro.

—No quiero irme.

Sonrío suavemente y tomo su mano nuevamente.

—Sé que da miedo ir a la universidad, pero una vez que llegues allí, todo estará bien, Gage.

—No lo entiendes, Chloe. No tengo ganas de ir a la universidad. Para nada.

Mis ojos se abren y estoy segura de que tengo una expresión de asombro.

—¿Qué quieres decir con eso de para nada? Explícame bien, despacio y con calma.

Suelta una risita nerviosa.

—Sí. Así como escuchaste, no quiero ir. No quiero dejar el rancho. Quiero decir, he estado trabajando aquí desde que comencé a caminar, prácticamente. He visto lo que hacen mis tíos, Trevor y Mitchell. He estado estudiando cada cosa que hace papá y Jonathon, incluso al abuelo. Los he visto a todos a lo largo de los años trabajar en este rancho. He estudiado todos los libros que pude encontrar en la biblioteca y más por internet. Sé lo que se necesita para hacer que este rancho siga siendo exitoso porque he visto toda mi vida cómo se hace. ¿Qué voy a aprender en la universidad, cómo dirigir un negocio? Demonios, Chloe, ese es tu trabajo. Ese va a ser el trabajo de Rip cuando papá se retire. Estoy destinado a trabajar la tierra. Con los animales. Sé qué nutrientes necesitan estar en el suelo al observar y escuchar al tío Wade.

Nuestro tío Wade trabaja en el rancho y está casado con la hermana de mi padre, Amelia. Mientras nuestro primo John crecía ella estaba inmersa en su papel de madre, pero ahora que él está en el bachillerato, ha vuelto a escribir. Se dedica principalmente libros de romance histórico, su verdadera pasión.

—No quiero irme —dice Gage.

Aprieto su mano. En realidad, entiendo lo que está diciendo. Yo no había querido dejar este lugar para irme a vivir con Easton. Y todo lo que Gage necesita para aprender sobre el funcionamiento del rancho, ya lo sabe. No le interesa en lo más mínimo el lado comercial de las cosas. Y, pensándolo bien, a ninguno de nuestros otros primos es que le llame mucho la atención encargarse de la parte operativa del rancho.

—¿Has hablado con nuestros padres al respecto?

Él resopla, burlándose de mis palabras.

—Por favor, ambos sabemos que me van a obligar a ir.

—No lo sabes, Gage. Sé honesto con ellos y diles lo que sientes aquí. —Le palmeo el pecho—. Creo que te sorprendería su respuesta.

—¿De verdad piensas eso?

—No lo pienso, estoy segura. ¿Quieres que esté contigo cuando hables con ellos?

Traga y asiente.

—Rip me va a recoger para almorzar hoy. Dijo que tiene una sorpresa para mí.

Los ojos de Gage se iluminan.

—Espera un minuto. ¿Sabes de qué se trata la sorpresa?

—¿Yo? No, pero el chico siempre te sorprende. Te compró una casa, por el amor de Dios. Solo puedo imaginar lo que ha planeado.

Me río.

—Eso es cierto, Rip es bastante ingenioso, ¿no?

—Chloe, estoy muy feliz de que estén juntos. Estaba destinado a ser así.

Me muerdo el labio. Todavía me parece mentira.

—Lo sé. Gracias, Gage.

Se levanta.

—Está bien, no hay tiempo como el presente. Mi mamá está aquí con la abuelita en la cocina.

—Voy a buscarla. Ve a esperar a la oficina de mi papá. Es hora de que esta familia se siente a hablar.

Gage respira hondo y exhala.

—Espero que tengas razón sobre esto, Chloe.

Dándole una sonrisa tranquilizadora, silenciosamente mando una petición al cielo, esperando también que tenga razón.

Gage se dirige a la oficina de papá que está al lado de la mía. Camino por el pasillo hasta la parte principal de la casa de mis abuelos. Puedo escuchar a mi mamá y a mi abuelita hablando en la cocina. También puedo oler galletas recién horneadas. Respiro hondo mientras entro a la cocina, lista para que el aroma del chocolate invada mis sentidos. En cambio, me revuelve el estómago.

Cubro mi boca, tratando de contener el asco.

Mi abuelita y mi mamá se giran y me miran.

—¿Chloe? —dice mi madre, apresurándose a donde estoy parada—. ¿Qué pasa?

Sacudo la cabeza y bajo la mano cuando pasa la ola de malestar.

—Me puse tan mal del estómago cuando olí las galletas recién horneadas.

Mi abuelita empuja a mi madre hacia a un lado, apresurándose para revisarme bien. Sus dedos me pellizcan la barbilla y estudia mi cara.

—¿Qué estás haciendo, abuelita? —le pregunto, dejando escapar una risita.

—Oh. Dios. Mío —dice ella, mirándome de arriba abajo.

Luego es el turno de mi madre de hacer lo mismo. Estudia mi rostro, luego deja que su mirada recorra mi cuerpo.

—¿Por cuánto tiempo te has estado sintiendo con náuseas?

Las dos están tan serias que no pude evitar reír.

—Um, ¿una vez?

—¿Otra vez o sólo esta vez, gatita? —pregunta mi abuelita.

Me encojo de hombros.

—Ahora que me acuerdo, anoche tuve un malestar estomacal. Pero creo que fue la pizza que comimos. No me cayó muy bien que digamos.

—¿Se han estado cuidando, usando condones? —pregunta mi mi abuelita, causando que no sólo yo, sino también mi madre, se nos quede la respiración atorada en la garganta.

—¿Q-qué, por qué me preguntas eso?

—Paxton, ¿recuerdas la historia de las galletas con chispas de chocolate con Steed y Mitchell?

La cara de mamá se ilumina, como si hubiera acordado de algo.

—Sí, Oh Dios mío. ¡Sí!

Se agarran la una a la otra y comienzan a saltar y girar en el medio de la cocina.

—Um, escuchen, no sé a qué hora comenzaron a beber ustedes dos hoy, pero son como las diez de la mañana. Es posible que quieran bajarle un poco.

Mi abuelita me sacude con un gesto de su mano antes de enfocarse en mi madre.

—Ahora, no nos emocionemos demasiado. Podría resultar que nos emocionamos por nada.

—Cierto. Nada. ¡O podría ser todo!

Ambas comienzan a saltar de nuevo. Pongo los ojos en blanco.

—De acuerdo, esto. Mamá, odio terminar su extraña celebración, pero Gage necesita hablar contigo y con mi papá. Nos están esperando en la oficina.

Girándose para mirarme, mi madre da un paso más cerca.

—Chloe, cariño. ¡Huele esto!

Me pone una galleta de chocolate recién horneada en la cara.

—¿Qué onda, mamá? —grito, sacándola de su mano. Otra nausea me golpea y me tapo la boca. Esta vez, siento que de verdad voy a vomitar.

—¡Lo sabía, lo sabía! —grita mi abuelita.

Mi madre comienza a llorar y yo estoy a punto de volver el estómago por todo el piso de la cocina.

—Necesito, oh Dios, ya vengo.

Apenas llego al baño, me inclino sobre el excusado y vomito violentamente. Puedo sentir la presencia de mi madre detrás de mí. De repente, estoy al tanto de cada olor. Empiezo a sudar, arrepintiéndome de la ropa que me puse hoy. Estamos a mediados de agosto en Texas y hace muchísimo calor. ¿Qué estaba pensando, usando pantalones de paño y una camisa de seda, especialmente sabiendo que Rip quiere ir a comer al campo?

—Mamá, creo que tengo un virus estomacal —murmuro antes de vomitar de nuevo.

Me frota la espalda ligeramente, instantáneamente haciéndome sentir mejor.

—Oh, gatita, este no es un virus estomacal.

—¿No, entonces qué es? —pregunto, levantándome y tomando la toallita húmeda de sus manos. Mi madre está sonriendo de oreja a oreja. ¿Por qué rayos está tan contenta sonriendo cuando casi vomito hasta lo que no me he comido?

—Es que... —Mi madre sonríe radiante. Colocando su mano a un lado de mi cara, dice—: Estás embarazada, cariño.

Dejo que sus palabras se asienten en mi cerebro por unos momentos. Entonces me echo a reír. Luego rápidamente dejo de reír.

—Estoy tomando la píldora. —Es lo único que puedo decir. Aunque sé que tomar anticonceptivos no es cien por ciento efectivo, pero se le acerca bastante.

—Estoy bastante segura, mi dulce niña.

—Mamá, ¿mi abuelita y tú dedujeron que estoy embarazada porque me dio asco al oler una galleta?

Asiente, mirándome con los ojos llenos de cariño y alegría.

—No cualquier galleta. Una galleta de chocolate. Cuando tu abuelita estaba embarazada de tu padre y Mitchell, el olor a cualquier cosa de chocolate la ponía mal del estómago. Especialmente las galletas.

Me río, pero suena como una reacción incierta a esta pequeña información que mi madre acaba de proporcionarme.

—Pero. Pero. No estoy lista. Lo que quiero decir es que Rip y yo sólo hemos estado juntos durante dos meses y medio, ni siquiera estamos comprometidos. Mamá, las dos están equivocadas. Lo sentiría. Lo sabría si estuviera embarazada.

Mi madre me sonríe con ternura, tomando mis manos entre las suyas.

—Sí, tienes mucha razón. Lo sabrías.

Y así, dejo caer mis manos y agarro valor para salir del pequeño baño y regresar a la cocina. Respiro hondo y suelto el aire, dándome tiempo para recordar en cuándo fue mi último período.

Oh, cielos, ¿cuándo fue mi último período?

Me pongo de pie y me miro en el espejo. Mis mejillas están coloradas, pero eso puede ser por estar enferma. Mirando más detenidamente, juro que veo algo diferente. Ayer noté el brillo rosado en mis mejillas, Alyssa incluso me preguntó si había salido a tomar el sol.

Colocando mis manos sobre mi estómago, cierro los ojos. Una ola de calor se apodera de mi cuerpo y lo sé. En lo profundo de mi alma, lo sé.

Estoy embarazada.

Sin siquiera abrir los ojos, sé que estoy sonriendo.

—Estoy embarazada. —Mis ojos se abren de golpe y me miro en el espejo—. Oh, Dios mío, estoy embarazada.

Girando sobre mis talones, regreso a la cocina. Mi abuelita me mira, pero no dice nada. Mi madre se aclara la garganta y dice—: Tu padre quiere que estemos todos para una reunión familiar.

Pasa junto a mí, mi mirada se encuentra con la de mi abuelita una vez más. Ella me guiña un ojo y no puedo detener la sonrisa que ilumina mi rostro. Sigo a mi madre a la oficina de mi padre. Gage y mi papá están hablando de los planes para el nuevo establo. Al menos eso creo, están hablando de construcción, materiales y esas cosas.

—Está yendo muy bien.

—¿Qué es? —No había estado al tanto de ninguna construcción en el lado sur del rancho que no fuera un establo que papá había mencionado hace unas semanas.

—Un nuevo establo, te lo dije, Chloe —dice mi padre.

—Sí, recuerdo que lo mencionaste.

—El tío Trevor piensa que sería mejor tener algún tipo de refugio cerca, hemos notado más ganado que pasta en esa tierra —dice Gage.

—¡Será mejor que se mantengan alejados de mi árbol! —digo mientras me siento en la mesa de conferencias. Todos se ríen—. ¿Qué? Lo digo en serio. Planeo casarme allí algún día.

Mi papá se aclara la garganta y mira a Gage.

—Tu convocaste a la reunión familiar, aquí nos tienes a todos, hijo.

Las reuniones familiares en nuestra casa fueron algo recurrente mientras Gage y yo estábamos más chicos. Fui yo quien convocó a la primera, sucedió después de que mis padres insistieron en que Parchecitos ya no podía quedarse en mi habitación conmigo para lo que yo llamaba pijamadas con mi mejor amigo. Debo haber tenido ocho o nueve. Gage tenía aproximadamente tres años. A él, por supuesto, lo pude convencer fácilmente para que se pusiera de mi lado, un par de golosinas hicieron el trabajo. Pero mis padres ganaron. Dijeron que Parchecitos tendría el mejor puesto en el establo principal entre los preciados caballos de mi abuelo. Sinceramente, creo que a Parchecitos le gustaba más en el establo. Eso de vestirse de princesa para jugar conmigo no era lo suyo.

—Cierto, así que creo que simplemente iré al grano. No quiero ir a la universidad, antes de que ambos se embarquen en las razones por las que necesito un título, quiero decir que este rancho ha sido todo para mí desde que tengo memoria. He aprendido lo que sé de los mejores. Ya he demostrado mi valía varias veces. Le he dado sugerencias al tío Trevor, quien dice que, si se fuera mañana, sabe que haría bien el legado de la familia Parker. No sé qué me va a enseñar tener un título. Todo lo que va a hacer es mantenerme alejado de aquí por cuatro años. Sinceramente, no creo que pueda soportarlo.

Mi madre y mi padre se miran con calma y luego vuelven a Gage.

—¿Y el fútbol? Pensé que querías jugar —dice papá.

—No tanto como quiero estar aquí. Ahora que Chloe ha regresado, estamos juntos de nuevo. Irme va a ser durísimo para mí. Jugar fútbol es genial, pero no es lo que me interesa hacer el resto de mi vida. Ya hablé con Chloe al respecto.

Todos los ojos se posan en mí.

—Estoy de acuerdo con Gage. No está interesado en el lado comercial del rancho, y probablemente sepa más que los profesores de la escuela sobre el lado práctico. Tiene sus maestros aquí mismo, entre nosotros.

Mi madre trata de ocultar la sonrisa que se desliza por su rostro. Mi papá asiente pensativo y luego mira a lo lejos. Está procesando todo lo que mi hermano ha dicho en los últimos minutos. Finalmente, respiro hondo y exhalo.

—Estoy de acuerdo. Si sientes que la escuela no es lo tuyo, entonces no deberías ir.

Me quedo boquiabierta y me siento como si quijada llegara hasta la mesa. Gage mira a nuestro padre, atónito.

—¿Paxton? —Pregunta mi padre—. ¿Qué opinas?

—Estoy de acuerdo contigo, cariño.

Parpadeando, sacudo la cabeza ligeramente.

—Esperen, ¿ambos están de acuerdo con que Gage no vaya a la universidad, con el hecho de que nunca va a tener un diploma en las manos?

—Lo que quiero decir es, ¿me gustaría que Gage se graduara? Claro que sí. Sin embargo, también conozco a mi hijo. —Papá se centra en mi hermano—. Gage, cualquier cosa que hagas en esta vida, si lo haces con tu corazón y pasión, te apoyaremos. Si este es el camino que sientes que necesitas recorrer, sabes que estamos contigo al ciento por ciento.

—Los dos lo estamos —agrega mi mamá.

—Gage, estoy muy orgulloso de ti, hijo. No tienes nada que necesites probarnos, te conocemos.

Mis ojos se llenan de lágrimas mientras miro a mis padres. Ambos me asombran. Nos aman incondicionalmente y siempre se aseguran de que nunca nos empujan de una manera u otra. Es tan importante para ellos que aprendamos cosas a nuestro propio ritmo. Al igual que con Easton. Sabían que eso nunca funcionaría, pero me dejaron que yo misma lo resolviera. Nadie experimenta en cabeza ajena.

Al verme mirándola, mi madre sonríe. Algo pasa entre nosotras. Pongo mi mano sobre mi estómago, sabiendo que nadie podía verme debajo de la mesa. ¿Seré tan buena madre para mis hijos como ella? Dios, por favor, que así sea.

Un ligero golpe suena en la puerta de la oficina.

—Adelante —grita mi padre.

No necesito darme la vuelta para saber que es Rip. Una oleada de hormigueo pasa por mi cuerpo y aterriza en la boca de mi estómago. Me pongo de pie y camino hacia él, envolviéndolo con mis brazos. Me devuelve el abrazo y me susurra al oído—: Te extrañé, gatita.

Me río.

—Solo han pasado unas pocas horas desde la última vez que nos vimos.

Guiña un ojo y luego mira más allá de mí para saludar a todos los demás.

—¿Reunión familiar?

Gage todavía está sentado en su silla, sorprendido. Mi papá se camina hacia donde estamos Rip y yo, extendiendo su mano, para saludarlo.

—Es bueno verte, hijo. ¿Cómo van las cosas con la casa? Chloe dice que están haciendo un buen progreso.

—Lo estamos. Tenemos la cocina, un baño y nuestra habitación terminada.

—Probablemente vamos a tener que empezar a trabajar en las otras habitaciones —digo distraídamente.

—Los pisos son los siguientes. Me alegra que primero hayamos lijado los de la segunda planta. Pero todavía tenemos que teñirlos del color que Chloe eligió.

Rip habla con mi padre sobre todos los pequeños proyectos en nuestra adorable casa. Miro a Rip. ¿Podría ver el cambio en mí, si realmente estuviera embarazada?

Tal vez por eso preguntó nuestros planes para agrandar la familia el otro día. Miro a mi madre. Se queda allí escuchando atentamente a Rip. Gage finalmente sale del trance y se dirige hacia Rip. Extiende su mano y estrecha la de Rip.

—Puedo ayudarles con el piso si necesitan una mano.

—Eso sería genial, pero no creo que podamos hacerlo antes de un par de semanas. Te habrás ido para entonces.

Gage sonríe.

—Ya les dije.

Los ojos de Rip se vuelven hacia mi padre. Él simplemente asiente y eso es todo.

—¿Lo sabías? —le pregunto a Rip.

—Sí, Gage vino a pedirme consejo. Le dije que siguiera su corazón.

—¿Fuiste a hablar con Rip antes de venir conmigo? —digo, mis manos en mis caderas—. Me siento traicionada.

Gage levanta sus palmas, tratando de defenderse.

—Necesito salir. El tío Trevor me está esperando.

Me despido de Gage y mis padres lo abrazan. Escucho a Gage decir—: Gracias papá. Te amo.

Papá le dice a Gage que lo ama, y mamá y Gage salen juntos de la oficina de papá.

—¿Estás lista para nuestro picnic? —pregunta Rip—. Se me ocurrió algo que sé que te va a encantar.

Miro a papá y sonrío. Él corresponde el gesto y sacude la cabeza cuando digo—: Sí, estoy lista.

Capítulo 32

Rip

¿Esto es siempre así?

Maldita sea, me tiemblan las rodillas y las manos no dejan de sudarme, espero que Chloe no se esté dando cuenta. Caminamos hacia mi camioneta lentamente.

—¿Qué tal tu mañana? —Pregunta ella.

—Ocupada. A Jonathon lo contrataron para un nuevo trabajo aquí en el pueblo y estuvimos en eso largo rato.

—¿Oh? ¿Qué clase de trabajo?

—Una capilla.

Ella jadea.

—Una capilla, oh wow, ¿en dónde la van a construir, es para un lugar de esos de eventos?

—No, es una capilla privada, pero podría convertirse en un lugar para eventos fácilmente.

—Sabes, una vez escuché acerca de un tipo que le construyó a su esposa una pequeña capilla blanca en su propiedad. Estaba en lo alto de una colina. Ella quería un lugar para ir y hacer sus oraciones todos los días, así que él la sorprendió para su aniversario.

—Ese es un bonito detalle —le digo, girándome para mirarla mientras conduzco por el camino de grava hacia nuestro árbol en el pasto sur. Cuando éramos más jóvenes, montábamos a caballo e íbamos a nuestro lugar favorito. Una vez que obtuve mi licencia de conducir, veníamos en uno de los jeeps del rancho. A pesar de que el árbol es tan importante para nosotros, ni siquiera recuerdo cómo nos topamos con él.

—¿Recuerdas cómo encontramos este árbol? —pregunto.

Puedo sentir sus ojos en mí. Cuando miro a Chloe, su boca está abierta.

—¿Qué?

—¡Me estás diciendo que hay algo que no recuerdas! No puedo creerlo.

Riendo, digo—: Cuéntame la historia.

—Dios, éramos pequeños, quizás acabábamos de cumplir seis años. Jonathon y mi papá nos trajeron al río para ir a nadar.

El recuerdo llega rápido, como un rayo.

—¡Es cierto! Estábamos en el agua y tú señalaste el árbol. Dije que sería un gran árbol para una casa secreta ahí en las alturas.

Se ríe.

—Sí y dije que no había forma de que dejara que mi papá lo cortara o le metiera clavos.

—Les pedimos a tus papás muchas veces que nos llevaran ahí. Tu papá finalmente puso el columpio que siempre le pediste.

—Sí. ¿Cuántas veces crees que hemos estado ahí?

—Cientos de veces.

—Tendremos que traer a nuestros hijos aquí. —Su voz se quiebra como si se hubiera puesto emocional.

—¿Estás bien, gatita?

Asiente mientras me mira y sonríe.

—Ha sido una mañana bastante movidita.

—Tengo que parar muy rápido.

Arquea las cejas y pregunta—: ¿Por qué?

Sacando un pañuelo, lo levanto.

Los ojos de Chloe se abren de par en par.

—¿Te gusta el sexo al aire libre?

Me río.

—No, pero puede convertirse en mi nuevo pasatiempo si es que tú estás interesada.

—Quizás en nuestra propiedad, no en la de mi familia.

—Date la vuelta, no quiero que veas mi sorpresa.

—Bueno, esto debe ser un picnic *con estilo* si necesito que me venden los ojos.

Digo esas palabritas recordando nuestro fin de semana acampando.

—Es algo especial, de acuerdo.

Una vez que tiene la venda puesta, pongo la camioneta en marcha y doy la vuelta a la curva. Había estado revisándolo todo. Jonathon puso a su mejor equipo a trabajar en este proyecto y me sorprendió lo mucho que han avanzado. He estado trabajando en el interior junto con Mike y Jonathon en mis ratos libres. Incluso Mike se ofreció a ayudarme con algunos detalles finos de madera y, la verdad es, que me alegra de que Jonathon esté planeando trabajar con Mike después de haber visto el magnífico trabajo que Mike hizo con la cocina de nuestra casa.

Doy unas cuantas vueltas para darles tiempo a todos de que lleguen. Jonathon ya había hecho planes para que su grupo de trabajadores se detuvieran por unas horas y se fueran a la ciudad a comer. Así que sólo estaremos la familia y amigos más cercanos.

—Tenemos que estar casi allí —dice Chloe.

Cuando llego a la esquina, sonrío al ver lo que hay delante de mí. La capilla blanca parece terminada desde el exterior, pero todavía le falta mucho trabajo por dentro. Las grandes puertas pintadas de azul son una verdadera antigüedad y uno de mis detalles favoritos. Estoy seguro de que a Chloe le va a encantar, ella misma me ha ayudado a elegir todo, aún sin saberlo.

—Está bien, aquí estamos. —anuncio antes de bajarme de apagar la camioneta.

Estoy muerto de nervios, pero más que eso. Emocionado.

—Voy a ir a tu lado y te ayudaré a bajar —le digo, abriendo la puerta, de inmediato Chloe responde que no ira a ninguna parte.

Les he pedido a todos que se escondan detrás de una esquina, para que lo primero que Chloe vea al quitarle la venda de los ojos, sea la capilla.

La acompaño hasta nuestro árbol, de donde cuelga el columpio en el que nos hemos balanceado tantas veces.

—¿Lista para tu sorpresa? —Susurro contra su oído.

Chloe asiente y contiene el aliento.

—Espera. Rip. Tengo algo que necesito decirte.

—¿Um, ahora? —pregunto, mirando al gran grupo de personas aquí reunidas en su honor.

—Bueno, prefiero mirarte cuando te lo diga.

—Eso realmente arruinaría mi sorpresa, gatita.

Se muerde el labio.

—Está bien, cierto. Entonces puedo esperar.

Sonrío y desato la venda de sus ojos.

—Mantén los ojos cerrados hasta que yo te diga que los abras.

Chloe se ríe.

—¡Sí, señor!

Metiendo la mano en mi bolsillo, saco el anillo que mi madre me había regalado. Es el anillo de bodas de mi bisabuela, como ni Jonathon ni mi hermano mayor, Dalton, lo quisieron, ella me lo dio a mí. Es una reliquia familiar y estoy seguro de que Chloe va a atesorar su valor real.

No me pongo de rodillas, me paro al lado de Chloe para poder ver su reacción. Siento que no puedo respirar por la forma en que mi pecho se aprieta. Quiero hablar y no sale nada.

Aclarándome la garganta, susurro—: Abre los ojos, cariño.

Chloe lo hace y jadea al ver la construcción. Ambas manos se acercan a su boca, e instantáneamente comienza a llorar. Cuando se voltea para mirarme, clavo la rodilla en el suelo y abro la gastada caja de terciopelo azul. Cuando Chloe llora más fuerte, lucho como el infierno para mantener mis propias lágrimas a raya.

—Chloe, sé que tomamos un largo camino para llegar hasta aquí y como dijiste el otro día, lo estamos haciendo todo al revés y nos estamos moviendo a gran velocidad.

Se ríe.

—Pero he sabido, probablemente desde que te empujé por primera vez en este columpio, que quería casarme contigo. Tú lo dijiste primero, pero yo te estoy preguntando. ¿Me harías el honor de casarte conmigo, Chloe Parker?

Chloe se arrodilla y se arroja sobre mí.

—¡Sí, claro que me casaré contigo!

Todos vitorean, pero me alegro de que nadie se apresurara a hacerlo.

Sonriendo, saco el anillo y lo pongo en su dedo. Escucho al fotógrafo haciendo clic una y otra vez. Ella nos deja ser naturales, que era algo que recalqué que quería. Primero quería que todo saliera bien, luego ella podría hacernos posar todo lo que quisiera.

Me pongo de pie y jalo a Chloe conmigo. Envuelvo sus brazos alrededor de mi cuello y la levanto del suelo.

—Te amo mucho.

—Oh Dios, Rip. Yo también te amo y realmente tengo que decirte algo.

—¡Dime lo que sea! —digo, escuchando la felicidad en mi voz.

—Creo que podría estar embarazada —dice Chloe en voz baja, pero no lo suficientemente baja.

El fotógrafo está lo suficientemente cerca como para escuchar y deja de tomar fotos por un breve momento. Entonces oigo que la cámara vuelve a trabajar.

Oh sí, claro, captura mi expresión de sorpresa, estoy atónito.

Chloe se aparta para mirarme. Abro la boca para decir algo, pero me interrumpe la afluencia de miembros de la familia.

Gage me agarra y me da una palmada en la espalda.

—¡Bienvenido a la familia, hermano! —grita.

—¡Oh, Chloe! —Exclama Waylynn—. Deberías haber visto tu cara. Fue hermoso.

Steed toma mi mano y luego me atrae para abrazarme—: Bien hecho, hijo. Bien hecho.

—Gracias, señor —logro responderle a mi futuro suegro.

Chloe está en un mar de abrazos. Todos quieren que les muestre su anillo. ¿Paxton había hecho una llamada para que apareciera todo el clan Parker?

John, el abuelo de Chloe, se me acerca y sonríe. Es el patriarca de la familia y claramente el que tiene más paciencia. Con un firme apretón de manos, dice—: Bienvenido a la familia, hijo. Siempre has sido como un nieto para mí, ya era hora de hacerlo oficial.

Se me forma un nudo en la garganta.

—Muchas gracias, señor.

Luego tira de mi brazo hacia él y susurra en mi oído—: Atrévete a lastimarla y no te quedará un hueso entero en todo el cuerpo.

Trato de formar palabras en mi boca repentinamente seca. Finalmente, digo—: Nunca la lastimaría.

Levanta una ceja.

—Voy a confiar en tu palabra.

A pesar de que estamos separados por ambas familias, nuestras miradas se encuentran. Chloe parece desesperada por hablar conmigo.

Pongo mis dedos en mi boca y silbo. Todos los ojos están puestos en mí.

—Gracias a todos por haber venido y ser parte de este momento tan importante para nosotros, pero mi prometida necesita comer algo. Así que si nos disculpan.

Se escuchan gritos y aplausos cuando algunas personas nos dan sus últimas felicitaciones y abrazos. Alyssa y Mike son los últimos en irse. Alyssa levanta la canasta con la comida mientras Mike le entrega a Chloe la manta de cuadros.

—Felicitaciones a los dos. ¡Ya era hora! —dice Mike.

—Si tienen ganas, ¿quieren ir al bar de Cord esta noche? —pregunta Alyssa.

—Me encantaría, si Rip quiere ir, ahí estaremos. Tenemos que celebrar —dice Chloe.

—Sí, salir estaría muy bien. Todo lo que hemos hecho últimamente es trabajar en la reforma de la casa.

— De todos modos, necesito un descanso de las bancas y gabinetes de la iglesia. —Agrega Mike asintiendo con la cabeza.

—¿Estás haciendo las bancas de la iglesia? —pregunta Chloe.

Señalando la capilla detrás de él, Mike dice—: Ustedes dos van a necesitarlas para que sus amigos y familiares se sienten cuando se estén casando.

Puedo ver los ojos de Chloe llenarse de lágrimas.

—Nos vamos, disfruten este día. El clima está inusualmente fresco para ser mediados de agosto. Ese pequeño frente frío se movió hacia abajo justo a tiempo para llevarse el calor —dice Alyssa, claramente consciente de que Chloe está conteniendo sus emociones.

Chloe se acerca y besa a su mejor amiga en la mejilla.

—Muchas gracias por la canasta con la comida, Alyssa. Te quiero mucho.

—Te quiero también. Nos vemos esta noche —Alyssa grita cuando Mike la toma de la mano y se dirigen a su camioneta.

—¡Nos vemos!

—¡Adiós! —decimos los dos al mismo tiempo.

Cuando Mike y Alyssa suben a su camioneta, me volteo para encontrar a Chloe tendiendo la manta. Agarro la canasta y camino hacia ella, tomándola en mis brazos y abrazándola. No tarda mucho en comenzar a llorar.

—Está bien, nena. Te lo juro, todo está *muy bien*.

Agarra mi camiseta e intenta dejar de llorar, pero solo la hace sollozar más intensamente.

Sonriendo, beso la parte superior de su cabeza y la aprieto más cerca de mí.

—¿Un bebé, eh?

Chloe retrocede. Esos grandes ojos azules celestes brillan cuando su mirada se clava en la mía.

—Creo que mi confianza en la píldora fue ligeramente sobrevalorada.

Riendo, tomo su rostro entre mis manos y la beso con todo lo que tengo. Chloe gime en mi boca mientras sostiene mis brazos. Cuando me retiro de sus labios, descanso mi frente sobre la de ella.

—¿Qué estás pensando? —pregunta suavemente.

—Me pregunto sobre la probabilidad de que tengas gemelos.

Chloe se echa a reír.

—Esperemos que ese riesgo no sea muy alto.

Doy un paso atrás y tomo sus manos entre las mías.

—Dime qué estás pensando, Chloe.

—Bueno, no estoy segura. Podría tener un problema estomacal, pero me siento diferente. Me siento contenta. Feliz. Llena de alegría. ¡Nos vamos a casar!

Sonriendo, pongo mi dedo en su barbilla.

—Pase lo que pase, si estamos embarazados o no, nunca en mi vida había sido tan feliz.

—¡Rip, construiste una capilla en nuestro lugar favorito! ¿Cuándo, cómo? —pregunta ella con una sonrisa.

Echo un vistazo a la construcción pintada de blanco.

—Aproximadamente una semana después de mudarnos a la casa, empecé a pensar en nuestro lugar favorito. Sabía que algún día nos casaríamos aquí. Estábamos en la tienda de antigüedades de Waco y tú estabas mirando esas puertas azules. Hiciste un comentario sobre lo bonitos que se verían contra un edificio blanco, como una vieja capilla. Y la idea de construir una pequeña capilla aquí en el rancho, apareció en mi mente. Me acordé de oírte a ti y a tu padre hablar de capitalizar el rancho de otras maneras para traer dinero. Hablé con Trevor, Steed y tus abuelos sobre mi idea y les sugerí que podría usarse para otros eventos. Tal vez incluso posiblemente un lugar para celebrar bodas, si eso era algo que querían para el futuro.

—¡Rip, es una gran idea! Y la cabaña no está tan lejos de este lugar. Incluso podríamos construir otras cabañas en la propiedad. Una suite nupcial, un lugar bonito para que la novia y su cortejo pudiera cambiarse y todo eso.

—Ese viejo establo que está justo después de la curva podría restaurarse fácilmente como un salón de recepciones. Demonios, incluso la fiesta de primavera podría celebrarse allí.

—¡Sí! —Grita Chloe.

Puedo ver las ideas lloviendo sobre su cabecita.

—¿Puedo ver el interior de la capilla? —pregunta ella.

—Si, claro. Todavía no está terminada, pero vamos, te la mostraré.

Con su mano en la mía, caminamos hacia la capilla.

—Es una capilla al aire libre. Todos los lados tendrán un vinilo resistente que se puede levantar para dejar que la brisa sople o bajar para mantener el calor adentro. No estaba seguro de en qué época del año querías casarte.

—Rip, esas puertas son preciosas, son como las que vimos en Waco.

—De hecho, lo son. Las mismas que originaron esta idea.

Chloe chilla a mi lado.

—¡Te dije que se verían hermosas contra el blanco del armazón!

Me río.

—Tú tenías toda la razón.

Al abrir las puertas, entramos en el gran espacio. Al final hemos construido una pared alta de piedra con tres ventanas largas y angostas. Un pequeño altar elevado se encuentra debajo de las ventanas. Ahí sería donde Chloe y yo intercambiaremos nuestros votos.

—Esas ventanas. Son hermosas.

—Son impresionantes. El techo se va a quedar así, sólo las vigas, una vez pongamos los candelabros va a verse realmente bonito.

Chloe levanta la vista. Luego mira alrededor de la estructura.

—¿Cuántas bancas caben aquí?

—Esperemos que sea suficiente para todo el clan Parker.

Se ríe y me golpea ligeramente en el estómago.

—Quince largas bancas a cada lado. Caben unas trescientas personas aquí. El campanario, ¿le vas a poner una campana de verdad?

—¿Quieres que lo haga?— Sonrío.

—¡Sí! —Responde ella, emocionada—. Cuando las parejas ya casadas salgan de la capilla, pueden tocarla.

—Es una gran idea.

—Rip, vi una mesa antigua perfecta que podría caber debajo de esas ventanas. Podría servir como altar. Es lo suficientemente larga como para caber debajo de las tres ventanas.

Asiento.

—Chloe, ¿quieres meterte también en este proyecto cuando también tenemos la remodelación de la casa?

Me mira casi ofendida.

—Tengo que, aquí es donde nos vamos a casar. Este será el lugar más hermoso en cien kilómetros a la redonda todo mundo se va a querer casar aquí después que nosotros lo hagamos.

Sonriendo, le pregunto—: ¿Entonces supongo que te gusta?

—¿Gustarme? Rip Myers, me encanta. Y a nuestro bebé, siempre que tengamos uno, también podemos bautizarlo aquí.

Mis brazos la envuelven.

—Me encanta esa idea, Chloe.

Su cabeza cae sobre mi pecho.

—Rip, este es el regalo más hermoso que alguien me haya hecho. Gracias.

—Sabes que haría cualquier cosa por ti, Chloe. Cualquier cosa.

Capítulo 33

Rip

Después de mirar la capilla de arriba abajo, Chloe saca su teléfono y comienza a tomar notas.

—Jonathon no se va a molestar por esto, ¿verdad? —pregunta mientras vierte agua en un vaso de plástico. Estamos sentados debajo de nuestro árbol con la capilla a nuestra izquierda, y la vista del río más abajo en el pasto directamente frente a nosotros.

—¿Por qué lo haría?

En respuesta se encoge de hombros.

—Bueno, voy enterándome en esto, pero ya tengo la cabeza llena de mil ideas.

—Es mi proyecto, nuestro proyecto. John y yo buscamos a Jonathon como contratista.

—¿Mi abuelo lo está financiando todo?

Asiento.

—Cuando le conté mi idea, él fue el primero en subirse a bordo. Por supuesto, creo que la idea de que su primera nieta se casara en el rancho de la familia fue una buena motivación.

—Me imagino. ¿Mi tío Trevor también está a bordo? Pensé que iban a traer más ganado en este lado del rancho.

Rip levanta sus cejas y luego se echa a reír.

—Oh, todo el asunto de 'construir un nuevo establo'.

Chloe pone los ojos en blanco.

—¡Eso fue un engaño para despistarme!

—Sí, nena, todo estaba fríamente calculado.

Tomo un bocado del sándwich de ensalada de huevo que Alyssa ha preparado para nosotros. Chloe sigue mi ejemplo y luego mira la capilla.

—El viejo establo ¿cuántos pies cuadrados dirías que tiene?

—No lo sé. Tal vez seis mil. Fue uno de los establos originales en el rancho, dijo Trevor. Es bastante grande por dentro. Realmente sería un hermoso salón para la recepción.

Chloe está sumida en sus pensamientos antes de hablar.

—No creo que podamos hacer eso a tiempo para nuestra recepción.

—¿Cuándo quieres casarte? Sabes que no hay prisa.

—He esperado casi toda mi vida a que me pidas que me case contigo, ¿y quieres que espere? Has oído hablar de nosotras las mujeres Parker, ¿verdad?

—Cariño, me casaría contigo ahora mismo si quieres.

Ella inclina la cabeza.

—¿Y tú capilla?

Me encojo de hombros.

—Podemos tener dos bodas.

Los ojos de Chloe parecen iluminarse, a ella le gusta la idea.

—Si dijera que quiero correr hacia el juzgado de paz en este momento y casarme, ¿lo harías?

—Sí. Sin dudarlo, Chloe, he estado esperando el momento en que te conviertas en la señora Myers.

Sus mejillas se sonrojan.

—¿Cuánto tiempo tomaría obtener una licencia de matrimonio?

—Espera. ¿Estás hablando en serio?

—Hemos compartido todo camino con quienes son importantes para nosotros. Sí, quiero celebrar una boda con mis padres y nuestras familias allí, pero una parte de mí quiere que seamos solo tú y yo.

—Y el bebé también, no te olvides.

Eso la hace sonreir.

—Si ese es el caso, entonces también será parte de esto.

—¿Hoy?

—Ahora mismo.

—Ahora mismo. Entonces podemos planear nuestra boda perfecta aquí en nuestro lugar favorito con más calma.

—Estás loca, Chloe.

—Locamente enamorada de ti.

Miro a la capilla y luego a ella. Me pongo de pie y alcanzo sus manos.

—Vamos a hacerlo.

Una hora después, Dorothy Hilder, en la oficina del secretario del condado, nos mira a Chloe y a mí.

—¿Quieren una licencia de matrimonio urgente?

—Sí —dice Chloe con una sonrisa cortés—. Tenemos una cita con el juez Brody Brodbeck en una hora.

—¿Para casarse? —Susurra Dorothy.

—Sí —Chloe y yo respondemos al mismo tiempo.

Los ojos de Dorothy se mueven entre nosotros.

—¡Sus padres les van a poner una buena cuando descubran lo que piensan hacer!

—No lo harán, Dorothy. Quiero decir, siempre que puedas guardar el secreto.

—Vamos a celebrar una boda en grande. Solo queremos reducir un poco la presión —dice Chloe—. Por supuesto que ya estás invitada

—No nací ayer, sé que ustedes dos han estado ansiosos por estar juntos. A decir verdad, Chloe, cuando todos oímos que estabas comprometida con ese chico de la ciudad, bueno, nos preguntamos si te habías golpeado en la cabeza y eso hizo que perdieras la memoria.

Inclinándome más cerca, susurro—: Eso mismo pensé yo.

Chloe me da un puñetazo en el brazo.

—Dorothy, por favor, ¿podemos tramitar la licencia?

Con un suspiro largo y fuerte, se echa hacia atrás en su silla.

—Bueno, supongo, que es algo romántico.

Envolviendo su brazo alrededor del mío, Chloe me mira con una gran sonrisa en su hermoso rostro.

—¿Estás seguro de esto?

—Estamos prácticamente casados. Vivimos juntos. Tenemos una casa juntos.

Ninguno de los dos dijo lo que ambos estábamos pensando.

Podríamos estar esperando nuestro primer bebé.

Después de unos minutos de espera, Dorothy aparece trayendo un papel consigo.

—Aquí está, especialmente para ustedes, niños. Felicidades. Ya estoy esperando mi invitación para la boda falsa.

Con una risita emocionada, Chloe toma el papel y luego se arroja a mis brazos.

Cuando salimos de la oficina del secretario del condado, llamo a Mike mientras Chloe llama a Alyssa. Una hora después, los cuatro estamos en la oficina del juez Brodbeck. Mike está cubierto de aserrín, ni tiempo tuvo de cambiarse de ropa. Estoy vestido con jeans y una camiseta negra con mi sombrero de vaquero favorito, el que ya ha visto sus mejores días desde que lo compré cuando estaba en el bachillerato. Mi camiseta tiene el nombre de la empresa constructora de Jonathon, lo que le da un toque familiar. Chloe lleva pantalones de paño y una blusa de seda, es la única que luce remotamente bien vestida para la ocasión. Alyssa nos gana a todos. Se había ido a casa después de que le pedí a Chloe que se casara conmigo y se había puesto pantalones deportivos con una camiseta sin mangas blanca que tenía una mancha de pintura púrpura. Y su cabello está recogido sobre su cabeza con dos lápices saliendo a cada lado.

El juez Brodbeck mira hacia abajo a cada uno de nosotros. Luego levanta las cejas y comienza la ceremonia después de aclararse la garganta.

Me tiemblan las rodillas al pensar en lo que estamos haciendo. No estaba seguro de sí a Chloe le había picado uno de esos bichos que te enloquece temporalmente, si está preocupada de estar embarazada o si simplemente quiere ser mi esposa. Espero que sea lo último.

—Repite después de mí, Rip. Yo, Rip Myers. —El juez Brodbeck mira a Mike y luego a Alyssa—. Um, en presencia de estos testigos, te tomo a ti, Chloe Parker, para ser mi legítima esposa, para tener y mantener, de hoy en adelante, para bien, para mal, en la riqueza o en la pobreza, en la enfermedad y en la salud, para amar y apreciar, hasta que la muerte nos separe.

Lo miro fijamente. Lo único que puedo oír es el latir de mi corazón en mis oídos.

Todos se voltean y me miran.

—Espere un momento, señor, no recuerdo nada de lo que acaba de decir.

Chloe se ríe y el juez Brodbeck sacude la cabeza.

—Hijo, ¿has estado bebiendo?

—No señor. Sinceramente, estoy tan nervioso que no puedo recordar lo que dijo.

Apretando mi mano, Chloe se pone de puntillas y me besa en la mejilla.

—Sólo di que sí.

—Acepto. Un millón de veces acepto.

El juez sonríe.

—Chloe, repite después de…

—Sí. —Chloe suelta—. ¡Claro que acepto!

Mike suelta un pequeño grito cuando Alyssa dice—: ¡Esa es mi chica, directo al grano!

El juez deja escapar un suspiro frustrado.

—Bien, los dos aceptan. Ahora los declaro marido y mujer. Puedes besar a tu novia.

Chloe y yo nos miramos de frente. Entonces ella comienza a reír.

—¡Oh, Dios mío, Rip, nos acabamos de casar!

—Así es.

—¡Bésame! —exige ella.

Enmarcando su delicado rostro en mis manos, hago exactamente eso. Pronto nos perdemos en el beso y apenas escucho hablar al juez.

—Necesito que ambos testigos firmen la licencia de matrimonio, por favor.

Cuando nuestros labios se separan, la miro a los ojos.

—Hola, señora Myers.

Sus ojos son tan azules que me recuerdan cómo se ve el cielo después de una lluvia de primavera.

—Hola, señor Myers.

—¡No puedo creer que se casaron el día mismo día en que se comprometieron! —dice Alyssa, abrazándonos a los dos.

—Maldita sea, yo sí lo creo. ¡Ya era hora! —dice Mike, dándonos un abrazo de oso a los tres.

Capítulo 34

Chloe

Ha pasado una semana desde que Rip y yo nos casamos en secreto. Regresamos a la casa después de que ambos tomamos la tarde libre, consumamos nuestro matrimonio, luego fuimos al bar de Cord y celebramos con nuestros dos mejores amigos. Por supuesto que no tomé una gota de alcohol, diciéndole a todos que sería yo quien conduciría de regreso a casa. Rip tomó dos cervezas toda la noche, cuando mucho.

No puedo contar cuántas veces he mirado hacia abajo al pequeño pedazo de papel que está enrollado en mi dedo anular y bien apretado contra el antiguo anillo de diamantes que Rip me dio cuando nos comprometimos. Es nuestro anillo de boda improvisado.

En cuanto a mi virus estomacal, todavía lo tengo. Y el olor a chocolate, cualquier cosa que medio huela a chocolate, es lo peor para mí estos días. Eso y el olor a té dulce. Té dulce entre todas las cosas. Todos los días, mi abuelita me trae una taza grande y la pone en mi escritorio. De alguna manera me las arreglo para no ponerme verde delante de ella, pero en el momento en que se da la vuelta y sale por la puerta, lo arrojo por la ventana.

Rip me ha estado molestando para comprar una prueba de embarazo, pero necesito el análisis de sangre. Necesito estar segura.

Hoy nos enteraremos de una vez por todas. He dejado de tomar mis píldoras anticonceptivas, por si acaso. Por lo general, si me hubiera saltado una píldora, comenzaría mi período, pero eso aún no ha sucedido.

Tengo una cita con mi ginecólogo. Rip y yo por fin tendremos la respuesta a la pregunta de la que ninguno de los dos habla, pero ambos seguimos pensando. Varias veces he sorprendido a Rip parado en esa habitación del medio, la que él dijo que sería el cuarto para el bebé. Es imposible que no me emocione al verle ahí.

El golpe en la puerta de mi oficina me saca de mis pensamientos. Al levantar la vista, veo esos ojos azules que reflejan los míos mirándome.

—¿Abuelito, a qué debo este honor?

Doy una vuelta alrededor del escritorio, dándole un abrazo.

—Tengo una entrega especial para ti.

Mi sonrisa vacila un poco, pero estoy segura de que mi abuelo no lo nota.

—Oh, genial. Voy a tener que hablar con mi abuelita sobre todo el té dulce que me ha estado dando estos días. Estoy engordando por tanta azúcar.

Él asiente.

—Sí. Ese arbusto fuera de tu ventana también ha estado recibiendo una dosis considerable de azúcar.

Mis cejas se tensan cuando mi boca se abre.

—¿Cómo lo sabes?

Riendo, responde—: Tu abuelita es como un relojito suizo. Prepara ese té al mismo tiempo que salgo a caminar por la mañana. Cada mañana te he visto abrir esa ventana y vaciar la taza en el arbolillo. Luego te cubres la boca y tratas de no vomitar.

Una risa nerviosa se escapa de mis labios.

—Oh, no tengo náuseas. Es, ah, el olor del estiércol. Huele mal.

Mi abuelito asiente, claramente no se ha creído mi mentira ni por un segundo. Tengo que practicar mis dotes de actriz.

—Siempre fuiste una mala mentirosa, gatita. Si no te gusta el té de tu abuelita, díselo.

Todo mi cuerpo suspira aliviado.

Rip aparece en la puerta y un hormigueo corre por mi piel.

—Hola John. ¿Cómo le va, señor?   —pregunta Rip, dándole la mano al abuelo.

—Muy bien, gracias. ¿Trabajas aquí hoy?

—Sí, señor. Ayudando a Steed con un nuevo programa de software diseñado para ayudar a organizar la vacunación.

—Fascinante —reflexiona el abuelo, claramente muy poco interesado en el tema—. Me alegro de haberme retirado cuando lo hice.

Rip y yo nos reímos.

Cuando la mirada de Rip atrapa la mía, siento mis mejillas calentarse. Siempre tiene una manera de mirarme como si quisiera hacerme el amor allí mismo.

—Hey, ¿estás lista para irnos?

—Esto, sí, déjame tomar mi bolso.

Mientras le doy la vuelta al escritorio, el abuelo pregunta—: ¿A dónde van ustedes, niños?

—Compras para la boda.

—A comprar muebles.

Rip y yo nos miramos el uno al otro.

—Bueno, un poco de ambas —agrego rápidamente.

Mi abuelito nos mira a los dos con una ceja levantada.

A mí.

A Rip.

Y luego de nuevo a mí.

Para finalmente mirar a Rip de pies a cabeza.

Respira hondo, sonríe y se dirige a la puerta.

—No hay necesidad de escabullirse. Déjenme saber lo que dice el médico. Todavía me siento joven para ser bisabuelo, pero estoy listo.

Cuando sale por la puerta, Rip se da la vuelta y me mira.

—¿Muebles, Rip? Eso nos delató.

—¿Qué? Estamos remodelando la casa. Esa es una razón bastante buena, si me preguntas.

Pongo los ojos en blanco.

Salimos de mi oficina y salimos por la puerta de atrás.

—Probablemente tu abuelita se lo dijo.

—¿A dónde van ustedes, niños?

Gritando, me cubro el pecho con la mano.

—Tío Trevor, qué susto me has dado —jadeo.

—¿Por qué ustedes dos se escabullen de aquí susurrando como si estuvieran haciendo una travesura?

—No estamos yéndonos a escondidas. ¿Por qué todos dicen que nos estamos escabullendo?

Una amplia sonrisa crece en la cara de mi tío.

—Tal vez es porque ustedes dos se escabulleron y se casaron sin decirle a nadie.

Rip se apoya en la pared y yo casi hago lo mismo.

—¿Cómo sabes eso? —Susurro.

—Maldita sea Dorothy, sabía que no se podía confiar en ella —dice Rip—. Te dije que deberíamos haberle enviado esa canasta de carne seca. A la mujer le encanta la carne seca.

—¿Quién sabe? —Pregunto.

—Scarlett. Estaba en la oficina del secretario del condado ese día visitando a una amiga con la que solía trabajar. Los vio a los dos y estaba a punto de saludarlos cuando los escuchó pedir una licencia de matrimonio. Me lo dijo y no se preocupen, nadie más lo sabe. Su pequeño secreto está a salvo.

Rip y yo exhalamos de puritito alivio.

—Gracias, tío Trevor. No quiero lastimar los sentimientos de nadie.

—Entonces, no podían esperarse ni un poco, ¿eh?

Con una sonrisa, me inclino hacia Rip y él me rodea con el brazo.

—Esperamos lo suficiente. Quiero decir, queremos la boda con nuestra familia y amigos, pero primero queríamos hacerlo solo nosotros dos.

—Lo entiendo, no le debes a nadie ninguna explicación. ¿Para qué se escapan a media mañana?

Rip y yo nos miramos y luego volvemos a ver a mi tío.

—Compra de muebles.

—Compras para la boda.

—¡Rip!

—¿Qué? Te enojaste conmigo por decirle antes que, a comprar muebles, así que dije cosas para la boda. No puedo leerte el pensamiento.

Mi tío Trevor pone su mano sobre el hombro de Rip y lentamente sacude la cabeza.

—Hijo, ni siquiera lo intentes. Te estoy diciendo ahora mismo. No lo hagas. Ni lo intentes.

—Chloe, por favor deja de caminar.

—No puedo evitarlo. ¿Por qué se tardan tanto?

Rip se sienta tranquilamente en una silla, mirando un libro titulado "Qué esperar cuando estás esperando".

—Este libro tiene información bastante clara. Si estás embarazada, creo que deberíamos comprar uno.

Asiento.

—Bueno. Pero ¿y si no lo estoy? Ay, Dios, dejé de tomarme las pastillas así tan de repente, ¿qué tal si he dañado todo mi ciclo hormonal?

Rip levanta los ojos del libro y me mira.

—¿Sería eso algo malo?

Agarrando la almohada de la mesa de examen, se la tiro. Alguien llama a la puerta y rápidamente vuelvo a saltar sobre la camilla. El doctor Buten entra y nos da a Rip y a mí una sonrisa cortés.

—¿Cómo les va?

—El método anticonceptivo que me dio, me ha echado a perder las hormonas.

Mi mano se levanta y me impide seguir diciendo incoherencias.

Rip se ríe entre dientes.

—Aparentemente la ha hecho gritar cosas extrañas en los últimos treinta minutos.

El doctor Buten intenta no reírse de la broma de Rip y fracasa.

—Ustedes saben que los anticonceptivos nunca son cien por ciento efectivos para prevenir un embarazo.

—Vi un poco de sangre hace un mes más o menos, pero no he tenido mi período.

El doctor asiente y mira mi historia médica. Me sacan sangre y me hacen orinar en un botecito tan pronto como me llevan de vuelta a la habitación.

Levantando la vista del gráfico, sonríe.

—La enfermera dijo que no te has hecho ninguna prueba de embarazo en casa. ¿Es eso correcto?

Asiento. Rip se acerca a mí.

—También parece que te casaste. Felicidades.

—Gracias —Rip y yo decimos al mismo tiempo, mientras nos miramos de esa manera tonta en que todos los recién casados lo hacen.

—Bueno, señor y señora Myers, parece que además de recién casados, serán padres en unos meses.

Las lágrimas se acumulan en mis ojos. Me deslizo de la mesa y Rip me envuelve con tanta fuerza que casi no puedo respirar. O tal vez simplemente estoy abrumada por la emoción.

—Vamos a tener un bebé.

Un remolino de pensamientos corre por mi cabeza. Estoy emocionada. Asustada. Llena de alegría. Luego vuelvo a estar asustada.

—Oh, Dios mío, un bebé.

Rip se echa hacia atrás y estudia mi cara.

—¿No estás feliz?

—¡Sí, claro que estoy feliz! Estoy sorprendida, creo. No estábamos planeando esto. Están pasando muchas cosas.

—Chloe, por qué no te sientas en la camilla —dice el doctor Buten.

Con un rápido asentimiento, me recuesto. Rip sostiene mi mano por unos segundos más antes de soltarla y volver a sentarse.

Una nueva emoción corre por mis venas. Rip se ve de lo más que emocionado por la noticia y aquí estoy yo tratando de decidir cómo me siento. Lo primero que dije fue estaban sucediendo muchas cosas.

Cierro los ojos y deseo no llorar. Al menos sé por qué puedo llorar en un abrir y cerrar de ojos en estos días.

—Vamos a seguir y hacer una ecografía vaginal ya que aún estas en una etapa temprana. —Abre un cajón y saca una bata—. Saldré y dejaré que ustedes dos digieran todo esto con calma. Tómense su tiempo.

Cuando sale por la puerta, me bajo de la camilla y comienzo a quitarme los pantalones. Rip me agarra suavemente el brazo y me detiene para mirarlo.

—Dime algo, Chloe.

Mi barbilla tiembla.

—No sé si estoy conmocionada, emocionada, asustada, feliz. Quiero decir, estoy feliz. Creo que lo he sabido, pero por alguna razón estoy aterrorizada de repente. ¿Es esto demasiado pronto? Apenas hace unas semanas que estamos juntos.

Ahueca mi cara con las manos.

—Nada de esto cambia lo que siento por ti. Me hace amarte aún más, si eso es posible. Chloe, tú y yo estamos hechos el uno para el otro, si este bebé es parte de nuestro destino, entonces digo que es un viaje increíble que estamos comenzando.

Una lágrima se desliza por mi mejilla, mientras lo beso.

—Si te preocupa que esto me molestara, ha pasado todo lo contrario, estoy emocionado. La idea de que nuestro bebé esté creciendo dentro de ti.

Su voz se apaga, y se aclara la garganta mientras intento controlar sus sentimientos.

—Me siento como el hombre más feliz de la tierra en este momento. Estoy secretamente casado con el amor de mi vida, vamos a tener un bebé y finalmente los gabinetes para el baño principal están terminados.

Comienzo a reír, mientras pone mis manos sobre mi estómago.

—Oh wow, vamos a tener un bebé.

— Un bebé.

Rip me besa. No es un beso dulce ideado para tranquilizarme de todo, sino un beso que envía una oleada de sentimientos a través de mi cuerpo que grita cuánto me ama este hombre. Y así como así, una emoción se apodera de mi ser.

Amor.

Amor por Rip. Amor por nuestro hijo.

Qué sensación tan asombrosa.

Capítulo 35

Chloe

Me paro en medio de la capilla y me doy la vuelta.

Mike y Rip encontraron las bancas de una vieja iglesia y las restauraron. Son deslumbrantes. Un hermoso candelabro cuelga sobre el altar y captura la luz del sol mientras se filtra por los grandes ventanales. Incluso la mesa antigua que había visto hace meses en una tienda en Waco está ocupando maravillosamente la parte de enfrente, completando el altar.

—Es hermoso —me susurro a mí misma mientras me froto el estómago.

Ahora tengo once semanas de embarazo, según el libro que Rip está leyendo, el bebé es del tamaño de una fresa grande. Se ha acostumbrado a preguntarme cómo está su pequeña baya. Una vez que nos enteramos, nos pusimos manos a la obra para planificar nuestra boda. Nadie más que mi tío Trevor y su esposa Scarlett, y nuestros amigos Alyssa y Mike saben que ya estamos casados, me encanta que Rip y yo estemos guardando estos secretos.

No es que no éste emocionada por contarles a todos. *Lo estoy*. El médico nos ha dicho que la mayoría de la gente espera hasta el final del primer trimestre. Rip y yo hemos decidido esperar hasta la boda para contarles a todos sobre el bebé. La boda es en tres semanas, así que decidimos callarlo hasta el gran evento. Familiares y amigos cercanos. Sin embargo, según mi abuelita, la mitad de Oak Springs es como si fuera familia.

—¿Qué piensas?

El sonido de la voz de Rip hace que todo mi cuerpo cobre vida. Me doy la vuelta mientras él camina por el pasillo hacia mí. No puedo evitar reírme. Esa sería yo en unas pocas semanas.

—¿Qué es tan gracioso? —pregunta, deteniéndose y besándome.

—Nada. Estaba pensando que en unas semanas caminaré hasta este mismo altar.

—No puedo esperar para casarme contigo —dice Rip contra mis labios mientras me besa.

—Odio decírtelo, pero ya estás casado conmigo.

Él sonríe.

—No puedo esperar para casarme contigo de nuevo. Y poner un anillo real en tu dedo. Estoy cansado de verte con esas cosas extrañas amarradas ahí.

Levantando mi mano izquierda, miro la cuerda que Rip ha atado apenas hace unas horas.

—Me gusta.

—Estoy bastante seguro de que el anillo te va a gustar aún más. Le hicieron algunos cambios.

Mis ojos se levantan hacia los suyos. El anillo de matrimonio es una herencia de su familia, y sabía que significaba mucho para él dármelo. Es un honor para mí usarlo.

—¿De verdad, puedo verlo?

Rip echa la cabeza hacia atrás y se echa a reír.

—¡No! Hay algunas cosas que tendrás que esperar para ver.

Sonrío.

—No parecemos ser muy buenos esperando.

—Eso es porque lo hicimos durante demasiado tiempo.

—Muy cierto.

Jonathon se dirige hacia nosotros con una sonrisa en su rostro.

—La inspección final está en marcha —dice Jonathon. Rip y yo entrelazamos nuestras manos.

—Construimos una capilla —dice Rip.

—No, construimos un sueño.

Esta vez, comprar el vestido de novia es una experiencia totalmente distinta a la primera. Mi madre y yo volamos a Dallas, nosotras dos solas. Pasamos dos noches y tres días comprando, riendo y disfrutando de la mutua compañía. La primera tienda en la que nos detenemos es increíble y termina siendo el lugar donde encuentro mi vestido. Cuando me ofrecen una copa de champán, cortésmente la rechazo. Con una ceja levantada, mi madre me mira a mí, a la copa y luego a mi vientre. Entonces ella sonríe.

Mi abuelita también sabe que estoy embarazada. Lo dijeron desde el primer día en la cocina cuando las galletas me pusieron tan mal. Me encanta que ambas respetan el hecho de que Rip y yo queremos guardar esto para nosotros al menos por un tiempo. Parece que gran parte de nuestra relación, incluso antes de que existiera, siempre estuvo en lo que queríamos.

Estos dos secretos son nuestros para atesorar.

El bebé y la boda

Después de probarme cinco vestidos, *el perfecto* aparece delante de mí. Ni siquiera tengo que probármelo; sé que este es el elegido. La consultora nupcial, Virginia, levanta el vestido y me quedo atónita en silencio. Mi madre me agarra la mano, ella también lo siente.

Dos tirantes finos sostienen el vestido. El corpiño es todo de encaje y deja entrever la piel de mis costados. El escote es bastante profundo y sonrío pensando en cómo mis senos en crecimiento lo van a llenar muy bien.

—¿Qué tal este? —Pregunta Virginia.

—¡Sí! —Mi madre y yo decimos al mismo tiempo.

Virginia se ríe entre dientes y me indica que regrese a la pequeña suite. Después de quitarme un vestido y ponerme el otro, estoy de espaldas al espejo. Solo hay uno en la habitación, y tan tentada como estoy de mirar, espero.

Cuando entro en la gran sala, mi madre me da la espalda.

—Mamá, ¿qué estás haciendo?

—¿Ya te has visto? —pregunta ella.

—No —respondo con una risita.

—Veámoslo al mismo tiempo.

Virginia se encoge de hombros y subimos a la plataforma, mi espalda frente a los espejos.

—A la cuenta de tres. Uno. Dos. Tres.

Mientras Virginia sostiene el vestido, me doy la vuelta. Mamá y yo jadeamos al mismo tiempo.

Es. Perfecto.

El encaje en el corpiño se funde con tul blanco sobre satín. Hermosas aplicaciones bordadas adornan la parte inferior de la falda de tul. No es demasiado apretado, pero sí lo suficientemente como para realzar la forma de mi cuerpo.

Las lágrimas pinchan en el fondo de mis ojos y parpadeo. Virginia se inclina y dice—: Deja de luchar contra ellas.

Lo hago, las lágrimas ruedan rápidamente por mi cara. Mis ojos captan los de mi madre, mi madre está luchando por contener las lágrimas.

—Oh, Gatita —su voz se quiebra—. Te ves preciosa.

Al presionar mis labios, intento calmar mi corazón que late rápido. El bebé probablemente se pregunta qué demonios estoy haciendo. Pongo mi mano sobre mi vientre y un sollozo sale de mí sin que pueda detenerlo.

Llorando. Por. Culpa. Del. Embarazo.

Después de llorar, me paro frente a los espejos y resplandezco de felicidad.

—Me encanta.

—A mí también, cariño. Está hecho para ti.

—¿Cuándo lo necesitarías?

—Hoy —digo, mirando a Virginia sonreír.

—Bueno, te queda como un guante. Es posible que deba meterle en la cintura un poco. ¿Cuándo es la boda?

—En dos semanas, y estoy bastante segura de que no necesitaré que le arreglen eso.

Mi mirada atrapa la de mi madre. Se seca rápidamente las comisuras de los ojos.

—Bueno, entonces. Vamos a quitártelo y ponerlo para que lo planchen a vapor y luego, querida, tendrás tu vestido perfecto.

Tres horas después, mamá y yo estamos sentadas en mi habitación de hotel comiendo helado del servicio de habitaciones. Mamá no ha mencionado al bebé y, a decir verdad, me muero por hablar con ella al respecto.

—¿Mamá?

—¿Sí? —pregunta, mirándome mientras pone helado de vainilla en su boca. Ella quería chocolate, pero llevo dos días sin náuseas, así que opté por la vainilla.

—¿Cómo fue para ti estar embarazada?

Me mira por un breve momento, luego sonríe. Como si un recuerdo pasara y algo muy dentro de su ser doliera.

—Fue increíble. Hermoso. Me encantó estar embarazada de Gage. Al principio me sentí con muchas náuseas y agruras, como lo que estás pasando, pero no tan malo.

Sonrío.

—¿Cómo lo supieron mi abuelita y tú?

—Llámalo intuición de madre. —Reconoce, encogiéndose encoge de hombros.

Me muerdo el labio.

—¿Tuviste miedo?

Respirando hondo, exhala y deja el helado.

—Mucho, al principio. Chloe, tu papá y yo nunca te dijimos nada. Estuvimos embarazados antes que tú nacieras.

Mi boca se abre y me quedo mirando. Aunque mi madre, la que está sentada frente a mí, no es mi madre biológica, no tenía idea de que ella y mi padre tuvieron un bebé antes que yo. Sabía que habían salido en el bachillerato. Me recordaron mucho a Rip y a mí. Tal vez tuvieron un gran amor en algún momento, y algo los separó, solo por el destino para volverlos a unir.

—¿Tengo otro hermano o hermana? —Mi mente inmediatamente piensa que debían haber puesto al bebé en adopción.

—No. Estábamos en el último año de la escuela, preparándonos para graduarnos y perdí al bebé.

Contengo el aliento.

—Oh mamá, lo siento mucho.

Ella sonríe.

—Está bien, mi amor. No lo sabías. Tu padre y yo hemos debatido decírselo a ti y a Gage, pero fue hace mucho tiempo. Fue doloroso para mí y las cosas no estaban bien entre tu padre y yo en ese entonces. Creo que por eso fue tan difícil para él sentarse y verte a ti y a Rip negar sus sentimientos. Cuando has aprendido lecciones difíciles en la vida, naturalmente quieres transmitirlas a tus hijos. Sin embargo, cada uno tiene que aprender por su propia experiencia.

Asiento.

—¿Estabas muy avanzada?

—Estaba de unas cuantas semanas.

Tragando fuerte, digo—: Tengo doce semanas.

Me toma en sus brazos y me acuna suavemente. Me encanta esto. Me encanta que todavía me abrace como su pequeña niña. Entre sus brazos puedo sentir mis dudas desvanecerse.

—¡Mi querida niña, vas a estar bien! Muy bien.

—Lo sé. Me siento mejor y mejor cada día. Sin embargo, todavía hay algo que me preocupa.

Sacude la cabeza y empuja un pedazo de mi cabello castaño detrás de mis orejas.

—Cuando eras pequeña tenías un cabello rubio tan hermoso. Esos ojos azules tuyos se veían preciosos con esos rizos. A medida que creciste y se volvió más oscuro, recuerdo que tu papá dijo "Ya no puedo distinguirla entre la multitud. Esos rizos rubios eran mi señal."

Sonrío.

—No importa la edad que tenga tú hijo, siempre te preocuparás. Te preocuparás cada vez que sientas un extraño dolor o pánico si no se mueve cada hora. Todo es parte de ser padre. No importa qué tan joven o viejo sea tu bebé, siempre estarás preocupado por él.

—¿Estás secretamente feliz de que Gage se quede en casa?

—Nunca me escucharás admitirlo en voz alta. —Me guiña un ojo.

—¿Eso significa que sí?

Mi mamá se encoge de hombros y se levanta.

—Ven. Te llevaré a un restaurante elegante, vamos a celebrar que dijiste que sí al vestido y que mi primer nieto viene en camino.

—Me encanta esa idea.

Capítulo 36

Rip

Steed se para a mi lado, sonriendo de oreja a oreja, mientas observo la pequeña cabra que acaba de traer.

—¿Una cabra? —pregunto.

—Sí.

El cabrito, que está vestido con una pijamita rosa, brinca por todo el cubículo.

—¿Una cabra?

—Sí. Es el regalo de bodas perfecto.

En mi gesto se dibuja la sorpresa. La imaginación de Steed no tiene límites.

—No es para menospreciar tu idea, pero yo estaba pensando regalarle a Chloe unos aretes de diamantes y perlas.

Steed me mira y luego pone los ojos en blanco.

—Este no es tu regalo, es el regalo de nuestra parte, mía y de Paxton.

El alivio me invade. *Gracias a Dios.*

—Eso tiene más sentido, creo.

—Sé cuánto ha extrañado Chloe a Parchecitos y creo que le encantará esta idea. Estaba pensando que podríamos hacer que tu sobrina menor, Renee, lleve a la cabrita mientras camina por el pasillo hacia el altar.

Mi hermana mayor, Evie, va a pensar que es un detalle precioso. Su hija Renee tiene cinco años y va a estar encantada de hacerlo, estoy seguro.

Tanto Chloe como yo, venimos de familias bastante numerosas, así que decidimos que sólo Mike y Alyssa fueran parte de nuestro cortejo. Algo así como en nuestra boda secreta. Renee es la más pequeña de ambas familias, por lo que era la elección natural para ser la damita de las flores.

—Estoy seguro de que le va a encantar la idea— estoy de acuerdo.

—¡El que tiene el suéter rosa! —grita Steed.

—¿Lo guardarás en el antiguo puesto de Parchecitos? — pregunto mientras el granjero levanta la cabra y la pone en mis manos.

—Sí. Luego, cuando ambos regresen de su luna de miel, pueden llevársela a su casa.

Ay Dios, otra cabra traviesa.

—Excelente. No puedo esperar.

Steed me mira y luego se echa a reír. Por supuesto, sabe que estoy mintiendo.

Mientras caminamos hacia su camioneta, Steed comienza a hablar.

—Tus padres nos han invitado a mí y a Paxton a cenar esta noche. Ha sido un gesto muy amable. ¿Están seguros de que quieren pasar la noche antes de su boda con sus padres?

—Por supuesto que sí.

Lo que Steed no sabe, es que Chloe y yo vamos a decirles a nuestros padres que estamos esperando bebé para marzo. Le diremos al resto de la familia cuando regresemos de Francia, que Chloe todavía no lo sabe, pero ahí pasaremos nuestra luna de miel.

Con la cabra bebé en el asiento trasero de la camioneta de Steed, partimos hacia el rancho. Cuando miro hacia atrás, sonrío. La cabra está profundamente dormida.

—Parece que tenemos lo opuesto a Parchecitos —reflexiono.

—Me encanta tu optimismo, Rip. Es una de tus mejores cualidades.

—Mamá ya lo sabe —confiesa Chloe en la camioneta camino a la casa de mis padres.

—Supuse que lo sabía desde ese día en la cocina de tus abuelos.

Chloe me mira tímidamente.

—Bueno, en Dallas se lo conté. Bueno, no fue a propósito. Pero necesitaba hablar con ella, estaba muerta de nervios.

Tomando su mano en la mía, la aprieto.

—Chloe, no tienes que explicar por qué le dijiste a tu madre. Es tu madre. Me parece lógico que se lo dijeras a ella primero.

—No quería que pensaras que hay favoritismo entre nuestros padres.

—No tengo motivos para creer eso. — Me río.

Cuando nos detenemos, nuestros padres ya están esperando por nosotros en el porche delantero. Mis padres comparten el columpio, mientras Paxton y Steed se han sentado en las mecedoras.

—¡Ahí están! —Mi padre baja a saludarnos—. Chloe, te ves hermosa, como siempre.

Chloe se sonroja.

—Gracias, Rip.

—RJ, ¿cómo va esa casa?

Mi padre siempre me ha llamado RJ. Abreviatura de Rip Jr. Me pusieron el nombre en su honor. Mis tres hermanos mayores, Jonathon, Evie y Hollie, son medios hermanos, pues mi madre estuvo casada anteriormente. Después de casarse con mi padre, Dalton, Hope y yo nos sumamos a la camada.

—La casa va muy bien. Tiene muy buena estructura, por lo que no ha tomado demasiado tiempo el arreglarla.

—Necesitamos ir y verlo nuevamente. Has hecho muchos cambios —dice mi madre mientras se acerca a Chloe para besarla en la mejilla—. Hola, cariño.

—Hola Kristin. Puedo oler la cena desde aquí —dice Chloe—. Huele increíble.

Mi madre sonríe.

—Esa es una buena noticia, he preparado tu platillo favorito.

Steed y Paxton abrazan a Chloe, luego Steed me estrecha la mano y Paxton le sigue con un abrazo.

Cuando entramos en la casa, Chloe echa un vistazo a todas las cajas en la esquina.

—¿Preparándose para Navidad, Kristin? —grita ella.

—Me conoces bien, habría adelantado más, pero le he estado ayudando a tu mamá y a Melanie a hacer algunas cosas para la recepción mañana. Tengo todo mi esquema listo e impreso.

—Y laminado, por supuesto —agrega mi padre.

—Cada habitación está codificada por colores —dice mi mamá con un guiño.

Mamá es la reina de la navidad. Es casi octubre y cualquier año normal ya tendríamos al menos dos árboles decorando la casa. Nuestra boda ha sacado a mi madre de su calendario habitual.

Entramos en la cocina que también tiene una mesa grande donde comemos regularmente.

—Hice tu postre favorito, Chloe. Ganache de chocolate con helado casero.

—Oh, no —susurra Chloe antes de poner su mano sobre su boca.

Mi madre ha hecho el postre favorito de Chloe. ¿Por qué no se me pasó por la cabeza ese pequeño detalle? Este ha sido mi primer error como futuro esposo y padre.

—Mierda —grito mientras paso corriendo a todos, casi golpeando a mi madre con el pastel. Agarro el bote de basura y corro de regreso hasta donde está Chloe.

Le quito la tapa rápido y lo pongo a un lado de Chloe, quien rápidamente se inclina y vomita.

Miro por encima del hombro para ver cuatro pares de ojos que nos miran boquiabiertos. Steed y mi padre parecen asqueados también, mientras Paxton y mi madre intercambian una mirada de complicidad.

—Tengo un té de menta en la nevera. Eso calmará tu estómago —dice mamá, apresurándose a sacar el té.

—Voy contigo, llevaré el pastel a la cocina, ¿quieres que lo guarde en el refrigerador? —dice Paxton mientras lo agarra y sale por la puerta trasera.

—Espera. ¿A dónde llevas el pastel? —Steed grita, siguiendo a Paxton.

Mi padre se cubre la boca y sale corriendo de la habitación. Una vez que Chloe termina de vomitar, le froto la espalda y luego tomo la toallita tibia que mi madre me ha entregado. Espero aprender pronto, mis padres han sido los mejores y quiero seguir su ejemplo.

—Toma esto, nena. Esto te hará sentir mejor.

Chloe toma la toallita y luego el té que le ofrece mi madre.

—¿Se han llevado ya el pastel? —Pregunta Chloe, con los ojos todavía llorosos por vomitar. Este embarazo le está dando duro.

—Sí. Cariño, lo siento mucho. ¿Te sientes mejor?

Si mi madre sospecha algo, no lo está haciendo alboroto al respecto.

Chloe sonríe.

—Estoy bien. Discúlpame, Kristin.

Podemos escuchar a mi padre desde el baño del pasillo. Mi mamá pone los ojos en blanco.

—Dios mío, ya vengo. Pronto verás, Chloe, que cuando un hombre se enferma, ellos juran que están agonizando, espera y verás.

Riendo, Chloe toma un sorbo de té.

Cuando mamá sale, nuestros ojos se encuentran.

—Tu mamá tenía té de menta listo —dice.

Sonrío.

—Te lo juro, no he abierto la boca. Mi madre siempre tiene té de menta preparado.

Paxton y Steed regresan a la cocina, Steed está discutiendo con Paxton sobre por qué el pastel tiene que quedarse afuera.

—¡Se va a derretir! —protesta Steed.

—Estás bien, Rip. No fue más que un asco pasajero. Vamos a cenar, ¿de acuerdo? —dice mamá, hablándole a papá, mientras entra a la cocina—. Chloe, ¿quieres comer algo?

—Sí, por favor. Ya me siento bien.

—¿Estás segura? —pregunta papá.

Chloe asiente con la cabeza.

—Lo siento.

Todos rápidamente se ocupan de llenar sus platos y luego se dirigen a la mesa. Steed y mi padre rápidamente entablan una conversación sobre el establo que Chloe ha sugerido que transformaran en un salón para eventos. Mientras que mi mamá y Paxton repasan las cosas de último momento que debían hacerse antes de mañana.

A la ceremonia está invitada sólo la familia y amigos más cercanos. La recepción, por otro lado, se va a celebrar en la casa de los abuelos de Chloe. Es la más grande en el rancho y Melanie ya tiene todo lo que tiene que hacer ya que organiza un evento de caridad todos los años en la primavera. El patio trasero se está transformando para la recepción de la boda. Tengo que admitir que todo ha salido bien, teniendo en cuenta que estamos planeando la boda desde hace poco más de un mes.

Miro a Chloe. Ella me está mirando. Los dos nos sonreímos y me aclaro la garganta.

—Um, ya que tenemos a los cuatro aquí, hay algo que Chloe y a mí nos gustaría que supieran antes de la boda de mañana.

Todos los ojos están sobre mí. Mirando a mi bella novia, le indico que se haga cargo.

—Rip y yo haremos un anuncio cuando regresemos de nuestra luna de miel, pero quisimos que ustedes lo supieran primero.

—¿Qué pasa, cariño? —pregunta mi madre.

Los ojos de Chloe se iluminan y su rostro se ilumina con una sonrisa deslumbrante.

—Rip y yo estamos esperando un bebé. Mi fecha de parto es el siete de marzo.

Tengo que admitir que estoy nervioso por lo que diría nuestra gente. Hasta ahora, nadie nos ha dicho que nos estamos apresurando a nada, especialmente porque en realidad solo habíamos comenzado a salir en junio. Ahora nos íbamos a casar y tener un bebé.

—¿Un bebé? —dice mi mamá, poniéndose de pie—. ¡Un bebé, un bebé!

Paxton salta también, celebrando.

—¡Un bebé!

Mi padre es el siguiente.

—¡Vamos a tener otro nieto!

Mis padres se abrazan mientras Paxton se acerca a Chloe y la abraza. Sonrío al ver toda la escena. Cuando me encuentro con Steed, mi sonrisa se desvanece. Está sentado allí, mirando a Chloe.

—¿Papi?

Steed sacude lentamente la cabeza y luego se levanta.

—Disculpen un momento.

Sale de la cocina. Se me encoge el corazón y cuando veo las lágrimas que se forman en los ojos de Chloe, quiero ir tras Steed y golpearlo.

Paxton se mueve para seguirlo.

—Iré a ver qué tiene.

—No, mamá, tengo que ir yo. Si me disculpan—. Chloe sonríe cortésmente y se dirige en la misma dirección que Steed ha desaparecido.

—¿Paxton, es que a Steed no le ha alegrado la noticia? —pregunta mi madre.

—Estoy segura de que está sorprendido, sé que se alegra muchísimo. —Ella me mira—. Sabe cuánto la amas. Probablemente no esperaba que tuvieran un bebé tan pronto.

—Bueno, nosotros tampoco —acepto—. No me arrepiento ni por un momento.

—Por supuesto que no, RJ. Por supuesto que no —dice mamá.

Miro hacia donde Chloe y Steed habían salido de la cocina. Paxton toma mi mano—. Dales unos minutos, cariño. Va a estar bien.

—Por supuesto que sí —agrega papá—. Es difícil para un padre. Lo aprenderás algún día, hijo, si tienes una niña.

Haciendo lo único que puedo, asiento y vuelvo a sentarme a la mesa.

Capítulo 37

Chloe

Encuentro a mi padre sentado en los escalones del porche mirando el césped perfectamente cuidado.

—¿Papi?

Mira por encima del hombro y sonríe.

—Ven, siéntate aquí conmigo, pequeña.

Una cálida oleada de felicidad me invade. Mi padre no me ha llamado pequeña en años. Me siento a su lado.

—¿Estás decepcionado de mí? —pregunto, apenas por encima de un susurro.

—¿Qué? Por supuesto que no, lamento haber reaccionado de esa manera. Tenía que irme antes de ponerme en vergüenza delante de tus suegros.

—¿Ibas a golpear a Rip?

Sacude la cabeza antes de voltearse a verme.

—¡No! ¿Por qué haría algo como eso, el chico no se lo merece?

Me encojo de hombros.

—No sé. Estabas ahí tan serio, luego te levantaste y te fuiste.

Mi papá se ríe entre dientes.

—Chloe, estaba tratando de no desmoronarme. No puedo estar llorando delante del papá de Rip. Va a pensar que soy un blandengue.

Sonriendo, envuelvo mi brazo alrededor de él y apoyo mi cabeza en su hombro. Para un hombre de unos cuarenta años, todavía es musculoso. Puedo recordar fácilmente estos brazos levantándome y poniéndome sobre sus hombros para llevarme de paseo.

—¿No estás enojado?

—Pequeña, estoy muy feliz por ti y por Rip. Es decir, desearía que hubieran esperado un poco más, pero lo entiendo.

—Fue un accidente. Mi control de natalidad falló. A lo grande.

—Yo diría que sí. ¿Cómo te sientes? —pregunta y luego se ríe.

—Bueno, cualquier cosa que sea chocolate me marea. He tenido algunas náuseas matutinas entre leves a moderadas. Excepto que ocurre en todo momento del día, así que no estoy muy segura de por qué se llama náuseas matutinas.

Vuelve a reírse.

—¿Rip, te está cuidando bien?

—Sí. Todas las mañanas, en cuanto nos despertamos, lo primero que hace es hablarle al bebé. Ya está locamente enamorado de nuestro retoño.

—Eso se debe a que ha estado locamente enamorado de la mamá del retoño durante muchos años.

—Sí. —Con una sonrisa, digo—: Está leyendo ese libro, "Qué esperar cuando estás esperando".

—Yo también lo leí. Es bueno.

Sonrío.

—Me recuerda mucho a ti, papi. La forma en que me ama. Me mira, así como tú miras a mi mamá.

—Oh, pequeña, ese chico te ha estado mirando así desde el día en que te conoció.

Mis mejillas se sonrojan. Nos sentamos en silencio por unos momentos.

—Voy a ser mamá.

—Voy a ser abuelo.

Ambos respiramos profundo, creo que de puritito alivio.

—Espero que Rip y yo seamos la mitad de buenos padres que mi mamá y tú.

Besa mi frente.

—Serás una madre maravillosa. Sé que así será. Y Rip va a ser un padre increíble. Viene de una buena familia.

Apretándole el brazo, le digo—: Deberíamos volver a entrar. Estoy segura de que Rip está enloqueciendo y preocupándose de que hayas ido a buscar tu revolver.

Mi papá se levanta y luego me ayuda a ponerme de pie. Soy capaz de levantarme sola, pero mi padre es un verdadero caballero sureño.

—Tal vez lo dejaré sudar un poco antes de hacer las paces.

—¡Papá! —digo, golpeándolo ligeramente en el brazo. La puerta principal se abre y Rip se queda allí. Parece que le ha pasado un tren por encima, su rostro refleja una clara preocupación.

Levantando la mano, mi papá sacude la cabeza.

—Hijo, estoy muy feliz por los dos. Sólo necesitaba un momento a solas para procesar las noticias.

—Se estaba arreglando para llorar y no quería hacerlo frente a tu padre —le digo, haciendo que mi padre lo fulmine con la mirada.

Rip se echa a reír, lo que hace que mi papá lo mire con intensidad, el pobre Rip parece aterrado.

—No es divertido. Lo entiendo —dice Rip.

Mientras mi padre pasa, extiende una mano para estrecharla mientras aprieta el hombro de Rip con la otra.

—Felicidades, hijo.

No hay forma de que pueda detener la lluvia de felicidad que se me viene encima. Pasamos el resto de la noche ayudando a Kristin a desempacar algunas cajas con los adornos navideños y a organizarlo todo.

El tiempo se nos pasa rápido, pues nos divertimos mucho y me distrae de los nervios de la boda de mañana. No tengo idea de por qué estoy nerviosa. Ya estoy casada. Pero esta vez lo estaríamos haciendo frente a nuestra familia. Y no seremos nosotros dos. Esta vez seremos ya una pequeña familia.

Renee corre en círculo mientras se ríe. Shannon, una de mis amigas de la universidad que se convirtió en fotógrafa profesional, está tomando fotos. Me ha estado siguiendo con su cámara desde antes de que comenzaba a arreglarme, durante el proceso y también ahora que estoy esperando el gran momento en el que me subiré a mi caballo, Lizzy, para dirigirme a la capilla.

—Chloe, levanta tu vestido un poco, déjame ver la punta de tus botas vaqueras.

Hago lo que ella me dice. Un ligero golpe en la puerta me pone los nervios de punta.

Mi tía Scarlett asoma la cabeza y sonríe.

—Rip y Mike están en la capilla. ¿Alyssa y Renee listas para irnos?

Respirando profundamente, dicen en coro—: Sí. Muy listas.

Shannon recoge todas sus cosas. Ella va a ir manejando uno de los tractores del rancho. Alyssa se sube a su caballo que más le gusta de los que tenemos aquí en el rancho, Pepsi.

Con la ayuda del tío Trevor, me subo a mi caballo. Shannon y Scarlett se aseguran de que mi vestido este perfectamente acomodado. Nadie me verá caminando hacia la capilla, ya que todos están adentro, pero Shannon sigue haciendo su trabajo.

—¿Lista? —pregunta mi tío Trevor, con una sonrisa gigante en su rostro.

—¡Lista! —Miro a mi alrededor—. Espera un segundo, ¿dónde está Renee?

—Con tu papá, te esperan afuera de la capilla —dice mi tía Scarlett.

—Perfecto. Vámonos —digo.

El recorrido hasta la capilla no es largo, pero se siente como si tardara una eternidad. Mis tíos Trevor y Scarlett se adelantan para poder acomodarse en sus asientos, Shannon se ha quedado a asegurarse que nos acomodemos bien en los caballos.

—Bueno, supongo que ahora finalmente puedo llamarte Sra. Rip Myers en público —reflexiona Alyssa.

—Sí, Finalmente.

La miro, mi amiga se ve preciosa.

—¿Estás pensando en tu boda? —le pregunto.

—Sí, hablando de eso.

Casi detengo a mi caballo.

—¿Qué quieres decir, están teniendo problemas?

—¿Qué? ¡No! Por supuesto que no. Es que, después de verte a ti y a Rip casarse en secreto, bueno, eso nos ha dado algunas ideas.

Debo taparme la boca, porque casi se me escapa un grito.

Alyssa se ríe.

—Queremos hacer lo mismo.

—¡Cállate! ¿Qué van a hacer?

Se encoge de hombros.

—Todavía no lo hemos planeado, sólo sabemos que queremos hacerlo.

—¿Qué hay de la gran boda que estaban planeando?

—No quiero una boda grande. Quiero que solo seamos nosotros cuatro.

—¡Oh, Alyssa! ¿Dónde, cuándo?

Se ríe otra vez.

—Hablaremos de eso después de que regreses de tu luna de miel. Tenemos que acomodar el calendario para que puedas viajar antes de tener el bebé.

Los caballos doblan la curva e instantáneamente escucho la corriente del río Frío. Adelante de nosotras está la pequeña capilla blanca sentada a un lado de nuestro árbol. Mi estómago revolotea, pero no por los nervios. Quizás por la emoción o tal vez por el bebé. Pensar en eso hace que me den ganas de llorar.

¿Será que nuestro bebé también quiere unirse a la celebración?

Cuando nos acercamos, miro el roble. El círculo se está cerrando hoy.

Una vez que bajo de ese caballo, todo cambia. Me acerco a las antiguas puertas azules y me detengo cuando me doy cuenta de lo que hay frente a mí. Renee está parada allí con una cabra atada con una correa. Mi corazón se derrite de inmediato.

—¡Oh, Dios mío, una cabrita!

—¡No ensucies tu vestido! —Advierte Alyssa.

La pequeña cabra salta y gira en el aire. Renee y yo nos reímos. Me recuerda el día en que conocí a Parchecitos.

—¿Te gusta? —pregunta papá.

—¿Es mía?

En respuesta mi padre asiente.

—Toda tuya.

Casi salto a los brazos de mi padre.

—Me encanta, papá, gracias. Voy a llamarla Juanita Calamidades.

Mi padre se ríe.

—Está bien, creo.

—¿Lista? —pregunta Alyssa mientras está parada frente a las puertas.

Aceptando el brazo que me ofrece, mi padre y yo nos paramos a un lado, con Renee y una cabra muy emocionada frente a nosotros.

Dos viejos amigos de Rip, Colt y Bill, sirven como ugieres, abriendo las grandes puertas azules. Alyssa me mira y me guiña un ojo antes de dirigirse a la capilla. Renee salta arriba y abajo, lo que hace que Juanita Calamidades haga lo mismo.

—¿Lista? —le pregunto.

Ella me mira y asiente mientras sostiene su canasta de pétalos de rosas blancas.

—Ista.

—Adelante —dice papá con voz suave. Renee cruza las puertas y Juanita la sigue.

Bill se pone de pie y observa a Alyssa y Renee caminar por el pasillo. Se ríe unas cuantas veces y nos mira.

—La cabra se está comiendo los pétalos de rosa.

Me tapo la boca y me río. Una parte de mí siente que Parchecitos está aquí conmigo. Mi estómago se revuelve de nuevo y respiro hondo, obligándome a no llorar.

Comienza la marcha nupcial y miro a mi padre, quien me sonríe con dulzura.

—Te amo, pequeña. Siempre serás mi pequeña niña. Siempre.

—Oh, papi. No me hagas llorar, mi maquillaje se va a correr y me veré como un mapache.

Se inclina y besa mi frente.

—Serías el mapache más lindo. Y si a alguien no le gusta, que se vaya a la porra. Ese chico que espera al final de la capilla te ama con todo su corazón. No creo que le importe si entras vistiendo jeans y una de sus camisetas viejas.

Me río.

—No, a él le importaría un comino.

Bill nos indica que empecemos a caminar. Cuando doblamos la esquina y entramos en la pequeña capilla, todos se ponen de pie. Entonces es cuando lo veo.

Rip.

Está parado al final, vestido con jeans oscuros, sus botas de vaquero favoritas y una camisa blanca con un chaleco formal de satén en color caqui y un sombrero vaquero nuevo. Siento que mi corazón se mueve en mi pecho. Mike está a su lado, vestido casi igual, pero su chaleco es más oscuro y combina con el vestido de Alyssa.

Algo me llama la atención y miro para ver a Juanita saltar para intentar subir al regazo de tía Waylynn.

—No me jodas —exclama Waylynn mientras todos se han dado cuenta de lo sucedido, las risas se escuchan por encima de la música.

—¿Mierda, aquí vamos otra vez? —dice mi padre cuando me echo a reír.

Juanita decide que mejor le hace compañía a Renee que tiene los pétalos de rosa y la sigue hasta el altar donde procede a acostarse. La emoción del pasillo debe haberle quitado algo de energía.

La mesa antigua que conseguimos hace una semana, está adornada en el altar con las flores más bonitas. Mi madre se ha hecho cargo de toda la decoración, su trabajo es increíble.

Pero todo lo que puedo ver es a Rip.

Al detenernos al final del pasillo, mi papá se inclina y me da un beso en la mejilla. Pone mi mano sobre la de Rip cuando se le pregunta quién me está entregando.

—No la voy a entregar. Mi hija es demasiado especial y valiosa. Sin embargo, estoy dispuesto a compartirla contigo.

Rip asiente, sus emociones aparecen en su hermoso rostro. Rip sostiene mi mano mientras da el paso. Nos miramos de frente y me mira de arriba abajo.

Cuando sus ojos se posan en los míos, susurra—: Les mots ne peuvent pas décrire mon amour pour toi.

Las palabras no pueden describir mi amor por ti.

Mis ojos se llenan de lágrimas y Rip sacude la cabeza mientras levanta la ceja.

—No llores.

—¿Ni de felicidad?

Rip sonríe y el pastor comienza el servicio. Apenas escucho una palabra, ya que el hombre que he amado casi toda mi vida me mira con los ojos llenos de amor mientras me frota los dedos con el pulgar. Mi cara comienza a doler por sonreír tanto. Cuando llega el momento de intercambiar anillos, no puedo creer lo que veo. La sencilla banda de oro blanco que Rip me había mostrado ahora es más elegante, está rodeada de pequeños diamantes, que también envuelven el hermoso solitario. Se ve exactamente como un anillo que había visto hace años en una revista francesa que estábamos leyendo en el bachillerato.

Nuestras miradas vuelven a encontrarse, sin que pueda evitarlo, una lágrima rueda por mi mejilla, él se acerca y la seca con su pulgar.

—¿Olvidas algo? —pregunto, con la voz quebrada.

Rip se inclina más cerca para susurrar.

—Arranqué la página de la revista y la he tenido desde entonces. Un joyero en Johnson City hizo que quedara perfecta en la sortija de mi bisabuela.

Este hombre. Señor, este hombre.

Una vez que el pastor nos declara marido y mujer, nos besamos. Luego tomo mis flores y la correa de Juanita y recorremos el pasillo con una parada rápida para tocar la campana de la capilla.

Nuestra familia y amigos vitorean mientras salimos por la puerta.

El plan es quedarse y tomar fotos mientras los invitados se dirigen a la casa principal. Eso nos da Rip y a mí unos momentos a solas antes de continuar la fiesta con nuestros amigos y familiares.

—Ven aquí —dice Rip, tomando mi mano entre las suyas.

Shannon sigue cada uno de nuestros movimientos, tomando fotos mientras caminamos por el césped hacia nuestro árbol. Rip sostiene el columpio mientras me sienta en él. Apoya su boca en mi oído.

—Je t'aime, Chloe.

—Yo también te amo.

Escucharlo hablar en francés siempre ha llenado mi estómago de mariposas. ¿Alguien realmente nos extrañaría en la recepción si no nos presentamos?

Tirando hacia atrás, Rip deja ir el columpio. Levanto mis botas y me río al sentir la brisa fluyendo por mi cabello. Me han peinado en un medio-recogido, porque sé lo mucho que a Rip le gusta mi cabello.

—¡Detén el columpio y bésala, Rip! —dice Shannon, tomando fotos mientras habla.

Rip detiene el columpio, se quita el sombrero vaquero y esconde nuestras caras mientras me besa.

Shannon y yo nos reímos. El pequeño aleteo en mi estómago me dice que este bebé ya piensa que su papá es muy romántico y divertido.

No podría ser de otra manera.

Capítulo 38

Chloe

Rip y yo caminamos de la mano por una callejuela en París. Debería haber sabido que vendríamos a Francia, algunas pistas me había dado.

Hablar conmigo en francés en la boda fue una de ellas. Aunque a menudo me habla en francés, especialmente cuando me está haciendo el amor. Nunca tuve la oportunidad de estudiar en el extranjero, así que esta es la forma en que Rip compensa por ese sueño sin cumplir.

Hemos estado aquí por una semana y nos quedaremos otra semana más. El regalo de bodas de Rip para mí fue un juego de hermosos aretes que hemos encontrado en una tienda de antigüedades aquí en Francia. Todavía tengo que darle mi regalo.

Lo que estoy a punto de hacer.

—Es tan hermoso aquí —digo, respirando profundamente. El clima ha sido perfecto. No hace demasiado calor ni demasiado frío.

—Lo es —concuerda Rip mientras salimos del callejón y nos detenemos frente a uno de los muchos jardines que hay alrededor de la ciudad, es precioso.

—¡Oh, Dios mío, mira qué bonitas flores!

—Todo es muy lindo. Mira, alguien va a casarse, vamos a echar un ojito.

—¡Rip, no podemos ir a chismear así nada más. Es un evento privado.

—Pero estamos bien vestidos. Alguien que quiere casarse en privado, no organiza el evento en un parque.

Echo un vistazo a mi vestido rosado. Rip está vestido con jeans y un jersey. Con una risita, digo—: Está bien, señor terco, vamos a ver.

A medida que nos acercamos, me esfuerzo por ver cómo es el novio. Desde atrás se parece exactamente a Mike.

—Ese se parece a…

El aire se me sale de los pulmones cuando me doy cuenta de quien realmente es.

—¡Dime que esto es una broma! —Grito cuando Mike se voltea y nos mira. Me apresuro hacia él y lo abrazo.

Rip se está riendo detrás de mí cuando dijo—: ¡Lo hicimos, realmente lo hicimos!

—¡Lo hicimos! —Mike le devuelve la risa y asiente.

—Si tú estás aquí, dime ahora mismo dónde está Alyssa —le pido, mirando a mi alrededor. Mike señala a una pequeña casita que está a unos cuantos metros.

—Está allí, esperando a su dama de honor.

Grito como una colegiala y me dirijo hacia donde me ha indicado.

—¡Chloe, ten cuidado, no corras con esos tacones! —Grita Rip.

Abro la puerta y me detengo. Ahí está mi mejor amiga vestida con un impresionante vestido de gasa con un gran ramo de flores. Ella estira el brazo para darme otro ramo más pequeño.

—Pensé que me ibas a hacer llegar tarde a mi propia boda.

Abrazándola, aprieto los dientes para no llorar. Cuando me alejo, veo que está haciendo lo mismo.

—Siempre dijimos que queríamos venir a Francia juntos. Nosotros cuatro. Cuando Rip nos sugirió la idea de casarnos a escondidas y pasar una semana en Francia con ustedes, no pudimos negarnos. Les contamos a nuestros padres el plan y ellos pagaron por esto en lugar de la elegante boda que habíamos pensado inicialmente.

—No puedo creer que estés aquí. ¿Se van a quedar más de una semana?

—Después de que ustedes vayan a casa, Mike y yo iremos a Toscana por unos días.

Mis manos cubren mi boca y comienzo a saltar como una niña pequeña. Estoy emocionadísima.

La mujer que había estado parada junto a Alyssa habla en francés, alertándola de que es el momento.

—Estoy lista —dice Alyssa, acomodándose la falda de su hermoso vestido.

Mientras caminamos por el pequeño camino de piedra hacia Mike y Rip, no puedo evitar sonreír de oreja a oreja.

Rip y yo nos miramos a los ojos durante toda la ceremonia. Parte de ella se ha hecho en francés, el resto en inglés. Cuando llega el momento de besarse, me muerdo el labio y miro a Rip. Había estado observando a Mike y Alyssa, pero inevitablemente sus ojos buscan los míos.

Los dos sonreímos. Y lo siento de nuevo, el pequeño aleteo en mi estómago que he estado sintiendo todos los días desde nuestra boda. Pongo mi mano sobre mi estómago y suelto un ruido que es mitad ristita, mitad jadeo. Rip instantáneamente se acerca a mí.

—¿Qué pasa? —pregunta, colocando su mano sobre la mía.

Alyssa y Mike se vuelven para mirarme.

—Todo está muy bien, de hecho, es perfecto. Estoy abrumada por tantas emociones.

Abrazo a Alyssa y luego a Mike. El fotógrafo les hace posar por fotografías mientras Rip y yo nos movemos a un lado.

Bajo la mirada hacia mi mano en mi vientre.

—Nuestro bebé se está moviendo y lo siento.

—¿Sientes al bebé? — Sus ojos se agrandan.

Asiento.

—La sentí la semana pasada. En el día de nuestra boda. Al principio, pensé que eran los nervios, pero la he estado sintiendo toda la semana. Ella sigue haciéndome saber que está aquí con nosotros.

Rip ahueca mi cara entre sus manos.

—¿Ella?

Mi sonrisa es tan amplia que me duelen las mejillas. —Sí, nuestro bebé es una niña.

Rip se ríe entre dientes.

—¿Cómo puedes estar tan segura?

Metiendo la mano en el pequeño bolsillo de mi vestido, saco un trozo de papel y se lo entrego. Antes de viajar le pedí al doctor Buten que me hiciera un análisis de sangre para averiguar el sexo del bebé.

Rip lo abre y al instante comienza a llorar. Mi esposo me mira lleno de emoción.

—¿Una niña? Nuestra pequeña Emma.

Asiento.

—Espero que estés feliz. Supongo que todos los hombres quieren tener primero un niño.

Sacude la cabeza y coloca su mano en la parte posterior de mi cuello, besándome.

—No me importa. Todo lo que quiero es que nuestro bebé nazca sano y que sea feliz.

Sonriendo, pongo su mano sobre mi estómago.

—No puedo creer cuánto amo a Emma. ¿Es posible que ya estemos tan enamorados de nuestra hija?

Rip asiente con la cabeza.

—Claro que sí. Y cuando la tenga en mis brazos por primera vez, me volveré a enamorar. Como el día en que conocí a su mamá y fue amor a primera vista.

Fin

Sobre la autora

Kelly Elliott es una autora de romance contemporáneo más vendida del New York Times y de USA Today. Desde que terminó su exitosa serie Wanted, Kelly continúa extendiendo sus alas sin dejar de ser fiel a sus raíces y brindando a los lectores historias ricas con hombres protectores calientes, mujeres fuertes y hermosos paisajes. Sus trabajos más vendidos incluyen Wanted, Broken, The Playbook y Lost Love, por nombrar algunos. Kelly vive en el centro de Texas con su esposo, su hija, dos cachorros, cuatro gatos y un sinfín de criaturas silvestres. Cuando no está escribiendo, a Kelly le gusta leer y pasar tiempo con su familia. Para obtener más información sobre Kelly y sus libros, puedes encontrarla a través de su sitio web. www.kellyelliottauthor.com

Muy Pronto

La segunda historia de la serie

Novias Texanas

El valor de una promesa